怪咖奇异 事件簿
STRANGE EVENT
雪 山 禁 忌

蔡必贵 ◎ 著

贵州出版集团
贵州人民出版社

图书在版编目（CIP）数据

怪咖奇异事件簿．雪山禁忌 / 蔡必贵著．-- 贵阳：贵州人民出版社，2022.7
　ISBN 978-7-221-17039-2

　Ⅰ．①怪… Ⅱ．①蔡… Ⅲ．①长篇小说－中国－当代 Ⅳ．① I247.5

中国版本图书馆CIP数据核字（2022）第 002564 号

怪咖奇异事件簿·雪山禁忌

GUAIKA QIYI SHIJIANBU · XUESHAN JINJI

蔡必贵 / 著

出 版 人	王　旭
责任编辑	严　娇
装帧设计	王　鑫
出版发行	贵州出版集团　贵州人民出版社
地　　址	贵阳市观山湖区会展东路 SOHO 办公区 A 座
邮　　编	550081
印　　刷	大厂回族自治县德诚印务有限公司
开　　本	620mm×889mm　1/16
印　　张	16
字　　数	208 千字
版次印次	2022 年 7 月第 1 版　2022 年 7 月第 1 次印刷
书　　号	ISBN 978-7-221-17039-2

定　　价　49.00 元

怪咖奇异 事件簿
STRANGE EVENT
目录

第 一 章	雪山之行	001
第 二 章	初入村寨	023
第 三 章	林中奇遇	043
第 四 章	佳人心语	065
第 五 章	变故丛生	085
第 六 章	邂逅宿敌	106
第 七 章	怪异讯息	126
第 八 章	真相之路	143
第 九 章	再入困境	170
第 十 章	迷之向导	199
第十一章	尘世有你	227
尾　　声		252

第 一 章
雪山之行

开车的是小希,水哥坐在后座的右边,小明离他远远的,靠在左边车门上。

昨天晚上,水哥那个地库的故事,一直讲到凌晨五点。他不愧曾是个优秀的游戏策划,故事讲得非常生动,把我们都带进了那个走不出来的地库里。

由于高度的疲劳和紧张,加之水哥在讲故事时有意误导,用语言和动作进行暗示,尤其是说到故事结局的时候,他利用肢体语言和面部表情,我一瞬间失去了判断。那个时刻,我模糊了现实和故事的界限,以为自己就是故事里的 Lolita,正坐在他的右边,身在那个逃不出去的地库里。

那种近似于催眠的效果,让我不光是精神状态上,就连身体感官都受到了影响,竟然无法从酒店的床上站起来,还产生了发动机轰鸣般的幻听。那时候,不光是坐在水哥右边的我,小希和小明也被吓到了。

不过,两分钟后我就回过神来。只要认真想想,就知道我不可能是 Lolita。首先,我认识水哥不到一年,水哥故事里三年前的电脑上,不可能有我的照片。其次,我作为一个男性三十年的记忆,都完整地

保存着,体量巨大,不可能是由 Lolita 这样的女性凭空想象出来的。至于之前坐水哥右边时,感受到的被公貔貅咬的痛觉,应该是水哥耍了某种手段,使用了某个不易察觉的道具也说不定,目的就是为了加强故事的可信度。总而言之,我觉得我们都被水哥骗了。小明和小希还好,我可是付出了陈年美酒和一个价值不菲的烟斗啊,而且还没有如我所愿地把小希推倒,可以说真是亏大发了。

我深吸一口气,朝后座的水胖子看去。不管他讲的故事真实成分有多少,光讲故事的技巧本身,就值得我佩服。

我又转过头来,看着正在认真开车的小希。她戴着一顶和卫衣同款的鸭舌帽,上面写着"Richardson"。

昨晚听水哥讲完故事,我本来就很疲惫,再加上被水哥的故事吓到了,自己都觉得丢人,也不好意思再提出之前说好的要小希陪睡的要求。讲完故事,我就跟水哥一起回房间睡觉了。

在付出一瓶上万元的麦卡伦二十五年陈,还有一支艺术家烟斗后,换来的竟然是这样一个结局。不过,去梅里雪山一路还那么远,要推倒小希,我倒不愁没有机会。

于是在高速公路上,我昏昏欲睡,车里的气氛也非常沉闷,四个人都像是睡着了,一路上没说几句话。

直至到了目的地,大家都好好休息了一晚,第二天才像是活了过来。

在昆明吃完早餐,我们驱车前往香格里拉。既然我已经"复活"了,那就重新由我来开车,小希头戴鸭舌帽坐在我右边,水哥跟小明继续坐在后座。

小明似乎开始淡忘水哥身体里的虫子,慢慢跟他有说有笑,而像我这么不要脸——不,应该说是善于调节心理状态的人,自然也忘了被水哥的故事吓到的羞耻,重新控制了车里的话语权。

为了调节气氛,我讲了几个很荤的笑话,小明在后座像是笑岔了气，就连一向高冷的小希，也没忍住笑了起来。

水哥冷不丁地打岔道："我们这一路过去，海拔越来越高，笑太多会缺氧的。"

小明被吓到了，"有那么严重吗？"

小希应该是有去高海拔地区的经验，反过来挑战水哥说："海拔高的地方，表皮面积越大的人越容易有高原反应，所以水哥你要小心哟。"

我接下去说："尤其爬梅里雪山的时候，海拔有多少，六千多米吧？水哥，要不要给你备个氧气瓶？"

水哥轻轻地哼了一声，表示对我们的不屑，"梅里雪山主峰叫卡瓦格博，海拔是有六千七百四十米，不过你们以为可以爬到上面去？"

小明提了个问题："听上去也不是很高啊，珠峰不是有八千多米吗？"

虽然这次的行程路线是由水哥规划的，但是出发前我也做了一些功课，此刻当然不能让水哥一个人扮演博学的角色，赶紧抢过话说："小明，这你就不懂了，世界上雪山那么多，一般高度在七千米以下的，专业登山队都看不上，不过这个不到七千米的卡瓦格博，却从来没有人能成功登顶。"

小希哦了一声，颇有兴趣地扭过头来看我。

我有点得意，继续卖弄道："跟别的雪山一样，卡瓦格博也曾经被挑战过。一九九一年的时候，有一个中日联合的登山队，在经过两年的准备后，想要尝试登顶。结果，他们遇上了一场雪崩，十七个人死在了山上，有些遗体到现在都没找到。"

小明一下子靠在我的座椅背后，好奇地问："天哪，鬼叔，那是怎么一回事？"

我故弄玄虚地叹了口气："这里面啊，特别复杂，一下子可说不完。据说，跟卡瓦格博的山神，还有一个什么诅咒都有关系。"

这时候,小希也出声说话了:"说来听听。"

我更加得意起来,调整了下坐姿,开始讲起故事:"是这样的,话说一九九一年那个时候,有一个日本东京大学的登山队……"

这时,坐在后面的水哥慢悠悠地打岔:"阿鬼,你说得不太准确。不是日本东京大学,这个中日联合登山队的主体是京都大学登山队,是日本当时最厉害的一支登山队,征服了世界各地很多的高峰。这次的队长叫井上治郎,是日本有名的气象学家,副队长则由国内著名的老一辈登山家宋治义担任。登山的时间也不是一九九一年,而是在一九九〇年的十二月,只不过遇难的时间我记得是一九九一年一月三日的深夜。而且,登山队早在两年前,就在山脚下进行了详细的调查,做了大量准备工作……"

我脸上有点挂不住了,这水胖子,看来还没过足讲故事的瘾。

小明惊呼了一声,语气里都是崇拜,"哇,水哥,你懂得比鬼叔还要多呀。"

小希也回过头去,"水哥,你继续。"

水哥在后座上,看不见我的表情,也就响应听众的要求,继续讲下去:"在那一个中日联合登山队里,除了正、副队长,其他成员都是各种科学家。他们具有丰富的户外和登山经验,而且得到了日本大财团的资助,使用的各种装备也是当时顶尖的。总之,从人员、配备和物资都是一次毫无悬念的登顶,甚至在好几年后找到的遗物里有一本队员的日记,从日记的内容看,他们也觉得登顶是理所当然的。"

我这时候也改变了主意,还是做一个安静的美男子,一边专心开车,一边听水哥扯淡。

水哥话锋一转:"但是,结局却不像他们想的那样。阿鬼说得没错,一共十七个人,都是最顶尖的登山队员,全部把命留在了山上。卡瓦格博的海拔是六千七百四十米,他们有一个五人的先锋队,已经到了离峰顶只有二百多米垂直高度的地方，却遇上了一场突如其来的暴风雪，只能放弃，回到了营地。"

小明呀了一声："呀，那他们就没再去尝试吗？"

水哥接下去说："他们当然想，不过那之后就是一连几天的大雪，客观条件不允许。那时候已经是一九九〇年十二月的最后几天，登山队就在山上度过了一九九一年的元旦，然后在一月三日的深夜，他们全部都失踪了。十七个大活人，睡觉前还跟大本营的后勤人员一直保持联系……"说着他停顿了一下，"第二天早上起来，却全部没了动静。"

小明紧张地问："失踪了？怎么回事？"

水哥慢悠悠地解释："大本营的人员联系不到登山队，马上向上级汇报。那十七个人失踪的地方是三号营地，在海拔五千二百米的二号营地和五千九百米的四号营地之间，具体的海拔我忘了。因为当时还在下大雪，没办法出动直升机，只能动员人力搜救。我国和日本的搜救队先后到达，可是因为暴风雪的原因，没人能到达失踪人员所在的营地。天晴之后，直升机才出动，可这时候已经过去五六天了。"

小明像是个专业捧哏，在水哥的每个停顿之间都能接上话："然后呢？"

水哥却没有马上回答，咕噜咕噜得像是在喝水。我按捺不住，接着说下去："然后，直升机什么都没有发现，整个三号营地都消失了。人们推测是发生了一场雪崩，把整个营地都埋在了雪下面。但诡异的是，在之后的好几年里，从来没人发现过他们的遗物和遗体。然后……还有些更可怕的传闻。"

我怕水哥又杀出来抢我风头，不敢松懈，一口气接着说："因为卡瓦格博是当地居民们非常崇拜的神山，对于登山队爬到他们的神山头顶上这件事，他们感到非常惶恐，认为山神一定会发怒，惩罚这些外地人。"我吞了一口口水，"还有，传说那五个突击队员爬到离山

顶几百米的地方时，不是因为风雪折返，是因为他们在山顶上看见了一座巨大的寺庙。"

小明很傻很天真地问："啊？不是说从来没有人登顶过吗，怎么还有座庙？"

我嘿嘿一笑，解释说："当然不是真的寺庙，是登山队员们的幻觉、山神的惩罚诸如此类的东西。总之，从那以后，为了平息当地人的愤怒，国家就禁止任何人登顶卡瓦格博，所以这也就成了一座世界上少有的、从未被征服的雪山。"

我终于在水哥之前，把自己知道的都说了出来，感到非常满足。

小明也长舒了一口气，"原来是这样，听鬼叔这么一说，我还有点想爬到这卡什么格上面去，当世界第一个呢，这样就可以出名了吧。"

水哥打击她说："别傻了，别说我们没装备、没技术，就算有，我也不想去冒险，从那个地库出来之后，我别的没学会，起码学会了信邪。"

小希也加入进来，附和说："嗯，虽然我也不相信鬼神，但我相信人的精神力量。那么多当地人，人的怒气加起来是很大的，真的触动了雪崩也说不定。"

我一边继续开车在高速路上奔驰，一边用余光偷偷打量着小希。跟卡瓦格博的登山队遇难之谜相比，其实我更想知道的是，小希为什么这次会跟我一起出来玩。

实际上，自从认识她以来，我就对其觊觎已久，不过小希看上去很疯很能玩，爆粗口、荤段子什么的生冷不忌，但是其实非常保守，想推倒她，比登上雪山还难。

平时我约她出来吃饭唱K什么的，怎么威逼利诱都不会喝多，想送她回家也是每次都被拒绝。我约过她几次一起出来自驾游，也同样被拒绝了。虽然叔的脸皮厚，但是总被同一个女人打脸，也会觉得没有新鲜感，所以就逐渐放弃。

这一次却不一样，水哥先规划出了徒步雨崩的路线，一开始只有我们两个大老爷们儿。我可是出了名的直男，对这样的"搞基"自然不感兴趣，于是就在朋友圈发了个路线，征集妹子结伴同行。

结果第一个报名的，竟然就是小希。

一开始我以为她终于懂得欣赏我的好，可是在后来的沟通过程中，叔终于发现，她不是对人感兴趣，而是对雨崩这个地方，有着莫名的兴趣。

我们开车到德钦县飞来寺的时候，已经是从南山出发后的第三个晚上。

按照计划，我们会在飞来寺住一晚，第二天看完传说中的"日照金山"后，再出发去西当温泉。

这里的飞来寺是个地名，应该是附近有个叫飞来寺的寺庙，久而久之，就把整个地方都叫成了飞来寺。不知道到底是飞来寺镇还是飞来寺乡，我们也没兴趣去搞明白。

离城市越远，住宿条件就变得越差，不过我还是矮子里面拔将军，挑了号称当地最好的一家酒店住下。我要了相邻着的两个房间，还是我跟水哥一间，小希和小明一间。按照水哥之前做的攻略，从酒店房间的阳台上，就可以看到传说的日照金山。

所谓的日照金山，就是朝阳照在梅里雪山的主峰卡瓦格博以及旁边几座海拔超过六千米的雪山上时的美景。水哥给我们看了几张网上的图片，确实还挺壮观的。

要看到完全形态的日照金山，对天气的要求挺高的，说到底就是在拼人品。不过，这个我倒不担心。虽然有水胖子的负分在拖累，但光凭叔这样感动中国的好人，就可以把人品值提升到比雪山还高的高度。

安顿好之后，我们四个人商量了一下，决定不在酒店里吃饭，而

是到飞来寺唯一的一条主街上找当地菜吃。

虽然在水哥讲的地库故事里,他身体内的虫子叫貔貅,但我觉得水哥这个人本身,用饕餮来形容他更合适。总之,我们非常信任他觅食的能力,在他这个老饕的带领下,我们顺利找到了一家大理风味的土鸡火锅店。

这家店很小,老板本人兼任厨师,水哥点了只当地养的土鸡,还有本地出产的牛肝菌,怕老板弄得不好吃,就亲自跑到后厨去进行指导。小明也像跟屁虫似的跟了进去,店里就只剩下我和小希,坐在一张长桌旁。

我去了趟厕所回来,看见小希正拿着手机,怔怔地看着里面的一张照片。

此情此景,叔当即使出江湖失传多年的绝学,只有内在美、外在美兼备的人才能学会的招数——凌波微步,悄无声息地走到小希背后。

她的 iPhone 5S 屏幕上,显示的是一张朋友圈的照片。照片里,一个身穿红色冲锋衣的中年男人,占据了 60% 的画面。这男人四十多岁,秃了大半的头顶完美反射着金灿灿的阳光,构成了传说中的美景"日照金头"。男人的脸上挂着一副登顶雪山的成功者的笑容,虽然实际上他只是站在雪山脚下。

他身后的风景,是一个孤零零的小村子,跟我在网上看到的上雨崩的样子重合。

雨崩村里的男人?

我不禁皱起了眉,难道说,小希千辛万苦进雨崩去找的,就是这个中年死秃子?

如果说这秃子是小希的前任,那么我会马上断绝对小希的任何想法,我无法容忍跟这样的秃子在不同时空里拥有同一个女人。如果秃子是小希的直系亲属,亲爹、亲哥之类,我会小心不碰到小希脸上的任何一个组件，因为那肯定是花了大价钱整出来的，一不小心怕碰坏了。

就在这时，小希发现了我的偷窥，赶紧把手机屏幕锁了起来，回头狠狠瞪我一眼，"你有病啊？"

我嬉皮笑脸地在她旁边坐下，"你有药吗？"

小希嫌弃地把凳子挪了一下，"离我远点，偷窥狂。"

我一边按照广东的就餐仪式，用高原地区烧不开的温水，把碗筷都烫一遍，一边取笑她，"小希，刚才那个秃子，就是你要去雨崩找的人吗？"

小希似乎早知道我会这么问，马上就说："才不是，你想多了。"

我可不愿意就这样放过她，"那你为什么一直盯着那张照片看？而且照片里的地方，就是我们要去的雨崩啊。"

小希扭过脸来看着我，想说什么，却欲言又止。

过了一会儿，她朝厨房那边看了看，见没人出来，终于豁出去似的跟我说："我给你看看我真正要找的人的照片，不过你要答应我，进雨崩之后帮我一起找他，还有，这件事不能告诉小明跟水哥。"

我嘿嘿一笑，捏起食指跟拇指，沿着嘴唇划过，模仿拉上拉链的动作，"你放心，叔的嘴巴最牢靠了。"

小希盯着我的脸研究了一会儿，像是要分辨我是不是值得信任。

我的双眼放射出真诚的光芒，再加上俊俏的容颜、恰到好处的笑容，果不其然打动了小希。在观察了我五秒钟后，她叹了一口气说："算了，还是不能相信你。"

我脸上马上就要知道一个八卦的得意的笑瞬间碎成了渣渣，但是像我这样不要脸的人，从来不轻言放弃，于是诚恳地给了小希一个承诺："相信我，谁说出去谁是小狗。"

我又补了一句："汪汪。"

我终于还是赢得了小希的信任，她又紧张兮兮地看了眼厨房，里

面水哥一直在指点老板做菜,小明也一直在大呼小叫"水哥好厉害",看来一时半会儿是不会从厨房里出来了。

小希这才把手机解锁,犹豫了几次,终于还是翻出了她存在手机相册里的一张照片,然后把手机放到我面前。

她用白皙颀长的食指,指着照片的某处,"你看这人。"

我满怀期待地一看,这不还是那个中年秃头男吗?

我深深吸了一口气,在心里努力说服自己。虽然这个秃头跟小希明显不是一个画风,但或许人家心灵美,有什么过人之处呢。毕竟不是每个男人都可以像叔一样,又有肌肉又有脑子,要学会对世界宽容。

我挠着后脖子,"好吧,你到底喜欢他哪一点?"

小希皱起眉头:"啥?"

我实在想不出更委婉的语言,"这个死秃子到底哪里好,不肯跟你联系就算了,还值得你翻山越岭去雨崩找他?"

小希终于明白了什么,用力在我头上敲了一下,"你白痴啊,不是让你看我闺密的舅舅,是看他后面的这个人,对,牵着骡子这个。"

我把脸凑了过去,仔细盯着那张像素不是很高的照片。

秃头男所站的地方,应该是进入上雨崩的一条盘山的泥路。在他身后,确实有一个皮肤黝黑、干瘦的青年男子,低头牵着骡子,从山路上走过。看他的衣着和神态,应该是当地人,他牵着的那头骡子,想来是租给游客,骑着进雨崩用的。

他侧着的半边脸,虽然模糊,但也能看出五官立体,有几分英气。当然了,跟人称"科技园梁朝伟"的叔相比,还是有一点差距。

不过,这就让我更觉得奇怪了:小希要进雨崩去找的,是一个养骡子的村民?

可能是见我一头雾水的样子,小希主动介绍道:"他是我大学同学,叫任青平。"

我点了点头,这任同学的年纪看起来,确实跟小希差不多。不知道她读的是什么专业，还有这样的少数民族同学，而且读完大学了不留在城市里，反而回老家村里去养骡子。

我问小希："这是你大学时的男朋友？"

她没有回答这个问题，算是默认了。然后，她就陷入跟任同学在一起的甜蜜时光里，"我们是大二的时候开始熟悉起来的，经常一起到图书馆里自习。他喜欢打篮球、骑自行车，总是说要带我去他老家，吃大闸蟹……"

"大闸蟹……"我挠着头皮说，"云南还出产大闸蟹？大闸蟹不是江苏的吗？"

小希啊了一声："谁说他是云南人了，他老家就在江苏。"

听她这么一说，我算是彻底糊涂了，头皮挠得更厉害了，"你到底在说什么啊？我们说的是同一个人吗？这个，这个照片里牵骡子的，黑成这个样子，明显就是当地的村民啊，怎么会是江苏人？"

小希解释说："他以前没那么黑，皮肤很白的。"

我感觉差点要崩溃，"黑不黑什么的不重要，好吧，如果他是江苏人，为什么毕业后又跑到雨崩去养骡子呢？"

小希看着我，摇了摇头，"这我也不知道。"

我眉头皱成一个死结，"那你不会打电话问他吗？就算是回老家换了号码，班里同学总有人知道他的新号码吧？"

小希叹了一口气，表情有点诡异，"不，就是没有一个人知道。"

我不可置信地说："任同学的人缘差成这个样子？一个朋友都没有吗？"

小希低下了头，锁骨却激烈地起伏着，像是在平复自己激动的情绪。

她沉默了一会儿，终于回答说："不，不是这样，以前他朋友很多的，男女同学都喜欢他。"

我实在无法理解，"那为什么没人知道他的号码？是发生了什么

事情吗?"

小希又陷入了沉默,过了好一会儿,才抬起头来,盯着我的眼睛。

然后,她说出了更让我无法理解的话:"嗯,发生了一件特别严重的事情。大三的上学期,他死了。"

我愣了三秒,"死了?你说他死了?"

小希点点头。

"那他是怎么死的?"

"车祸,他……"小希欲言又止,"总之就是死了。"

我皱着眉头:"你怎么确定他死了?会不会是假的,比如他为了逃债什么的,装死然后玩消失?"

小希对于我的不信任,似乎有些恼怒,"我们在殡仪馆给他开追悼仪式了,全班同学都去了,他爸妈也去了,阿姨哭得晕了过去……他躺在那个箱子里的样子,我到现在都还记得……怎么可能是假的!"

我吐了下舌头,"好好好,姑奶奶你说真的就是真的。话说回来,这张照片你是怎么看见的?这个秃得像颗卤蛋的男人,是你的谁?"

小希对于我这样刻薄的描述,并没有生气,"这是我闺密的舅舅,我在她的朋友圈看见的。闺密说舅舅一直很疼爱她,所以在舅舅生日那天,她就发了她保存的舅舅的照片合集,祝他永远年轻健康,让大家点赞什么的。我一眼就看见了他……"

小希指着闺密舅舅背后,那个黑黝黝的男人。我拿过她的手机,指着里面那张指甲盖大小的脸说道:"既然任同学挂了,这个就是跟他长得很像的一个村民嘛。你认错人了,就这么简单。"

我耸了耸肩膀,"叔戴着墨镜出门,也常被当成梁朝伟,被追着要签名啊。"

小希没有理我的低级笑话,从我手里拿回手机,一边看着里面的照片,一边摇头说:"我不会认错人,这人一定是任青平。世界上不可能有两个长得一模一样的人。"

厨房传来一阵喧闹，看来水哥终于指导完老板，土鸡已经放进高压锅里，他跟小明也要离开工作现场了。

小希赶紧重新锁上手机，好像觉得这样还不够，接着把手机装进随身的挎包里，盖好。

我打了个哈欠，还以为小希去雨崩找人的背后，有什么惊奇、好玩、刺激的八卦，原来只是个脸盲症患者的悲伤故事。

水哥跟小明从厨房里走出来，我刚要跟他们打趣，却感觉到大腿一阵剧痛，低头一看，原来是小希在用力拧我。

她真的用劲在拧，我疼得龇牙咧嘴，"姑奶奶，你干吗？"

小希严肃地看着我，"你答应我，进雨崩后帮我找到任青平。"

我连忙讨饶："答应，我答应你，不帮你找是小狗。"

小希这才松了手。我一边揉着大腿，一边心想，反正雨崩村就那么大，按图索骥找一个村民，能有多难呢？

这一顿土鸡火锅相当美味，四个人把一大锅鸡跟一盆米饭吃了个一干二净。小饭馆老板本人也过来盛了一碗汤，表示确实比他自己弄的好吃，还征求水哥的意见，以后能不能就按照他的方法来做这道菜。

得到水哥的同意后，老板很慷慨地表示这顿饭可以打八折。不过，最后我还是付了全款。小生意人挣点钱不容易，我的钱不算多，但任性一下问题不大。

到了晚上，气温骤降，毕竟已经是九月下旬了。虽然叔的工作时间比较弹性，水哥更是个大闲人，但是两个妹子都有正经工作，能请的年假有限。所以，我们选择的时间是在九月二十八日出发，她们请三天年假，就能接上国庆的黄金周，一共是十天，足够我们整个行程。

也就是说，当天已经是九月三十号，第二天就是国庆节了。等我们走后，这里就会被一大拨游客占领，这种步步领先于人的感觉，还是挺不错的。

外面的温度低，飞来寺更没什么好逛的，所以我们吃完饭就回了酒店。长夜漫漫，无心睡眠，水哥的地库故事也讲完了，大家不知道干什么来消磨时间。

我们走到酒店楼下，小明突然说："可惜没有麻将。"

水哥跟小希也同意她的看法。

我嘿嘿一笑，让他们稍等，然后到车上拿了个箱子，里面就是他们想要的麻将。像麻将这种居家旅行的必备道具，经验老辣如叔，怎么可能会漏掉呢？

我们各自回房洗漱，然后两个妹子来到我们房间，开始打麻将。说好了我跟小希一组，水哥跟小明一组，妹子要是赢了都是自己的，输了就由同组的汉子负责掏。

房间的桌子是方的，所以不存在坐水哥右边的问题。不过，作为他的上家，我对自己的位置还是有点心理压力的。

我是第一次和水哥打麻将，他的手气特别好，而且专做大牌，连十三幺这种丧尽天良的牌都能胡出来。我感觉有些邪门，以至于每次他伸手摸牌的时候，我都仔细看他的掌心，看他是不是在靠之前讲的地库故事里的那个什么鬼貔貅来作弊，但连个貔貅影都没发现。这让我又坚定了水哥讲的那个地库故事是胡编乱造的。

打了两圈，小明的电话突然响了。她一看来电号码，赶紧让我们别吵，才接起了电话。一开始我不知道她说的是什么，分辨了一下才知道是日语。小明在一家日资企业上班，跟公司的日本上级都是直接用日语沟通。

等小明讲完电话，水哥手里把玩着一张牌，严肃地对她说："明妹子，听哥的话，进了雨崩千万别讲日语。"

小明瞪大了眼睛,"为什么?"

水哥低头看着手里刚摸起来的那张牌,"你们还记得我今天讲的,登顶卡瓦格博那个事情吗?卡瓦格博其实在当地语里是太子雪山的意思,现在我们叫梅里雪山,是因为新中国成立初期,一支解放军测绘队把山标注错了。你想想,我们爬到太子头上去,那可是会遭殃的呀。"

我一边听他讲,一边看着自己的牌,以及桌面上已经打出去的牌。没有人杠过一、九、字,刚才水哥已经做了十三幺,赢了一把,难道他那么变态,还在做十三幺?这么想着,我侧过头去,想要偷看他手里的牌。

水哥却发现了我的意图,一手把牌攥在手里,继续说:"卡瓦格博是当地人心目中的神山,绝对不允许冒犯。当年,他们知道那群在山下准备了两年的探险队竟然要爬到卡瓦格博头上去,当时就不高兴了。村民们各种阻拦,跟登山队爆发了剧烈的冲突。可是在登山队员们看来,所谓无高不可攀,他们不理解当地的文化,不理解当地居民的心理,最后还是登山了。"

小明插嘴道:"所以当地人就讨厌他们?可是登山队不是已经受到惩罚,都死在山上了吗?"

水哥摇摇头,"探险队员们是死了,可是太子雪山的愤怒,到这里还没完。当地的居民说,一九九一年当年就闹雪灾,把快能收割的小麦都压死了。除了雪灾还有洪水,然后就是狼、熊这些野兽,突然就多了起来,到村里还祸害牲口。当地居民觉得,这些都是外国的探险队不听劝阻,爬到了太子雪山头顶上,惹怒了山神所带来的恶果。所以到现在为止,西当、雨崩、斯农这几个雪山脚下的村子的居民,都特别讨厌这个国家的人。要是他们怀疑你,可能不光你,连我们的生意都不做了。"

小明噘起了嘴巴,"好嘛,那我不讲就是了,起码躲到没人的地

方讲。"

我喊了一声:"什么山神,什么灾难,都是封建迷信。"

水哥笑了笑,"阿鬼啊,我知道你是忠实的唯物主义者,你不信邪,不过从地库出来后,我特别信。有时候啊——"他拖长了语调,"还真由不得你不信。"

我心里暗道不妙,"比如说……"

水哥把手里那张牌放下,一把推倒眼前的牌,得意地说:"自摸,十三幺。"

那天晚上算下来,水哥胡牌胡得嗨极了。这死胖子,不过就讲了个故事,规划点行程,一路上有好酒喝,有美女陪,得了个手工烟斗,不用花钱,现在还能挣钱。

世界上像我这样的冤大头,应该也不多了。

第二天早上我们六点就醒了,为了看传说中的日照金山。结果,估计是因为水胖子人品太差,竟然是个阴天。我们站在酒店的阳台上,看向太子雪山。所有的山峰都被云雾笼罩着,别说日照金山了,连山都看不见。

于是我骂骂咧咧地回去补了个觉,八点钟才起床吃早餐,然后就开车向西当温泉出发。

把车停在山坡上的露天停车场,每个人从车尾箱里拿起自己的行李,背在肩膀上。用四个轮子走了一千多公里,现在终于要开始徒步了。

像叔这样随便就能跑个半马,没事到健身房做两小时力量训练的,就是为了在这个时候,展现强壮的体魄和雄性的魅力呀。

我冷眼看着水胖子那庞大的身躯,还有他特别巨大的背囊,像是把全副身家都带在身上了。我想等会儿路上他要是不行了,该怎么羞辱他。谁让他讲故事吓我,还赢我钱,总之,我是绝对不会帮他背东西的。

结果我们刚走出停车场,在一个山坡的小树林里,就见到了一群骡子。在两个妹子的强烈要求下,我们租了两匹骡子,把大的背包放骡子上,贵重物品、水、登山杖随身携带。

上山之后,我更是大失所望。徒步雨崩,听上去多么高大上、多么艰难的旅程,其实远没有那么凶险。这就像是一个放大了十倍的登山公园,沿路都有垃圾桶跟编号的电线杆,我们遇见五十多岁的大叔大婶在爬,还有五六岁的小朋友,被爸妈牵着也在爬。

水哥虽然走得没我矫健,但是也不算辛苦。昨晚赢了钱,他今天的兴致很好,一路走一路还给两个妹子讲解当地的风土人情,像是当上了义务地陪。

我一个人闷头在前面走,突然,小希赶了上来,没头没脑地说了一句:"他也会讲日语。"

我一时没反应过来,"谁会讲日语?"

小希看着我说:"任青平,他的日语很好,大三就考过了日语一级。"

我挠了挠头,"才一级?叔英语可是六级。"

小希不屑地说:"有点文化好吗,日语跟英语考试不一样,一级是最厉害的了。"

我耸了耸肩膀,"好吧,你那个任同学,活着的时候人长得好,人缘也好,会打篮球,还是个学霸。然后呢?"

小希皱着眉头说:"你怎么那么迟钝啊?你想想,水哥说一九九一年的那次登山,死了好多人,大部分是日本人,有人到现在都没找到遗体。任青平也是突然就不……"

小希突然打住这句话,起了另一个头,"总之他会说日语,又突然在太子雪山脚下出现,你不觉得这太巧合了吗?"

我叹了口气,"刚认识的时候,叔还以为你不但长得好看,人也

聪明,没料到现在发现,你也跟别的女人一样,胸大无脑……哎,你别捏我,我不是这意思。我是说,你是《暮光之城》什么的看太多,以为男主角都是打不死的吸血鬼;你太希望任同学能复活,所以先预设了这个结论,把所有相关不相关、合理不合理的现象,都用来当成支撑结论的理由。"

我顿了一下,"下午就可以到雨崩了,到时找个人问下,就可以印证我说的。小希,现实虽然残酷,但是你要做好心理准备——人死不能复活,你认错人了而已。"

小希听我说了那么长一串,没有生气,反而笑了一下,"不是你说的这样,我不会认错人的。"

她点了点头,"绝对不会。"

我没有再跟她理论,反正事实很快会验证我的正确。

我们一行四人继续徒步登山,数着电线杆的编号,还差七十多根就可以到达雨崩村。路上大部分是盘山的泥路,左手边的视野开阔;偶尔也会穿越原始森林,看到五色风马旗。

在向上穿越一个小小的树林后,我们来到一座小型的服务点,这里有热水、牦牛杂,还有最受欢迎的康师傅方便面,十五元一桶。服务点的房子是用木头搭的,但是护栏五颜六色,仔细一看,是用方便面的桶一个个套起来做成的。粗略估计,有一两万个。

我们在服务点歇息了会儿,叫了不少吃的。如果你们以后从西当徒步进雨崩,也一定会路过这个服务点。到时你们坐的板凳旁边,护栏的方便面桶里,也许有一个就是我吃掉的——红烧排骨味的方便面的桶。

从西当进雨崩的难度不大,路途短,攀升的海拔也不高,而且沿途的设施比较完善,游客也很多,算是比较安全的路线。只要是身体健康的成年人,一般都能完成。如果平时有锻炼或者有登山经验的,完成这个徒步进雨崩的计划，更是毫无挑战。

不过水哥一路提醒我们，还是有几个注意事项。比如不要大声喧哗，以免当地人反感；有载人驮货的骡队经过时，要靠山壁的这一边躲闪，免得被骡子踢下山崖；还有最重要的一点，必须在晚上七点钟之前进到雨崩村，不然的话，太阳下山后光线变暗，气温骤降，还可能有野兽出没，遇到意外的可能性就大大提高了。

虽然我们带了帐篷和睡袋，可不是为了睡在半路上而准备的，听水哥这么说，我们就加快了脚步。幸好四个人的身体素质都不错，敏捷度很高，四点钟没到，就爬到了这条路线海拔最高的一个垭口。在这个垭口的服务点，坐着一群休息、自拍、吃泡面的大叔大婶，一问之下，他们比我们早进山两个多小时。

翻越垭口之后都是下坡路，傍晚六点左右，我们经过了一个"Z"字形的山道，水哥告诉我们，再有十分钟就到村口了。

我们继续在山路上走着，右边是山壁，左边的树木逐渐稀疏，太子雪山整个出现在视野里。早上在飞来寺时，那场浓浓的大雾已经散去，雪山向我们展现出它的宏伟和庄严。连绵不绝的几座高峰，顶端是万年不化的冰盖，下面是灰白色的山体，像是通往天空的阶梯，又像是永不可翻越的高墙。

当年登山的探险队，无法理解当地人对雪山的敬畏。但对于我这样初次来到山脚下的外人，却能够想象得出，世代久居于此的人，会臣服于雪山的威严，对其产生崇拜和畏惧，简直是理所当然的事情。

再走下去，雨崩村的全貌也展现在我们眼里。与雄伟的雪山相比，这个小小的村落，就像是巨人脚下的一片落叶。站在山路上望去，全村只有几十栋当地民居，错落在山坡和树木之间，与世无争，恬然自得。

我突然觉得，跟心爱的女人在雪山脚下的小村里度过余生，也不失为一种选择。

小明突然大呼一声"哇",撒欢向着村口跑去,有一种鬼子进村的既视感。水哥一边气喘吁吁地追她,一边让她安静,不要大呼小叫惹恼了当地居民。

我跟在他俩后面,突然发现,小希不见了。回头一看,她却站在山路上,呆呆地一动不动,我叫了两声也没反应。

我回头走到她身边,正要说话,小希却没头没脑地来了一句:"照片是这里拍的。"

我想了一下才反应过来,小希说的,应该是她闺密舅舅跟任同学"合照"的那张照片。

这么想着,我环顾四周,这里是山路上较为宽敞的一段,可以容骡马跟游人交会而过,不至于挡住别人;而且树木稀疏,视野开阔,可以把雪山跟雨崩村整个放进镜头,确实是拍"到此一游"的绝佳地点。

我退后几步,背靠山壁,左右手拇指食指比成一个长方形,模拟相机镜头来取景。果然如小希所说,这里就是那张照片的拍摄地点。现在小希站的位置,就是她闺密舅舅的位置。而在她身后不远,曾经有个长得很像她死去的同学的当地青年,牵着骡子走过。

小希背对着我,还在呆呆地看着雪山。我正想走过去拍拍她的肩膀,说两句笑话,突然之间,脚下一阵趔趄,我感到心悸气短,脑袋也有点眩晕。

我停下脚步,低头深呼吸,心里却一阵好笑。在翻越白马雪山四千七百多米海拔的垭口,在刚才徒步翻山的路上,都没有高原反应,现在下到海拔两千米的地方,身体却突然矫情起来了。

当我再次抬起头的时候,却被眼前的景象吓蒙了。

小希还是站在我面前,背对着我。雪山无声伫立在她面前,山顶上的冰盖却变成了……血红色,像从动脉血管里喷涌而出,还没来得及接触空气的那种鲜红。

突然之间，鲜艳得刺眼的血红冰盖，分崩离析，化成滔天的血色洪水，向山底下的我们席卷而来。

我惊慌地退后两步，突然一阵骡子的铃铛声，打碎了眼前的幻象，一切又恢复了正常的样子。

我直起身来擦汗，正在想这是不是高原反应的一种现象，又该不该跟小希描述我看到的景象，却突然发现，她也后退着走到了我身边。

小希回过头来，看着我额头上跟她一样的汗珠，略带惊慌地问："你也看见了？"

我吞了一口口水，"看见了，雪山，不……是鲜血的血。"

小希点了点头，"血山。"

我深呼吸，再看着眼前的雪山，却看不出什么异象。

这时候，小希扯了下我的手，"走吧，水哥在等我们呢。"

我转头看去，果然水哥正站在前面的路上，朝着我们这里挥手，而他的左手，很自然地牵着小明。一阵山风吹来，刚才我被吓得汗湿的背顿时凉飕飕的，也不想在这里久留，于是拉起小希的手，朝水哥那边走去。

小希的手，肉稍微少了点，略显硌人，但总的来说体验不错。出乎意料地，她并没有挣脱，只是目视前方，很自然地说了一句："刚才看见的，不要告诉小明和水哥。"

我转头看着她，"为什么？那么诡异的事，只有我和你看见了，不该告诉水胖子炫耀下吗？"

小希皱起眉头，"别问为什么，答应我别说。"

叔是个风一样的男子，最反感别人乱给自己定规矩，不爽地道："我凭什么答……"

小希转过脸来，抬头看着我的眼睛，"你不告诉他们，我就陪你睡。"

叔作为一个风一样的男子，有好处摆在面前，当然就屈服了，"一

言为定。"

小希又补充了一句,"当然,还要帮我找到任青平。"

虽然这是两个条件,但是第二个条件实际上在早餐时我已经答应她了。反正在一个两百多人的小村子里,找一个租骡子的青壮年,肯定不是什么难事。找到他,在雨崩村就把小希睡了,出山以后,再告诉水胖子刚才看到的血山,也不迟。

我眉头向上一挑,"就这么愉快地决定了。"

当务之急是进村找到那个牵着骡子的男人,我握紧小希的手,加快了脚步。

第二章
初入村寨

雨崩村还没通车,村子就那么大,能容纳的游客有限,所以商业化也没那么严重。村里没有酒店,有的只是民居改造成的旅馆,住宿条件较为艰苦,是像青年旅舍那样的上下铺,厕所和浴室都在院子里,要用就得排队,热水也不是二十四小时供应。我们经过一间旅馆时,就看见黄泥地的院子里,有四五个年轻人正拿着换洗衣服、端着脸盆,站在浴室的木门前排队。

我习惯了大城市的生活方式,虽然出来玩可以适当降低住宿要求,但这样的环境还是超出了我忍受的极限。

不过,幸好我们有水哥。据他说他在出发前,就已经把整个雨崩村最豪华的两个房间订了,独立卫浴,阳台上可以直接看见卡瓦格博。

"雨崩村里的总统套房啊!"水胖子就是这么吹嘘的。

我们进了村口,朝水哥说的房间走去。旁边都是白墙。我抬起头,看见从木头的窗户里,一个不知道是游客还是当地人的妹子正探出半个身子,一边看着我们走过,一边露出含义不明的笑。

走到水哥定好的地方,这里其实还是一家民居改成的旅馆,叫作梅朵客栈。一楼是当地建筑风格的餐厅,用木头搭成的二、三楼是房间。

旅馆一楼的"大堂"还没有正经酒店大堂的前台宽,而这里的前台……应该说接待处,更是小得像公厕门口收费的小桌子。总之,这里的环境,跟水哥说的"豪华""总统套房"压根不沾边。

登记入住的时候,我抱怨水哥不靠谱,坑队友,水哥急了,"我真没骗你,不信你自己再去找,有比这家好的,我把昨晚赢的钱都还你。"

接待的妹子听见了,笑着对我解释:"他确实没骗你,我们家确实是村里条件最好的了。"

这个妹子的普通话非常标准,身材圆润,皮肤白皙,看起来不像本地人。

我搭讪道:"老板娘,你是哪里人?"

妹子一边给我们办理入住,一边笑说:"我是哈尔滨人,不过我不是老板娘,你们叫我梅朵就好了。"

我奇怪道:"你们这里叫梅朵客栈,你又叫梅朵,怎么会不是老板娘呢?"

小明插嘴道:"梅朵姐自己开的客栈,所以应该叫老板,不是老板娘,对吧,梅朵姐?"

梅朵捂着嘴巴笑:"我可没那么厉害,雨崩村里的所有旅馆都是本地村民开的,我是义工而已啦。至于我为什么叫梅朵,每一任在前台帮忙的妹子都被这么叫。"

我点了点头,她所说的义工,不是从事公益活动的那种义工,是现在年轻人的一种生活方式,就是到了哪个地方旅行,觉得这地方好,待着就不想走了。年轻人又没什么钱,就在当地找一份旅馆、餐厅、咖啡厅的工作,包吃包住,没有工资或者是拿点象征性的工资。

我突然想起,可以让义工梅朵帮忙看看那张照片。不过水哥和小明就在旁边,为了照顾小希"不要让他们知道"的需求,只能等以后找机会。

这时，梅朵已帮我们登记好入住，取了钥匙，带我们上楼。

这个房间虽然跟"总统"根本扯不上边，但叫作套房还是没错的。一个木门进去，是个小小的客厅，然后相邻的两面墙上分别有门，通往各自的房间。每个房间大概十五平方米，两张床，卫生间也很小，但总算有二十四小时供应的热水。

房间还附带一个阳台，栏杆是用很原生态的树干搭成的，用绳子绑在一起，感觉一不小心，就会连人带栏杆一起摔下楼。两个房间的阳台是连在一起的，阳台下是餐馆的烟囱，冷冽的空气里，还带着木柴燃烧后的烟火味。房间虽然条件简陋，地理位置却很优越。在阳台上，可以毫无遮挡地看见整个太子雪山，观赏的距离和角度都比在飞来寺那里要好得多。也就是说，只要接下来几天出太阳，我们还是能看到日照金山，而且应该比飞来寺那边更壮观。

等我们安置好行李，天已经黑透了。水哥带我们出去觅食，据他所知，村里就没什么像样的馆子，唯一还能吃的，是一家新加坡人开的餐馆，很多外国人也爱在那里吃饭。

水哥叮嘱妹子们多穿衣服，还给大家都准备好了手电筒。因为村里根本没有路灯，村道是条弯弯曲曲的泥路，路的一旁就是山坡，坡下面是农田。要是没有手电筒，摸黑走路，一不小心就会掉到田里去。

我们一起下了楼，问清楚了餐馆位置，我借故让水哥跟小明先去点菜，把小希留了下来。

梅朵刚好也在前台，我让小希把手机里的照片翻出来，然后拿给梅朵。

我问她："这人你见过吗？不是这秃头，是秃头后面这个本地人。"

梅朵皱眉仔细看了一会儿，"牵着骡子这个吗？还真没见过。不过我们客栈每天早上，都会帮要出雨崩的住客叫骡子，这些马夫互相都认识的，明天你问问他们就行。"

小希不甘心地问："真的没有见过吗？"

梅朵仔细想了一下,"真的没有。"

我觉得也不在乎这一晚,明天早上再问马夫就行了,于是牵着小希往外走。她拿着手机,点了一下图片,估计是想返回到相册,但不小心滑动到下一张图片了。我看见,那是一张微信聊天窗口的截屏,右边绿色对话气泡旁的头像,是小希自己,而左边那个人,没有头像。

仓促之间,看不清对话的文字,但我发现左边这人发了张照片,虽然是缩略图,但仍然能看到硕大的秃头。

我不禁有些奇怪,小希说这照片是她闺密发的朋友圈,照理来说,应该是直接从朋友圈保存的,为什么这里看起来,却像是这个没头像的人发给她的呢?

我心里暗自想,有机会要偷翻这张照片,好好看他们聊的是啥。

雨崩村里的电力有限,客栈用的电灯瓦数很低,我扫了一下小希的脸,昏黄的灯光下,看不出她的表情有什么异样。

没想到看上去单纯直爽的妹子也会骗人,而且骗得面不改色,看样子她来雨崩村找人这件事还对我隐瞒了一些东西。

我更加好奇了,当然,我不承认这叫八卦,而是求知欲。想要揭开未知的谜,了解这个世界运作的方式,也是热爱生活的一种体现。

出了客栈,天已经全黑了,村里没有路灯,路边的房屋里透出的光线也很朦胧,空气中弥漫着田野、牛粪、柴火的气味,有一种穿越回八十年代的农村的感觉。

小希走在路的左边,再左边就是山坡,我很自然地牵着她的手,把她换到我右边的位置,"你走这边,小心,据说滚到田里会让土猪吃掉的。"

小希看了我一眼,"没看出来,你还挺会照顾人的。"

我笑了一下,"知人知面不知心啊,我也不知道你……"

正说着,小希突然低声惊呼了一声:"流星!"

我顺着她手指的方向看去,果然有一道流星从头顶的天际划过。

城市里污染严重，别说转瞬即逝的流星，能看见金星就算天气不错了。其实在每晚的夜空，流星的个数都很多，天气晴好的时候，在雨崩这样的地方，如果想看流星，基本十分钟就有一颗。

小希竟然和电视剧里一样，低着头，双手抱着放在胸前，闭上眼睛念念有词地许愿。

她的愿望会是什么呢？一定是早点找到那个任青平吧。我饶有兴致地看着她。

我一手牵着小希，一手拿着手电筒，往村道的那一头走去，在这个雪山脚下的世外桃源，星星堆满了夜空，迎面吹来的风冷冽而清新。路上几乎没有行人，全世界似乎只剩下这些沉默的房子，还有牵着手的两个人。这样的环境下，我想人应该会比较容易敞开心扉。

我在脑海里琢磨了一下措辞，开口问："小希，你的任同学对你来说，是不是特别重要？"

小希扭头看我，黑暗中看不太清她的表情，"为啥这么问？"

我嘿嘿一笑，"正常来说，妹子对于听鬼故事会有兴趣，但现实里遇见这种诡异的事情，都是倾向于逃避，很少人会这样硬碰硬地去搞清楚。所以我猜，你要找这个人，是因为他对你来讲特别重要。一开始我以为是你的亲人，现在知道的信息稍微多了些，我推断，他是你大学时的男朋友。"

小希笑了一下，声音却有点发苦："也不算是啦。"

我皱眉问："难道我猜错了？"

小希沉默了一会儿才故作轻松地说："你说没有上过床，能算是男朋友吗？"

我也笑了，按照时下一些观点，上了床都未必是男女朋友，没上过床的，当然不算是。

小希低下头，晃荡着我的手说："大二的时候，我们确实挺好的，我经常陪他去图书馆，有时候很晚才回宿舍。回去的路上，他就这样

牵着我的手……我们除了开房之外，该做的事情都做了。"她叹了一口气，"要不是出了那件事，可能我们一毕业就结婚了。阿鬼，你知道我最恨他什么吗？"

我耸耸肩膀，"不知道。"

小希仰望着天上的星星，"我最恨的是，他为什么不和我进一步发展呢？"

在我的印象中，小希有很多标签，高冷、美貌、抽烟、喝酒、爱玩，但我从来没想到她会像现在这样伤感和惹人怜爱。看来许多人都有属于自己的故事，都不是看上去那么简单。

见我没有说话，她自嘲道："我突然变成文艺女青年了。记得你答应过我的，只要你做到，就可以……"

到了现在，小希对我的诱惑已经退居其次，我更想要的是找到这个长得像任青平的人，虽然我是忠实的无神论者，但现在却打心眼里希望那个人不光是长得像任青平，而是如小希所说，直接就是任青平。

如果有这样诡异的事情发生，背后肯定隐藏着一些更好玩的东西，更能刺激我的肾上腺素分泌，再加上水哥讲的一九九一年中日联合登山队遇难的故事，还有我和小希亲眼所见的雪山变成血山的诡异景象，我隐约觉得，这些事情不是孤立的，而是有着莫名的联系。

我抬头看了一眼，卡瓦格博正在星光的照耀下，沉默地矗立着。或许，一切谜题的答案，就在那个从来没有人登上去过的雪山顶上。

我没打算挑战卡瓦格博，不过想要揭开事情的真相，就需要掌握更多的信息。我还想跟小希套话，但是这个时候，我们已经走到了那家新加坡人开的馆子，招牌上写的名字很洋气——"梅里Café"，顿时有些高端大气国际化。

走进馆子里，虽然依旧是木头建筑，但布置得确实像高端的西餐厅。在餐厅中央是开放式的厨房，里面几个年轻人正在热火朝天地忙活着。厨房旁边有一道门，通往一个大阳台，上面也摆着几张桌椅，可以想象在阳光充沛的下午，坐在阳台上喝茶看雪山，会有多惬意。不过现在晚上气温低，没有人愿意在外面吃风，室内的餐桌也摆放得错落有致，水哥跟小明正在靠窗的一张桌子旁，朝我们招手。

光从这馆子的布置，就可以看出新加坡老板应该是有着丰富的、从事餐饮业的经验。

不仅是招牌跟布局，店里的顾客也很国际化，各色人种都有，几张餐桌旁坐着的人都说着不同的语言。我留神听了一下，确实没有人说日语，估计日本游客也很少来这里旅行。

我跟小希刚坐下不久，水哥就告诉我一个关于这个馆子不太国际化的消息。他说，因为顾客太多，厨房的效率有限，所以我们这一桌估计得等一小时才能上菜，这还是乐观估计。如果是在外面，我们马上摔门而去，换另一家馆子，有钱还怕没饭吃？但现在我们却毫无办法，因为在这样的鬼地方，确实有钱也怕没饭吃。

我们一边喝着店里自酿的青梅酒，一边耐心等上菜。喝了二十分钟不到，店里发生了更不国际化的事情：停电了。

视野里先是一片黑暗，过了没几秒，我们就适应了眼前的黑暗，借着窗口洒进来的星光，大致可以看出室内的情况。

我朝窗外看去，隔壁几栋房子的灯光也同样熄灭了，看来不是这个餐馆的问题，而是整个雨崩村都停电了。

餐厅里一片吵闹，不过我看见也有几桌人没什么反应，像是早就习惯了。隔壁一桌牛高马大的应该是德国人，熟练地打开手机的闪光灯，把手机背面朝上放在桌子上，再在闪光灯上罩一个倒过来的纸杯。看起来，他们早习惯了雨崩村里的停电。

我依样画葫芦，用手机做了盏小灯，但是多一盏的话会更好，水哥和小明都表示他们的手机快没电了，小希很自觉地拿出手机，却不知道怎么样才能打开背后的闪光灯。

我心里一动，借着机会把她的手机拿了过来，举起用手机背对着

小希,确保她看不见我在屏幕上的操作。我装作在找开闪光灯的设置,其实是偷偷打开微信,快速把那张秃头照片,还有旁边的那张聊天记录,发送给我自己的账号。

村里的网络信号很差,图片传送得奇慢无比,幸好在小希起疑心之前顺利传了过来。我偷偷吁了口气,赶紧选中这两条聊天记录删除掉,然后打开手机的闪光灯,放到桌上做成了另一盏小灯。

小明抱怨道:"什么破地方嘛,村里停电也就算了,这餐厅也不发电,真小气。"

水哥笑道:"不是小气,是他们没有汽油啊。我们今天是走路进来的,你们看见的所有商品,也是从山外用人力和骡子背进来的,所以特别宝贵。你看他们做饭用的煤气罐,背进来可费了大力气。"

小明若有所悟:"哦,原来是这样。水哥你说得没错,你们还记得吗,我们进山时看见一个小伙子,背着个生日蛋糕,肯定是给女朋友庆祝生日的。"

小明话音刚落,像是为了羞辱她的判断一样,馆子的新加坡女老板突然拍着手说:"各位,停电了,我趁机说一下,今天是我们厨师小龙的生日,他的好朋友小光特意从外面背了个蛋糕进来,给他庆祝生日。麻烦大家一起给小龙唱个生日歌好吗?"

用蹩脚的普通话说完之后,老板娘又用英语重复了一遍。

小明噘着嘴,"什么嘛,原来是送给'基友'的。"

小希在旁边"补刀","那才是真爱,异性只是繁殖后代。"

我嘿嘿一笑,"挺好啊,让他们真爱去,小希,我们什么时候来繁殖一下?"

水哥在旁边撮合,"小希,你就从了老鬼吧,给他生个小鬼。"

小希意味深长地看着我,"那要看你的表现咯。"

我当然明白她的意思,嘿嘿一笑,没有接话。按照小希的个性,遇到这种调戏,她应该会表现得很不屑。现在为了找到任青平,她愿意委屈自己，更说明这个人对她来讲有多重要。

新加坡老板娘端出了蛋糕，在场的顾客都很给面子，一起唱了生日歌。寿星小龙也是个二十岁出头的小伙子，感动得都快哭了出来，说了一堆感谢雨崩、感谢老板娘、感谢大家的话，就差没感谢CCTV了。

一场庆祝生日的活动，让我们的上菜时间又推迟了十五分钟，我们肚子饿得咕咕叫，只好找些话题来转移注意力。

我问水哥："水导游，明天我们的行程怎么安排？"

水哥说："明天我们从上雨崩走，去卡瓦格博……"

这时，小明插嘴道："卡瓦格博？不是说不让爬了吗？"

水哥解释道："你听我讲，我们先到海拔三千五百米的大本营，再到海拔三千八百米的冰湖，这两个地方都可以去，但再高点就不让爬了，而且没有路，像我们这样的经验跟装备，就算想爬都不行。"

我点了点头，问："明晚在哪里扎营？我准备跟小希住一个帐篷，生个小鬼。"

水哥嘿嘿一笑，"明天不过夜，当天来回。去冰湖是雨崩旅行的必玩景点，路线很成熟，走得快的话来回五个小时就够了，所以你们也不用带帐篷和睡袋。"

我皱眉道："不过夜？那我们带帐篷什么的进来干吗？"

水哥继续解释："明天大家回来之后，看看体力能不能支持，如果没有太大问题，后天我们从下雨崩那边出发，去卡瓦格博南侧的另一个叫神湖的地方，那里海拔高一些，有四千六百五十米，路比较难走，不是每个来雨崩的人都会挑战，我们在那边住一晚，大后天回雨崩。这样的行程安排会很辛苦，因为第三天我们还得徒步出雨崩，不过把能去的地方都去一遍，也就不会留下遗憾了。"

小明跟小希纷纷点头，这时候，隔壁桌突然传来一个声音："你们要去神湖？"

这人的普通话说得很普通，带着浓郁的粤语口音。

在改革开放之初，有句话叫天不怕地不怕，就怕广东人讲普通话。其实到了现在，随着国家大力推行普通话，大部分广东人的普通话都不错——比如我。不过还是有些老广东人保持着"良好"的传统，听他说普通话你会想哭——比如我们遇到的这一个。

我们转过头看过去，说话的年轻男子大概二十五岁，头戴一顶深色棉帽，脖子上挂着大大的红色魔音监听式耳机，穿着黑色或者深蓝的始祖鸟冲锋衣。他那张桌一共四个人，三男一女，都很年轻，这会儿纷纷跟我们打招呼。

我见他们说普通话实在吃力，很想用粤语跟他们沟通，但是又怕水哥跟小希他们听不懂，所以还是忍住了，用电台播音员标准的普通话回答："对，我们准备后天去神湖。"

棉帽男非常惋惜，"后天？哎呀，我们明天一早就去，可惜了。"

跟他一起的那个女的，在那么昏暗的灯光下看不清脸，但头发上却支着一副墨镜。她的声音嗲得很有辨识度，妄图对我施展美人计，"哥哥，明天一起去嘛，人多更好玩。"

对于他们的盛情邀请，我表示很感动，然后就拒绝了他们的请求。我还要帮小希完成心愿，然后把她推倒的，岂容这些路人来坏我好事！

那群人又对水哥、小希、小明软磨硬泡了一通，小明看上去颇有些心动，毕竟对面三个小伙子都长得不错的样子，可是我态度坚决，她也只好作罢。毕竟，这一路的开销都是我负责，她还不至于这么不懂事。

棉帽男看没办法拉拢我们，最后也只好作罢。在他准备转过身去的时候，我问了最后一个问题："你们是哪里人？"

他有点尴尬地说："南方人。"

我看他的态度奇怪，揭穿道："广东人吧？广东哪里？"

他跟墨镜女对视了一眼，支支吾吾地不肯说清楚。我心里大概清楚了，这群人肯定是来自香港，难怪他们的普通话说得那么普通。其实这时候我犯了一个先入为主的错误,判断出棉帽男是香港同胞,所以就把他的同伴也当成香港人。我忽略了一个问题,他们一桌人讲话的时候用的是英语。

除了棉帽男之外,另外三个人的普通话也带着口音,但是后来想起来,那是另一种语言的口音。

那种口音背后的语言,小明肯定听出来了。但是由于水哥之前的劝告,她没有用那种语言去和那另外三个人沟通。

跟这群"香港人"聊完,没过多久,村里的电力就恢复了。馆子里一阵欢呼,我却突然有些头晕,不知道是因为高原反应,还是因为空腹喝了太多梅子酒。

好在十来分钟后,我们这一桌终于开始上菜。由于是新加坡人开的店,那个过生日的厨师小伙子估计又是西北人,所以这桌菜的风味非常混搭。不过因为大家肚子都饿了,又是在这样条件艰苦的地区,所以都吃得特别香,连一盆稍微有点夹生的米饭都被我们吃了个底朝天。

埋单后,我们跟隔壁桌礼节性地打了招呼,然后就往回走。因为都喝了些酒,大家兴致跟这里的海拔一样,都有点高,如果是家那边,下半场肯定去唱K,这里的下半场只能是睡觉。

回去的泥路上,小明抱着水哥的大粗膀子,唱起了可能是"90后"之间流行的、我压根就没听过的歌。水哥一再告诫她要压低声音,说是当地人不喜欢喧闹,尤其是明天爬山的时候,更要特别注意。卡瓦格博是当地人心目中的雪山圣域,如果违反了规矩,伤害了他们的民族感情,到头来可能就是伤害自己。

听水哥这么说,小明把头靠在他肩膀上,"我都听你的。"

我跟小希走在他们后面,我扭头对她感慨:"啧啧,你什么时候才能对我这么温柔?"

小希轻轻一笑,压低音量说:"等你帮我找……"

我抢过话头往下说:"帮你找到任青平,对吧,好啦好啦,你放心。"

回到客栈,我先洗了澡,然后轮到水哥。高海拔地区昼夜温差大,夜里也越来越冷,我穿上了羽绒外套,到阳台上看星星。头上的星星层层叠叠,可以感知到它们不是平面的,而是立体地散布在宇宙中。而我脚下的这个巨大的、一辈子都走不完的地球,其实也只是漂浮在星空里的沧海一粟。

在星辉的闪耀下,卡瓦格博沉默不语。跟恒星比起来,雪山也不过是一个短暂的、马上就会融化的冰棍;而和这短暂的冰棍比起来,人的一生也足够短暂,爱一个人或恨一个人更是转瞬即逝的事情。

突然,我想到了两张图片——从小希手机里发来的。我掏出手机,打开微信。我还担心网络太差,那两张照片会没传过来,幸好点开和小希的聊天窗口,两张照片都在。

我先点开第一张,这里的网络确实很差,老半天才看到大图。这张是秃头男跟任青平的合照,我仔细看了两分钟,没发现什么新的信息,任青平的那张脸还是那么模糊,也不知道小希凭着如此低的像素怎么就能认定这个人是她死去的同学。

不过,我再一次确认,这张照片拍摄的位置,就是我跟小希下午站的地方。然后,我滑动到下一张照片,跟刚才那张一样,那个载入的圈不停在转,图片就是不变大。我心急难耐,盯着缩小的聊天文字,但实在是分辨不出讲的什么鬼。

终于,图片下载完,切换到了大图。看起来,这里只是聊天内容的一部分。

小希的微信聊天背景是一片大草原。左边那人没有上传头像,所以使用的是系统默认的那张灰色人头。跟头像匹配的是,这人连名字也是空白的,看上去非常神秘。

右边那张是小希的头像,隐约能看出穿的短袖,所以这段对话,应该发生在夏天。

最上面的那条聊天记录，是小希在说："别恶作剧，你有病吗？"

接着，神秘人回复了一张图片，就是前面那一张合照。

小希回复的是一连串符号："？？？？！！！！"，可以看出她当时的情绪非常不镇定。

接着她问："青平，真的是你？"

神秘人却没有回答她的话，答非所问道："雨崩。"

小希接着问："雨崩是什么东西？"

她等来的却不是神秘人的回复，而是一段提示："开启了好友验证，您还不是TA的好友。请先发送好友验证请求，对方验证通过后，才能对话。"

这个神秘人确实过分，吊足了小希的胃口之后，竟然就把她删了。如果这真的只是恶作剧，用死人来开玩笑，还真的把小希骗到了雨崩，那么这个比叔还没节操的骗子，应该拉出去枪毙五分钟。

我挠着头把聊天记录又看了一遍，感觉分析不出什么，只是心里有个疑问。明明是这样一个神秘人发给小希的照片，她为什么要编个谎话，对我说是在闺密的朋友圈里看见的？还说什么舅舅，什么生日，编得有模有样的。

转念一想，估计是她自己都觉得，这件事情恶作剧的可能性太高，如果就这样描述的话，可能我根本就不会相信。

算了，不管小希是怎么想、怎么说的，只要找到这个貌似是她亲爱的任同学的人，就算是完成任务，我可以问心无愧地推倒她了。

房里传来动静，看来是水哥洗好澡了。阳台上冷得厉害，我准备回房钻进被窝里，跟水哥聊一会儿天就睡觉。

这么想着，我退出图片全屏，再退出跟小希聊天的界面，看到微信下方的联系人那里，多了一个小红点，出于强迫症，就顺手点开。

那是个系统默认的灰色头像，附带申请消息是："我是。"

我把手机锁屏,突然之间,浑身一震——没有头像、名字空白的人。

那么邪门?刚看完一个冒充死人的神秘人跟小希的微信聊天记录,这个"冒充死人"的人就感知到了,而且跑来加我微信?

我深深吸了一口气,重新打开微信,犹豫了几秒,还是通过了好友验证。

我刚要问他是谁,对方就发来一个信息,语言风格还是那么简洁,就三个字:"任青平"。

我在下意识里做的第一个判断就是——这个神秘人,是隔壁房间的小希。她不知道出于什么目的,用马甲账号(指同一个人所使用的非主用账号)自己跟自己聊天,伪造了刚才那个聊天记录。在知道我偷了她的照片之后,就用这个马甲号来加我。

一定是这样的,我在心里这样说。我也是见过大世面的,这样就想吓到我,太嫩了点。

于是,我回复了一句:"小希,你洗好了?"

对方发来的信息却让我摸不着头脑,说的是:"跟她说,我更喜欢大黄蜂"。

我回复:"什么大黄蜂?"

等待我的,却是跟小希一样的待遇:"开启了好友验证,您还不是TA的好友……"

我心里一乐,更加确认了自己的想法,这肯定是小希的恶作剧。不如我现在就冲到她房里去,抢过她的手机,估计她还没来得及切换账号呢。

我正在考虑要直接从阳台翻过去,还是绅士点过去敲门,突然想到了一个问题——我打开联系人里"新的朋友"那一项,再点开神秘人的申请消息。果然,就像我所想的那样,在"来源"那一栏里,写的是"附近的人"。

玩微信的人都知道这个功能,只有你自己也开了"附近的人"的设置,别人才能搜到你,而过一段时间,你的地理位置信息就会被清除。

问题就在这里,我上一次打开"附近的人",起码是在半年前。那么,这个神秘人是怎么找到我的?

我倒吸了一口冷气。手机丢了会造成多大的困扰我知道,倒不是钱的问题,而是很多信息都有可能泄露,而且补办 SIM 卡需要去营业厅。所以,我总是随身携带着手机,并且可以肯定,今天没有别人玩过我的手机,更不用说用它打开微信"附近的人"这个功能。

还有,在我刚打开微信,看用小希手机发送的这两张照片时,联系人那里是空的。也就是说,这个神秘人就是在我看照片的这几分钟里,加了我的微信。

这个时间,也拿捏得太准确了吧?

我突然想到了另一种可能,如果这不是一场恶作剧,不是小希或者谁的马甲,就是任青平——那个死了又复活的人?

一阵风吹过来,带着雪山的冰冷气息。

我打了个冷战,起了一身的鸡皮疙瘩,然后又慢慢消散。

我在心里决定,明天一早就要起来,拿着照片去问那些马夫。就算他们不知道,我翻遍整个雨崩村,也要找出这个长得像任青平,或者根本就是任青平的家伙。还有那句莫名其妙的话——"我更喜欢大黄蜂",明天跟小希说一下,看能得到什么线索。

吱呀一声,背后的门突然打开,我吓了一跳,回头一看却是水哥。

"你在干吗呢,还不睡觉,明天能起来爬山吗?"

我嘿嘿一笑,"睡,现在就睡。"

第二天早上,我是被一阵欢呼声吵醒的。

我在床上坐起来,揉揉惺忪的睡眼,阳台传来水胖子的声音:"别大呼小叫的……"

然后是小希抑制不住的惊叹:"好美!"

紧接着是小明急促的声音:"小希,小希,快帮我拍照。"

除了声音,阳台跟窗户外面,还涌进来金色的阳光。不用说,她们之所以那么兴奋,是因为看到了传说中的日照金山。

果然,水哥从阳台冲了进来,"阿鬼,你醒啦,快出来看日照金山,等下可就没了。"

我可是见过大世面的,不像两个妹子那么激动,所以我慢悠悠地洗漱完,才走出了阳台。

水哥一脸惋惜地说:"让你磨蹭,最完美的形态已经过去了。"

虽然他这么说,但我还是被眼前的一幕震撼到了——在雪山对面的天际,一轮朝阳正在冉冉上升,它照射在雪山的洁白冰盖上的光芒,大部分都反射到我们眼前,显得金灿灿的。如今,我们眼前的整个世界,都还处于黎明的暗淡中,只有那几座雪山,发出动人心魄的金光。一片圣洁的雪山,在来自"天堂"的金色光辉下,像是整座都要飞升似的。

虽然我没有什么信仰,但在这样壮观的景象面前,还是油然生出一种敬畏的感觉。世代居住在雪山脚下的山民们,会把雪山当成神明来崇拜,确实是再正常不过的事情。

果然像水哥所说的,我出来还没五分钟,随着太阳越升越高,阳光漫射的角度不同,日照金山的景象就慢慢暗淡下去了。我心里虽然也怪自己太晚出来看,但脸上不好表现出什么,就招呼大家回房收拾背包。

我们在楼下的餐厅吃了早餐,喝的这边特产的苞米粥,每一粒苞米都煮得炸裂开来,又软又糯,我就着榨菜喝了两碗,又吃了三个煎蛋。小希估计在等外面的马夫,心不在焉,一碗苞米粥都没喝完,一直看着窗外。

我刚想再来一碗苞米粥,门外传来了嗒嗒嗒的马蹄声,还有马夫的吆喝声。

小希对我使了个眼色,然后起身往外走,我会意地跟着站了起来,找了个借口让水哥和小明坐着等，然后快走两步，追上了小希。

餐馆门外，聚集了六七个牵着骡子的当地村民。说实在的，我作为一个"南蛮子"，从小没见过骡子，第一眼还以为是长得比较矮的马，因为这个还被水哥讥笑了一番。

牵着骡子的这群马夫大部分是男的，也有一两个女的，看上去都是当地村民。他们穿着邋里邋遢的棉布衣服，皮肤黝黑，我怀疑他们能不能用汉语沟通。不过一目了然的是，那个长得很像任青平的人，并不在里面。

小希心里果然很焦急，径直朝马夫们走去。我心里还是有点怀疑，她是不是知道我偷了照片，所以昨晚故意用马甲微信号来加我。所以这时候，我决定试探一下，便说："小希，你把那张照片发给我吧，我们分头问。"

她转过头来看我，皱着眉头，像是在考虑我的建议。我认真地观察她的脸，她犹豫的表情非常到位，如果是装出来的，那么她是绝对的实力派。

几秒钟之后她说："不行，万一你拿给水哥他们看呢？"

我心里已经有了判断，不过还是继续往下演，"等下问完了我就删掉，当着你的面删。"

小希扔下一句"信不过你"就大踏步朝那群马夫走去。

根据我的判断，小希确实不知道我偷了她那两张图片，更没有用马甲微信号来加我。而能够用"附近的人"这个功能加我的，坐标在我的一千米之内。在方圆十公里内，只有雨崩这个村子。也就是说，加我好友的那个神秘人，就在这个村子里，在我的周围。

究竟是个恶作剧，还是说⋯⋯

在强烈的好奇心的驱使下，我加快脚步，追了过去。

小希已经逮住一个牵着骡子的大哥，打开手机里的照片，展示给他看。

高原强烈的阳光下,手机屏幕的照片看得不清楚。那大哥又只会简单的普通话,对于跟租骡子相关的比较熟悉,其他的交流起来就很费劲了。

我们耐心地问了几分钟,才确认了一个事实:大哥的意思是,图片里的这个同行,他没见过。

这个时候,跟他一起的六七个马夫,都围了上来,看着小希手机里的照片。其中一个大姐,认出了小希谎称是闺密舅舅的秃顶男,说他出雨崩的时候,雇的就是大姐的骡子。

这个大姐的汉语说得比较好,沟通基本没有障碍,而且记性也很好,叹着气说:"这个人好抠门,讲价讲了好久哟!"

我请大姐回忆一下,秃顶男是什么时候来的雨崩,大姐眨巴着眼睛想了一下说:"去年这个时候咯。"

我默默整理了下时间线:这张照片拍摄的时间,是去年的秋天,而神秘人把照片发给小希的时候,应该是今年夏天。两个月前我在朋友圈发布了征集令,然后小希就找上了我,事件的节点都很清晰,没有冲突的地方。

小希对秃头男根本没兴趣,继续问:"大姐,不是前面这个男人,是后面这个,也牵着骡子的。"

大姐哦了一下,盯着手机看了一会儿,"这个人嘛……"

我们满心期待地看着大姐,结果她接着说:"没见过。"

我们又好气又好笑,小希忙说:"他可能不是你们村的,是前两年才过来的,但是都在租骡子的话,你们肯定遇见过才对。"

我补上一句:"大姐,你们都是雨崩村的吗?有没有外村的人,也过来做这个生意?"

大姐想了一下说:"别的也有,包括我们自己上雨崩、下雨崩的,我都认识;但是这个人没见过。"她再次看了几秒照片,确认道:"真的没见过。"

我跟小希对视了一眼,她脸上写的都是失落,我的表情应该是疑惑。在雨崩村里租骡子的,满打满算不会超过一百人,这些人彼此肯定是认识的,起码见过面。本以为能轻易问到这个人的名字,起码能确定他是哪个村的,这个大姐斩钉截铁地说没见过,让这件事情变得更扑朔迷离了。

如果这个人不是出租骡子的马夫,他为什么会牵着骡子走在山路上,被拍进照片里?

身后传来水哥的声音,"干吗呢,我们不用租骡子。"

我怀着满腹的疑问,跟那个大姐道了谢,刚要转身走,突然之间,旁边一个年纪稍长、一直沉默不语的汉子,用当地语说了句什么。

大姐帮忙翻译:"你们等等,他说照片里的人,他见过。"

这边水哥跟小明已经走了过来,让水哥听到我们说话,事情就暴露了。

小希在背后偷偷推了我一把,"你去把他们带走,我来问,晚点告诉你。"

时间不容许我多想,目前也只能这么处理,于是我朝水哥走了过去,"没租骡子,就是那个……小希她想知道骡子是怎么来的,研究一下骡子的生育能力,实地考察下它们的生殖系统。"

小明对这个话题也很好奇,"骡子不就是骡爸爸跟骡妈妈生的吗?"

水哥笑了,"你们这些无知的人类,骡子本身是没有生育能力的,它是马跟驴的杂交种,又分成公马跟母驴、公驴跟母马交配生下的两种……"

我就这样成功地把他们拦截了下来,站在那里听水哥详细讲解了骡子的来龙去脉、前世今生,小明笑得花枝乱颤,粉拳往水哥的背上直捶。

等水哥给我们科普完,小希也得到了她想要的信息,走到我们身旁。

我给她使了个眼色,"怎么样,考察清楚了吗?"

小希也听到了我刚才打掩护的话,这时候点点头,掩饰道:"去你的。"

她脸上的表情却非常纠结,如果不是因为她长得漂亮,我会形容她的表情像是……吃了屎。我心痒难耐,不知道那马夫到底跟她说了什么。

这件事情也就过去了,水哥虽然未必相信我扯的谎,但他也没必要去深究。

第三章
林中奇遇

我们又回了房间,拿好简单的行囊跟登山杖,就朝着冰湖的方向出发了。水哥说这一路上的设施很完善,人也很多,所以用不着雇向导,顺着路走就行。

我们走过了昨晚吃饭的那个梅里咖啡,再走十分钟出了上雨崩村。村外是一片开阔的草场,有几个地方绑满了五色风马旗,还有刻着"六字真言"的巨石,再走过去,就进入了一片原始森林。

虽然已是秋天,但森林里郁郁葱葱的,头上是绿色的树叶,身边是淙淙流水,脚下是落叶、骡马粪便腐烂而成的黑色泥土,被踩出一个个的坑,坑里有前几天下雨的积水。我们都穿着橡胶大底、Goretex 面料的登山鞋,所以也不怕滑倒,踩着烂泥啪嗒地走过,感觉跟小时候去郊游差不多。

一路上果然像水哥说的,沿路都有垃圾桶,爬山的人也很多,跟徒步进雨崩那条线路一样。这里就等于是城市里登山公园的放大版,不同的是多了巨大的树木,还有抬头就能看见的雪山。

我们在树林里走着,一开始是平地,过了一会儿有了点坡度,都可以很畅快地行走。这些地方的树木都很茂密。光线昏暗,我只能摘下装样子用的墨镜,不然怕会摔个狗吃屎 —— 当然这是字面意义,因

为一路上有很多骡子拉的屎。

再过二十分钟，我们走到了一个山坡前，从这里就要开始爬山了。奇怪的是，在山坡前有一片开阔地，光线陡然明亮起来，我又可以顺理成章地戴上墨镜，再一看四周，脚下是细密的苔藓、巨石，但是树木却都很细、很矮，估计是这几年才长出来的。

这里也有巨树，但都是拦腰倒在地上的，而且都朝着同一个方向——山下我们来的方向。

这些树倒下来的形状，让我联想起一群人往山下四散逃命，然后从背后被扫射撂倒，扑倒在地的形象。

我朝一棵倒下的树走过去，看上去它躺在这里有些年月了，树身上长满了苔藓，像是卧在地上的绿色巨蟒。一开始我以为它是被人砍倒的，但是仔细看了一下树桩，却不是斧头砍过的那种整齐，而像是被某种巨力硬生生折断。

在我生活的沿海地区，台风来的时候，树有可能会被连根拔起或者折断。可是这边又没有台风，那就只有一个可能。

水哥这时候从我身边走过，他嘿嘿一笑，"怎么样，搞不清楚吧？"

我不服气地说："你又知道我在想什么？"

水哥指着地上的树，"你在想这树是怎么倒的。"

我说出了心里的猜想："不就是雪崩压倒的嘛。"说完这句，我心虚地往山坡那里看了看，这里离雪线还远得很，海拔相差快一千米，中间隔了好几公里的距离，实在难以想象，什么规模的雪崩会把这山脚下的树都推倒。

水哥点点头，"你说对了一半，这树倒下是因为雪崩，而且就是一九九一年的那次雪崩。不过，那次雪崩根本没到达这里。"

这时候，落在后面的小希跟小明也赶了上来，小明抱住水哥的手，一脸崇敬地说："哇，水哥你懂好多哦，那这树到底是怎么倒下的？"

水哥对我们解释道："实际上，雪崩连上面的大本营都没有到，但是雪崩引发的声波,或者是超级强大的空气流动,把这些树冠巨大的树刮倒了一些。雨崩当地的村民也觉得很奇怪,这种现象以前从来没发生过,所以他们更坚信是山神发怒了,也更恨让山神生气的……嘿嘿……那个国家的人。"

听完水哥博学的解释,小明对他的好感度接近"爆棚"。知识就是这么宝贵,我终于有了直观的体验。

小明挽着水哥的手继续朝前走,准备爬上前面的山坡。小希给我使了个眼色,我知道她是要把从马夫那里打听来的信息告诉我,所以也放慢了脚步,跟她并肩走着,和前面的那对男女拉开了距离。

等确认他们听不见之后,我压低音量问小希:"怎么说?"

小希脸上阴晴不定,就像是阳光在苔藓上变换的颜色。犹豫了一会儿,她才说:"大叔告诉我,他见过任青平……不,是仁青平措。"

我愣了一下,"仁青平措",很显然,这是一个当地人的名字。这也证实了我的猜想,可又推翻了我的猜想。

按照我一开始的推断,小希根本就是认错了人,那个牵着骡子的哥们儿只是长得像她死去的同学而已,其实就是个雨崩村里的居民。

仁青平措这个名字,证实他确实是这里人。可是,任青平这个汉族名字给我的感觉是——仁青平措跑出了家乡,因为要掩饰真实身份,所以给自己取了个假名。这样的话,仁青平措曾经跟小希在一个大学里读书,俩人萌发了感情。然后,一次小希不肯仔细讲的意外发生了,她以为心爱的任青平死了,但实际上他金蝉脱壳,跑回家乡恢复了名字,当起了出租骡子的马夫。可是,这个仁青平措又不是雨崩村本地的人,不然那群马夫不会只有一个人认识他。

我的眉头都快皱成疙瘩了,这件事情怎么想都不通。这个仁青平措,还有那个诱导小希进雨崩的神秘人,他或者他们,到底是要干吗?

现在我知道,为什么小希刚听完马夫的话,脸上的表情会这么纠结了。

小希看着我脸上刚吃完屎似的表情,继续说:"那大叔是个好人,他还告诉我,这个仁青平措,不是马夫,应该是个牧民。大叔说他住在湖边,牵着骡子往外走,是去奔子栏采购日常用品。"

我一拍大腿,自己之前是太想当然了,牵着个骡子就当人家是马夫,忽略了别的可能性。

不过,雨崩附近有两个湖,我问小希:"湖边,是哪个湖边?冰湖还是神湖?"

小希低下头说:"这个问题,我也问了很久,搞不懂是大叔确实不知道,还是大姐翻译不过来。总之,我没弄明白是哪个湖。"

我估计她难受的原因,不光是还没能找到人,还在于从目前得到的信息来分析,这个她心爱的仁青平措同学,对她隐瞒了相当多的事情。

我挠挠头,虽然自己心里也没想明白,不过看着小希失落的样子,就安慰道:"没事,反正两个湖我们都要去,沿途看看,再问问人,一定能找到他的。水哥不是有望远镜吗,我们找他借去。"我拍拍她的肩膀,"说不定我们一爬到冰湖,就找到任青平,不,找到仁青平措了呢。"

小希勉强笑了一下,我突然想起昨天晚上,神秘人发给我的信息,那句关于什么大黄蜂的。

我看了她一眼,"对了,小希,有句话我要跟你说。"

小希头也不抬,一直朝前走,"你说。"

这时候,我们已经来到山坡前,正顺着一条人踩出来的小路,开始往上爬。小希在前面,我跟在她后面,这样万一她摔下来,我也能保护她。

我回想了一下神秘人说的话,按照记忆里复述:"我更喜欢大黄蜂。"

小希有点莫名其妙,"什么大黄蜂,你喜欢大黄蜂跟我有什么关……"

话音未落,她突然停了下来,害我差点撞到她屁股上。

她也不管正在陡峭的山路上,转过身来,直勾勾地盯着我的眼睛,喉咙不断颤动,声音比表情更加激动:"你说什么?再说一遍!"

小希站在比我高的位置,居高临下地双手捧住我的脸,激动地重复:"你再说一遍!"

我虽然见过大世面,遇到这样的阵仗也是被吓到了,差点就要往后踉跄,滚下山去。幸好我站稳了脚跟,深吸了一口气,"我说,我更喜欢大黄蜂!"

小希的眼泪啪嗒啪嗒往下掉,也顾不上去抹,泣不成声地说:"你竟然……你说……是谁告诉你这句话的?"

我被她的反应吓到了,怕撒谎会更刺激到她,于是老实交代:"昨晚有个神秘的微信号加我好友,让我转告。"

听我说完,小希的表情震惊了一下,然后又开始哭,一边哭一边笑,"是他,真的是他。他没有死……"

我猜到她所说的肯定是仁青平措,但是光凭这样一句莫名其妙的话怎么就能证明?难道里面有什么秘密?

我解下手上的魔术头巾,递给小希擦眼泪和鼻涕,小心翼翼地问:"你说的他是仁青平措吧?你怎么知道是他呢?"

小希用魔术头巾擦了一下脸,对于自己的失态,她也觉得不好意思,于是对我抱歉地一笑,接着深呼吸了一口气,调整了下情绪说:"这句话,是他最后一次陪我去看电影,看完之后说的。不对,这句话是他想说,但是还没说出来的。"

我更加迷惑了,挠头道:"你的意思是?慢慢说。"

小希闭上眼睛,又深呼吸了一下,然后继续解释:"是这样的,二〇〇九年上半年,我们在读大二的下学期,他陪我去看了最后一场电影,就是《变形金刚2》。那天晚上,出了电影院,我们走路回学校。过马路的时候,我问他,'擎天柱跟大黄蜂,你喜欢哪一个?'然后……"

小希的情绪又开始激动起来,"他还没回答我,一辆失控的大货车朝我们撞来,他一把推开我,自己来不及……他本来可以跑的……"

我倒吸了一口冷气,"也就是说,这句话是他本来要回答你的,但是当时被车撞了,所以根本没说出来。"

小希点点头,"是的!所以加我微信……不对,加你微信的那个人,一定就是任青平!他果然没有死。"

我皱着眉头,试图寻找另一种可能性,"当时还有别的同学一起去吗?会不会是被别人听到了这句话,跑来恶作剧?"

小希坚定地说:"没有别人,那天晚上只有我们两个去看电影。我们过马路的时候,斑马线上也没有别的行人。"她突然降低音量,"他在外面的时候很少牵我,但是那天晚上,他主动抱着我的腰,所以我印象很深刻……"小希在说这些话的时候不假思索,说明在事故发生以后,她反反复复地去回想,把细节全都记在脑子里了。我相信,她应该没记错。

我又问她:"任青平不见之后,这么长一段时间里,你有跟别人提到过这件事吗?"

小希脱口而出说:"没有。"

如此一来,她那时提的问题,理论上只有她和任青平听见了,而神秘人不但知道问题,还给出了答案,最合理也是最简单的分析,当然是——他就是任青平。不对,小希说的没有,应该是指她在清醒、有意识的状态下没跟别人说过。万一她是在潜意识状态下说了,而不自知呢?比如,说梦话的时候,或者被人催眠的时候。小希对任青平的执念那么深,也不是没这种可能。这样的话,那句"擎天柱跟大黄蜂,你喜欢哪一个?"能传到神秘人耳中也就理所当然了。于是,我跟小希说了自己的想法。

小希听了,面色微微一怔,但很快转为毅然决然的表情,坚持说不可能。

我深知小希对任青平执念之深，自己继续跟她在这个基于假设的问题上纠缠也没多大用，便从实际角度出发又问她："小希，我知道当时的场面肯定很惨烈，你也很伤心，这个问题会很欠揍，但我还是想问，他是当场就……就那个了吗？还是送到医院急救之后才……"

小希看来并不介意我的问题，解释道："不，他没有当场死亡，甚至不是送到医院抢救无效去世的。"她居高临下地看着我的眼睛，"你记得吗，我说过他是在我大三上学期的时候去世的。实际上，那天晚上被车撞了之后，我跟货车司机送他到医院抢救，是他爸爸过来签的字。手术过后，他被医生宣判——脑死亡。"

我努力搜索脑海里关于脑死亡的知识，"脑死亡比植物人更可怕，就是脑部已经完全没有功能，靠呼吸机维持心跳，一撤掉仪器就会死掉的那种，对吧？有些国家已经用脑死亡取代心跳停止，作为判断一个人死亡的标志，不过我们国内还没有跟进，是这样吗？"

小希点点头，"是的，但是他的父母不愿意放弃，每天两千多元的ICU费用都愿意承担。其实医生也一直暗示，让他们不要再坚持了，下场只会是人财两空，但叔叔阿姨却不愿意听，直到过了暑假，他才……"

"聊什么呢？"

我跟小希都吓了一跳，我抬头看去，却是水哥折返回来找我们了。

水哥看见了小希脸上的泪痕，稀奇道："阿鬼你可以啊，还把人家小希弄哭了，怀孕了吧？你们年轻人啊……"

小明也走到了水哥后面，补刀说："水哥你乱讲什么？小希才不是这样的人呢。不过小希，你不会是真的有了吧？难怪早上早餐吃那么少……"

我又好气又好笑，"你们两口子在说相声吗？别瞎操心了，小希没怀孕，我早就结扎了。"

小明哇了一下，"真的吗，叔？"

我严肃地点头,"我结扎我光荣,我为国家省橡胶。"

小明半信半疑,"那你以后还能生孩子吗?"

我继续胡编说:"可以啊,再把输精管接回去就行。"

被我们这么一闹,小希从复杂的情绪里恢复过来,再加上她之前说过不想让小明跟水哥知道这件事,所以迅速恢复了正常的表情,掩饰道:"谁哭了?刚才被沙子迷了眼。"

水哥根本不信,手往空气里一抓,"你以为这是帝都啊?空气那么干净,哪里来的沙子?"

我打岔道:"你们看那边的牌子——'雪域圣地,禁止喧哗'。大家别闹了,赶紧走吧,不然惹恼了山神可不得了。"

水哥看着我,意味深长地一笑,然后转过身去,推着小明继续往上爬。

我拍拍小希的肩膀,两个人互相看了一下,也跟在水哥后面,朝着更高海拔攀登。

这一路上去,虽然距离雪线还有一段海拔,但逐渐能察觉到,树木正在渐渐变矮,乔木越来越少,灌木越来越多。

我呼吸着原始森林里清新的空气,脑子里却是乱糟糟的。任青平,还是仁青平措,管他呢,反正就是那个家伙,被车撞了之后脑死亡,又拖了一段时间才挂的。刚才小希在叙述的时候,有过几次犹豫,我想她也是在怀疑——那次意外,或许并不是意外。

任青平可能是出于什么原因有意找死,所以才一改平时的作风,搂着小希走上斑马线,然后故意被一辆货车撞死。这是一个阴谋,说不定,那个货车司机也是同谋。

这一切,都是为了复活而准备的,但任青平这么做,是出于什么目的呢?如果找到他的父母,或者那个货车司机——不知道判了多少年,是不是还关在牢里——应该会得到更多信息。

我抬起头来,看着小希在我面前晃动的小翘臀,这个妹子那么聪明，我想的这些她应该都考虑过了。要不然就是她还对我隐瞒了一些信息，要不就是这些人都不愿意说。否则她不会直接跑到雨崩来找任青平，这个在她眼前被撞成脑死亡的恋人。

我们出发的上雨崩村，海拔是三千二百米，冰湖大概是海拔三千八百米。我去年买了块登山表，芬兰的一个牌子叫 Suunto，国内翻译成颂拓，型号是 Terra。这块登山表主要功能是装样子，辅助功能是可以显示海拔高度，这一路往上爬，我时不时就看看海拔，看我们垂直上升了多高的距离。

随着海拔越来越高，树木类型的变化也更加明显。我不懂植物学，但也能感觉到越往上走，阔叶的树木越来越少，逐渐被针叶林取代了。这个季节，松树上挂满了比拳头还大的松果，有几次我们还看到松鼠在树上跳来跳去。

这一路上，水哥跟小明在前面打情骂俏，有说有笑，再加上在大自然里活动，本来就能让人释放压力，身心愉悦，所以，我跟小希也渐渐忘了之前的疑惑和困扰，开始欣赏沿途的风光，慢慢也开始聊了起来。

爬了两小时左右，我们翻过了一座山，来到一片开阔的草甸。我看了一下手表，这里的海拔是三千五百米。按照之前看的攻略，这里应该就是传说中的大本营。一九九一年的那次雪崩，后勤队员就是在这里跟登山队员们失去联络的。

原始森林里遮天蔽日的树木不见了，眼前豁然开朗，雪白圣洁的卡瓦格博和其他几座高峰，连绵横亘在苍穹下，而我们所在的草甸，就像是被雪山环抱的、一个铺着绿色绒毯的摇篮。

绿色的草甸上，散布着几座木头房子，有骡马被拴在房子旁边，做生意的山民站着不动，像是网络游戏里的 NPC（是 Non-Player Character 的简称，意思是非玩家角色，不受真人玩家操控）。像我们一样的游人到处乱窜，似乎是在买物品或者接任务，再加上不远处

的雪山做背景,有一种超越现实的美感,整个场景就好像网络游戏《魔兽世界》里暗夜精灵的城镇。

如果我们四人是一个团队,水哥当之无愧是"肉盾",叔是ADC(是Attack Damage Carry/Core 的 简称,是一场游戏中伤害输出核心之一),小希应该是AP(是Attack Power的简称,游戏中指拥有法术伤害技能的英雄),小明是个"奶妈",非常标准的配置。

小希的想法跟我一样,她伸出双手向上,欢呼道:"这里好美,好像《魔兽世界》里的场景啊!"

水哥也来了一句:"Lok-tar(游戏中兽人的经典台词,意为"为了胜利")!"看来他是玩部落的。确实,看外形他就是个牛头人萨满。

小明没有玩过,所以一头雾水,"你们在说什么啊?"

水哥嘿嘿一笑,"你们看,这里有卖方便面和牦牛肉的,从这到冰湖还要一个多小时,你们看看,是先吃了饭再上去,还是回来了再吃?"

这里的木屋有些已经倒塌,不知道是年久失修,还是受到了上次雪崩的影响。不过在这种大太阳下,不觉得阴森破败,反而别添一种情趣。做生意的当地山民们,坐在黑漆漆的房子里,不像其他地方景点的小贩们一样招徕生意,只是沉默地看着我们。

我考虑到两个妹子的体能,毕竟这里海拔不低,而且昨天进雨崩已经走了一天,于是建议说:"要不然就先吃面,休息下再上去吧。"

没想到,小明却理解成我体能不行,她嘲笑道:"鬼叔你那么弱啊?不就一个多小时嘛,我们上去再说。"

小希也跟着说:"水哥,你不是带了吃的吗?我们到冰湖旁边去吃。"

小希这么心急我可以理解,她还记着那个马夫大叔说的话,仁青平措住在"湖边"的小房子里。小明这么着急上去,只能是高估了自己的体能,我嘿嘿一笑,有你后悔的时候。

水哥的想法跟我差不多，他再次确认："真的不用休息？等下谁累了我可不背。"

小明跟小希都表示要上去再说，于是我们离开了这个曾经的登山大本营，继续往更高处爬去。

我的判断没有错，刚爬了十多分钟，两个妹子的体能就跟不上了。小希虽然看上去挺累的，呼吸急促，但是她口头上没有表示，还拿着水哥的望远镜，时不时就远眺下想象中住着她心上人的小木屋。

小明就不行了，从原来的话痨状态调整到了静音模式，很少说话，开口的话就是那一句："还有多久能到啊？"

因为我们出发得晚，这时候已经有些上山早、脚程快的小伙伴，开始回程了。上下山都是同一条路，在一些狭窄的地方遇上，还需要侧身相让。

每次小明遇见回来的人，都会问："还有多久到冰湖？"

下山的人都是一笑，答案非常不靠谱，"十分钟""马上就到了""还有二十分钟"。我跟水哥有过徒步经验，都知道这属于善意的谎言，给你动力坚持下去。小明却是每次都信了，然后走了十分钟还没到，才骂刚才的人是骗子。

我们爬了有三十分钟，山上下来一个男人，穿着红色冲锋衣。这时候，小明已经不再问还有多久到了，那人却主动说了一声："咦？又是你们？"

我抬头看那人，他脸上围着防晒用的魔术头巾，只能看到眼睛，我没能认出来是谁，估计是昨晚在雨崩遇见的人吧。

水哥他们也没认出是谁，我们也没当回事，打过招呼就继续往上爬了。

我心里暗暗觉得有点不对，却不知道是哪里不对。爬了一会儿再往下看时，却发现一百多米外，那人也挠着头，看向我们这里。

到了这个阶段，我的体能优势就开始显现了，一直都跑在最前面。

  中途因为小明体力实在支撑不住,我们又在路旁坐着休息,吃了水哥带的巧克力和葡萄干补充体力,然后才继续往上爬。到了中午十二点,我们翻过一个泥土的小山岗,冰湖就出现在眼前。

  湖的面积看起来并不大,但是蓝得纯净而漂亮,它被雪山环绕着,有点像是白色洗手盆里的一汪清水。湖边到处是石头,我们从小山坡上下去,小心翼翼地绕着走,才发现很多石头,被山民做成了大大小小的玛尼堆。

  水哥介绍说:"在雨季的时候,冰湖的面积会大很多,我们现在踩过的这些地方,都是湖底。"

  小明问:"冰湖为什么叫冰湖啊?又没有结冰。"

  水哥说:"几十年前天气冷的时候,雪线比现在低,湖面到了冬天就会结冰,所以叫作冰湖。"

  我们绕过了大大小小的玛尼堆,走到湖边,从这里看去,湖水深蓝,看不见底,似乎隐藏着很多秘密。

  小明蹲下去摸了一下湖水,被冷得龇牙咧嘴,又问水哥:"这湖里面有鱼吗?"

  水哥摇摇头,"别说鱼了,连水草都没有。这湖不通任何江河湖泊,雪融化了变成雪水流进来,温度太低了,没有活的东西。"

  小希在湖边四处打量,其实一目了然,这里根本没有可以建小木屋的地方,但她还是不死心地问:"水哥,那这旁边有人住吗?"

  我的目光却被深蓝色的湖水吸引着,水哥明明说里面没有活物,但我却依稀看见有个血红色的什么物体在湖中心一沉一浮的。等我拿过小希手里的望远镜,朝湖里看去的时候,却又什么都没有了。

  我耸耸肩膀,心想也许是自己太疑神疑鬼了。

  接下来,我们四人,主要是小明——在冰湖前以各种跳跃、站立、蹲、坐、卧等姿势疯狂自拍以及要求别人帮拍了一轮照片。随后,我们决定顺时针绕着冰湖转一圈再下山。

冰湖的边缘，一半是我们所在的堆满石头的平地，另一半是雪山边缘的峭壁。在峭壁上，还有一段是冰雪融化变成的小山涧，正不停地注入冰湖中。山涧里有一些看着不太牢靠的石头，我们必须踩着石头走过，如果不小心摔倒的话，就会被直接冲进冰湖里。

像我这么身手敏捷的人，当然没有任何问题，水哥也是个灵活的胖子，不过两个妹子停在山涧旁边，眉头都皱了起来。我跟水哥相视一笑，表现英雄气概的时候终于到了。

于是我照顾小希在前，水哥看着小明在后，我们分组通过这个颇有点惊险的山涧。我带着小希走了一大半的路程，突然听见身后传来"啊"的一声惊呼，回头看时，只见水哥拉着小明，凭借他的体重稳住了形势，两个人才不至于掉到溪流里去。

几块石头轰隆隆滚落，弹跳着掉到了湖里，看来是小明不小心踩在了松动的石头上，幸好水哥一把拉住了她。

小希捂着胸口，"吓死我了。"

我皱眉看去，随着石头一起滚落的，还有一个红色的东西，已经掉进湖里了，看得不太清楚。再看小明身上，确实好像少了点什么——她戴着的那顶红色鸭舌帽。

那顶帽子本来是小希的，小希是个帽子狂人，估计这次出门一共带了五六顶帽子。因为小明忘了带帽子，又怕晒黑，所以小希就把帽子借给了她。这帽子跟小希的衣服是一套，上面也有着"Richardson"的字样。

我突然愣了一下神，刚才来到湖边时，我看见湖里有血红色的东西一沉一浮，现在想起来，那就像是一顶帽子。

"你在干吗？快点过去吧。"小希催促道。

我挠挠头，牵上小希的手，继续往山涧的那边走去。终于，四个人都有惊无险，顺利绕湖一圈，回到了原来的小山岗脚下。这时候，所有人都感觉到了饥饿，再想起大本营卖的"来一桶"方便面，觉得

那简直是人间美味，巴不得赶紧下去大吃一桶。

于是，我们没有再多逗留，在饥饿感的催促下，加快脚步就往山下走。

小明向小希道歉，说回去把帽子买回来给她。小希说不用，而且那个帽子是很久以前买的，现在估计买不到了。结果这么一说，小明更加内疚了，说回去要请小希吃顿好的。

小希笑着说："别想多啦，可能它自己想留在这里吧。"

从大本营上冰湖只有一条路，我们原路折返，一路上遇到了不少上山的人。我们依样画葫芦，给这些后来者"加油打气"，"还有五分钟""十分钟""马上到了"地乱叫。看着他们脸上半信半疑的表情，我们嘿嘿直乐。

还有两个结伴而行的妹子，问我上面有没有吃的，我告诉她们冰湖旁有家麦当劳，新推出了吮指原味土鸡，味道非常赞，我刚才吃了六块。妹子明显是相信了，一脸开心地就往上跑，不知道她们到了湖边的时候，会怎么骂我这个大骗子。

不过我在骗她们的同时，把自己的肚子也说得更饿了，于是一边摸着咕噜作响的肚子，一边闷头往山下冲。

水哥在后面喊："鬼啊，你下去把四碗面一起泡好啊！"

我没搭理他，嘿嘿，下去我只泡两碗面，一碗给自己，另一碗给小希。

"帅哥，还有多久到冰湖？"

快到山脚的时候，迎面一个男的问我，我头也不抬地说"五分钟"，继续急匆匆往下冲。

我脑子里被方便面塞满了，跟那人擦肩而过，又过了十几秒，我才回过神来——有点不对劲。

我停下来，转身仰头看去。刚才那个男人，正在我上方几十米外。他穿着一件红色的冲锋衣，但他那个体型，还有刚才隐约的印象——他脸上那条魔术头巾——这是我上山时遇到的，从冰湖下来的那个人。

"咦，又是他？"

我下意识地说出这句话后，突然把自己吓了一跳。

两三个小时前遇见这个男人时，他说的也是类似的话："咦，又是你们？"

难道他这句话的意思，不是我之前理解的那样，是在雨崩村里相遇过，而是，他看见我从冰湖下来了？

被这诡异的事情一吓，再加上在高海拔地区运动了那么久，我竟然有些心悸起来。

抬头再看那穿红色冲锋衣的男人，在我"蒙圈"的这段时间内，他已经走到了一个拐弯处，身影被松树挡住，看不见了。

我要搞明白，事情是不是我想的这样，他是不是我之前遇见过的人。但我摸摸发闷的胸口，不确定自己现在开始追还能不能追上他。

我突然想到，之前那个人说的是"你们"而不是"你"，也就是说，他指代的是我跟水哥一行四人。

水哥、小希、小明三个人还在后面，现在打个电话给他们，让他们拦着这男人就行。然后我这边再慢慢走回去，当面问清楚到底是怎么回事。

这么想着，我深呼吸了几口气，从背包里掏出手机，一边拨号，一边慢慢往上走。雨崩村里的信号非常飘忽，这山上尤其如此，我打了水哥和小希的电话都没打通。

我气得快要把手机扔地上，这时候，头上传来小希的声音："阿鬼？"

我抬头一看，正是他们三个人。我刚才应该把他们拉开了挺长一段距离，虽然我在往上，他们往下，是一起朝着中间走的，但拨两个电话的时间那么短，怎么这就重新遇上了？

没有接到我的电话，他们当然也没把那个穿红色冲锋衣的男人拦下来。

小明奇怪地问:"叔,你怎么又往上走了?"

水哥嘲笑道:"一个人害怕吧?"

我没时间回击他,只想确认一个问题,"你们刚才,有没有遇见一个穿着红色冲锋衣的男人,脸上围着魔术头巾,就是我们早上遇见的那个?"

小明说:"有。"

水哥的回答却是:"没有。"

我顿时就蒙了,"到底有还是没有?"

我把最后的希望寄托在小希身上,"小希,你看见那个人了吗?"

小希摇摇头,"没有印象,怎么了?你东西被偷了?"

我一时不知道该怎么解释,本来我们是在户外爬山,现在肚子饿一心想着吃饭,跟他们说这玄而又玄的事情,估计吸引不了他们的注意力。

就算是在一个适合聊天讲故事的环境,其实我遇到的这个事情也有更合理、更方便的解释。要么就是我认错人了,因为这男的身材中等,穿个很普通的红色冲锋衣,又用魔术头巾盖住了鼻子嘴巴;要么我没认错,这是同一个人,这人确实是早上下山了,但因掉了东西或者什么原因,现在又上山去。

毕竟林子大了,什么人都有,人这种奇怪的动物,会做出各种奇怪的事情。但是什么时空错乱、穿越之类的,遇上的概率就太小了,无限接近于零。就好像一个人说他见过鬼,那么99.99%的可能性是他看错了;他有精神问题,或者他干脆是以吹牛来吸引别人的注意力;只有0.01%或者更小的概率,是他真的遇见了。

我张了张嘴,决定不告诉他们我遇见的事情,以免被当成神经病。他们也根本没打算照顾我的感受,弄清楚我并非丢了东西,喊了一声就往山下走了。

我在后面气得直喊:"什么人!你们就是这样对金主的吗?等下

吃饭 AA！"

我们走了十几分钟，就到了大本营，大吃了一顿美味方便面，又坐着吹了会儿牛，就准备下山了。

爬过山的人都有体验，上山是费体力，下山是费精神。山陡路滑，在岩石和土块之间切换，要处处小心，不然就容易摔倒。像我这么矫健的身手，好几次都差点滑倒，水胖子是结结实实地摔了两跤，不过他皮厚肉糙，一点事儿都没有。

我们按着原来的路线返回，在原始森林里穿行，踏着满地的落叶和青苔，路过那些老得可以成精的树木，远处不时有某种动物的叫声，总觉得会发生些什么，实际上什么也没有发生。

我们穿过了那些在雪崩里倒下的枯木，走出原始森林，又经过草甸上的五色风马旗，回到雨崩村的时候，才下午三点多。

这时候问题就来了，离饭点还有两三个小时，在村里又没有任何娱乐活动，连副麻将牌都找不到。四个大活人，要怎么消磨这个下午呢？

我提议道："要不然这样，水哥你把小明领回房，我去小希的房间里，我们分组谈下人生和理想吧。"

小希对我一笑："谈人生还是谈生人？都没问题，你先把答应我的事做到。"

水哥插嘴道："答应什么？买房买车？一百万彩礼？小希随便开，千万别便宜了阿鬼，反正他有钱啊。"

我耸耸肩膀，"庸俗。"

水胖子追了过来，跟我并肩走着，又回头看看小希，确定她听不到我们说的话，这才神秘兮兮地说："阿鬼啊，你回去好好睡个觉，养精蓄锐，晚上才有力气……"

我没好气地说："有力气干啥，我对你可没兴趣！"

水哥也不生气，嘿嘿笑着说："你别不识抬举，告诉你吧，我这是看你也挺不容易的，出钱出力，请我喝酒又送我烟斗，结果还是没

能拿下小希,现在回馈你一下。"

我皱着眉头说:"怎么回馈?我对你真没兴趣。"

水哥骂了一句:"蠢货,算了,不跟你计较,告诉你是这样的。我已经把小明搞定了,今晚两点她会起床,敲我们这边房门,然后钻我被窝里。你呢,就来个狸猫换太子,去她们房间。机会就创造到这里了,要是这样还没法,那就没招儿了。"

我也是明白人,怎么会被水哥这一番花言巧语蒙蔽,"还以为你良心发现,真的要怎么回馈我,你这就是跟小明约好,要把我赶到隔壁房间去啊。"

水哥不好意思地笑:"看破不说破,还是好朋友。算了,反正你好人当到底,就行个方便吧。你跟小希睡一个房间,肯定不会吃亏就对了。"

我摇摇头说:"你们这些年轻人啊,一点节操都没有。好好好,我走,给你们创造一个温馨舒适的场所。"

水哥见我答应了,喜不自禁地跟小明汇报去了。这时我们也走回了客栈,水哥果然钻被窝里养精蓄锐去了,两个妹子关起房门也不知道在干啥,我没事做,从行李里翻出 Kindle,重温我最喜欢的《冰与火之歌》。

这家客栈有个很舒服的阳台,阳台上有个沙发,沙发上的布垫让人一看就想要躺上去。我拿着 Kindle,把自己扔到沙发上,在高海拔地区慵懒的阳光下看小说,四周寂静无人,像是回到了小时候躲在家里阁楼上看连环画的时光。

突然之间,在 Kindle 的黑色边框后面,有一个红色的影子,在我眼角余光里晃动。我霍地从沙发上坐起来——那个晃动的红色影子,是一件冲锋衣。

今天早上上山,还有下午下山时,都遇见的那个哥们儿穿的红色冲锋衣,现在就挂在阳台的晾衣绳上。衣服左边胸前,有一个"Columbia"

的标记，跟我模糊印象中的相符。更重要的是，在衣服旁边，还挂着一条魔术头巾，上面的花纹，也是我印象中的样子。

这套装备，就是遇见的那哥们儿穿的。

我难以置信地摇摇头，不对啊，刚才下山时遇见这哥们儿的地点，在大本营和冰湖之间。当时他是往上走的，我们回来的路上也没有遇见他。他怎么会比我还快回到客栈，而且还把衣服都洗了挂在晾衣绳上了？

我刚才躺在沙发上时，身边并没有人走动，也就是说，这衣服在我躺下之前，就已经晾在这里了。

我挠着自己的头，这到底怎么回事？难道说这哥们儿会瞬间移动？不过既然他也住在这个客栈里，那就可以把他找出来，问个清楚了。

我现在身处的这个大阳台，有一条楼梯可以通往酒店大堂，然后连着四个房间，除了我们住的套房，还有另外三个。我打量着三扇一模一样的木门想，到底那哥们儿会住在哪间房里呢？是一间间去敲门，还是在这里坐到他从里面出来？如果他是出去了，到晚上都不回来，那又该咋办？

正这么想着，突然之间，一扇木门吱呀一声打开了。我心想着没那么天遂人愿吧，从木门里走出来一个男的，那身形正是我今天遇到两次的哥们儿！

"是你！"我们两个人大眼瞪小眼，异口同声地说。

"你怎么那么快就下来了？"这句是我说的。

"你们怎么那么早上山？"这句是他问的。

我有些摸不着头脑，早上遇到他的时候，已经接近中午了，根本不算早。而且那个时候他在下山，要说早，也是他比我们早。

他接下来的话，更让我莫名其妙："你们得五六点就出发了吧？那么早不冷吗？"

接下来，这哥们儿一屁股坐到我旁边。我们先是自我介绍，他说

他叫小凤,在安徽的银行上班,我让他叫我鬼哥,还说我在南山市的工地上搬砖。

然后,我们你一言我一语,描述了同样的相遇,却是两个不同的版本。

在我的版本里,我是早上十一点多上冰湖时,遇见了他下山;下午两点下山时,看见他又往冰湖上跑。

在小凤的版本里,他早上九点上山时,先遇见了我,问我多久能到,我回答他"五分钟",然后就走了。他继续往上走,又遇见了水哥他们三个人,那时候路上人不多,下山的更是只有我们,他当时就觉得奇怪,水哥他们好像根本没看见他似的,问话也没有回答。

然后,在十一点多下山的时候,又再次遇见了我们四个人一起上山。在两个版本里,我们两次相遇所相隔的时间,都是两个多小时。

在户外运动的时候,驴友相遇,一般都会比较友好,没有在城市里的那种戒心。小凤看见一个胖子一拖二,带着两个长得不错的妹子,主动上去打招呼,他们却视若不见。小凤虽然说不上不爽,但是给了他一个比较深刻的印象。所以,他对水哥他们的外形、衣着,都描述得很清楚。

听完对方的话,我们都觉得完全无法接受,因为都是发生在今天的事情,所以没有可能会记错。我们的第一反应,都觉得对方在开玩笑,或者说得严重点,是在骗人。

小凤先是看了我一会儿,突然就笑了起来:"鬼哥,干吗骗我啊?这又不好玩。"

我皱着眉头说:"我真没骗你,我们就是在下午下的山,然后又遇见你上山。我还奇怪你怎么能那么快又下山了呢!不信的话,等那个死胖子跟妹子起床后,我让他们证明给你看。"

小凤不屑地说:"那只能说明你们合伙来骗我。"

我有点着急了,"我骗你干吗?"

小风一样着急，"我也不知道啊！"

我提议把两人手机里的照片拿出来看，但因为都没对着太阳拍，也分辨不出哪张照片到底是什么时候拍的。照片上附带有拍摄时间，我们各自的照片上，都是符合自己所描述的时间的，但如果有心要骗对方，提前改了手机时间就能实现，所以，这个也不是什么铁板钉钉的证据。

总而言之，对我来说，我觉得是小风在有意戏弄我，而我看他疑惑不已的表情，他心里也觉得是我在拿他开心。可是，我们都想不明白，这样骗对方是出于什么动机，有什么好处。

而如果，假定我们两个人说的都是真话，那么，剩下的就是一个诡异的可能性。就是说我们都是在各自说的时间上下山的，但是在从大本营到冰湖的那段山路上，发生了时空错乱。穿越时空这种事情，在电视剧里看看还行，真发生在自己身上，肯定接受不了。

我是肯定不相信自己穿越了，一定是这个小风在骗人，虽然不知道他是出于什么目的。

小风却有些动摇了，他摸着自己鼻子说："鬼哥，会不会是我们真的穿越了？"

我留意他的动作，《Lie to me》这个美剧我看过的，虽然从美剧里学科学知识有点扯淡，但里面正儿八经说了，摸鼻子、摸耳朵什么的，都是在撒谎时做的掩饰动作。这样一来，我更觉得他是在撒谎了。

他撒这个谎，需要有预谋，有技术手段，实现起来不算特别难。首先就是把手机时间调整好了，然后在下山遇见我们时，装得好像已经遇见过一次。接着他在大本营休息，算准我们下山的时间，或者说有同谋在山上通知他，然后就再上一次山，重新遇见我们一次。最难的是他要在第二次上山之后，找到另一条路下山，而且要比我早回到客栈。可我怎么都想不明白，他这么大费周章地撒谎，是为了什么呢？

"鬼哥，你在想啥啊？"

我想来想去也没个头绪，回答说："没想啥，穿越什么的太扯了，我接受无能。对了，你是一个人来的雨崩？"

小风点点头："嗯，我是独驴，就喜欢自己出去玩儿。"

没有同伴，也就没法从他同伴那里打探消息，于是我打开微信说："加个好友吧，疑似穿越这样扯淡的事情都让我们遇上了，绝对的缘分。你把你拍的带时间的照片发给我，我给那个死胖子跟两个妹子看看，让他们也震撼一下。"

小风点点头，我们互加了好友，又在2G网络下艰难地互换了照片，然后他就说要出去逛逛。

我跟他说了再见，然后躺下继续看小说，却一点儿也看不进去了。先是水哥讲的中日联合登山队的遇难故事，然后是小希要来雨崩找一个已经死了的同学，进村时看到雪山变成了血红色，现在又插入个疑似穿越的剧情。

我抬头看看不远处的卡瓦格博，它还是沉默不语，却好像隐藏着不少秘密。

这座雪山，真有点意思。

第四章
佳人心语

我琢磨着这一路上遇到的事情,下午的太阳照得人犯困,不知道什么时候,我就睡了过去。

被水哥叫醒时,太阳都快下山了。他让我收拾收拾,赶紧去昨晚那个"梅里 Café"占位点菜,避免昨晚那种被饿到半死的悲惨境况。

我简单收拾了一下,两个妹子也醒了,四个人就一起去了饭馆。果然这会儿馆子里人还少,我们让老板娘赶紧上菜,她确实也做到了,美中不足的是菜上了,饭还没煮好,只能边吃菜边等。

因为明天的计划是去神湖,在湖边搭帐篷住一晚上,所以水哥就给我们讲注意事项。住帐篷最怕遇上野物,还有山洪和大雪。水哥说他做了详细的功课,在这个季节这个地方,遇上这三样东西的风险不大,但鉴于我们三个都是菜鸟,一定要照他吩咐的做,互相提醒,互相照顾。

水哥一脸严肃地说:"不是跟你们开玩笑,一定要听我的安排,要不然,就没有下次了。"

小明吐舌问:"水哥你是说下次不带我们出来玩,还是说不照你说的做,就直接下不来山了?"

水哥继续吓唬她:"两种可能都有。"

在我们吃饭聊天的时候，陆陆续续有客人进来这家馆子，老板娘跟他们热情打招呼，有许多都是常客了。我们认出了几个昨晚见过的外国人，不过那桌约我们一起去神湖的香港同胞，直到我们吃完了也没有出现。看来，他们也是在神湖那边住了一晚，明天应该会遇见。

酒足饭饱之后，我想起和那个安徽小风的疑似穿越，就把手机拿出来，给他们看小风的自拍照还有别的照片，又把事情经过给三个人讲了一遍。

水哥摸着头说："就是我们下山时你问的那个人吧？穿着红色冲锋衣，小希以为你东西被他偷了的那个？"

得到我的肯定后，水哥努力回忆了一下说："上山时，我们确实见过这个男的，下山时好像没有呀。"

小希也说："好像确实没有。"

小明的看法却跟他们不一样，她奇怪地问："奇怪，下午你们都没看见吗？我们下山时遇见过他的呀！"

他们的说法，倒是跟下午我问的那一次是一致的。

水哥用怀疑的眼神看着我说："阿鬼啊？穿越啊？你自己相信吗？是不是我讲了地库的故事，你觉得被抢了风头，现在也编个故事来强行吸引注意力？"

我忽视水哥的挑衅，告诉他们小风就住在同一个客栈，三人一致表示回去找他问问清楚，于是我们埋了单就往回走。

可是回到客栈的时候，小风挂在大阳台上的衣物都不见了，我去敲他的房门，没人回应。水哥跑到楼下去问梅朵，得到的答复是，他刚刚退房走了，说是要换一间客栈。

我发微信给他，却没有任何回应。

水哥啧啧道："阿鬼啊，果然你是看到了他退房，故意编这个故事逗我们开心吧？"

我更是摸不着头脑，难道这个小风的任务就是大费周章去布置一个疑似穿越的情节,然后"功成身退"?

总而言之,他们已经不相信我的故事了,尤其是水哥和小希,都说我编得烂。小明倒是半信半疑的,看来她是穿越情节的忠实拥趸。

我没有料到的是,就在这个晚上,我遇见了另一个穿越的剧情。不同的是,这一次跟我演对手戏的,就是他们三个其中之一。

找不到这个会穿越的小风,我们就都各自回房。进了房间,水哥一边拿衣服准备去洗澡,一边贼兮兮地跟我说:"怎么样,下午休息好没?今晚可是有一场恶战啊。"

我摆了摆手,"你跟小明恶战去吧,小希不情不愿的,霸王硬上弓不是我的风格。晚上我准备跟她盖棉被,纯聊天。"

水哥啧啧地笑道:"哎,以为你是采花贼,其实是纯情小鸭鸭。"

我嘿嘿一笑,掩饰道:"你知道个毛线,妹子愿意跟不愿意,享受的服务差太远了。"

水哥恍然大悟,"原来这样,那我可不管你了,反正小明是愿意的,你爱咋地咋地,我先洗澡去了。"

水哥为了应付晚上的大战,在里面洗得那叫一个起劲,足足在卫生间待了半小时,然后又说要下楼买点水果。我拿好衣服,准备洗澡,客栈的热水器是太阳能的,他可能把热水都洗完了,我做好了心理准备,洗一个温水澡。

刚走进卫生间,裤子还没脱,突然有人敲了房门,我骂道:"你没带钥匙啊?"

外面却传来妹子的声音:"鬼叔吗?是我啊,小明。"

我以为她是来找水哥的,就随口说:"他下去买水果了,一会儿就上来了,你等等啊,别心急。"

小明却继续拍门,语气很焦急:"不是不是,我是来借厕所的,鬼叔快开门,求你了!"

我只好把脱了一半的裤子穿上,走出去开了门。外面果然是小明,

她顾不上跟我说什么,笔直地冲进厕所。看她那样子,应该是小希正在洗澡,她实在憋不住了。

卫生间里响起水声,看来她把水龙头打开了,妹子们上厕所的时候都习惯这样做,掩盖方便时尴尬之声。我坐在床上百无聊赖,心想小明别来大的,不然臭臭的我怎么洗澡呢。

这时,外面又传来了敲门声。我骂了一句"这水胖子出门也不知道带钥匙",便起身去开门。房门打开的那一刹那,我整个人愣住了,然后浑身起了一层鸡皮疙瘩。

外面站着的,是小明。

卫生间里的水声还没停,那是刚才小明进去之后打开的。可是,小明就活生生地站在我面前。房门外面,她脸上的表情很焦急,双手捂着自己的小腹说:"鬼叔,我来借个厕所。"

我脑子里只有一个想法——如果眼前这个是小明,那厕所里那个又是谁?

眼前的小明没有理会我的感受,她的需求跟刚才那个小明一模一样,就是急着上厕所。她推开了堵在门口的我,急匆匆就往卫生间冲过去。

"里面有……"我话还没说出来,她已经拧开了卫生间的门冲了进去。看来刚才那个小明进去的时候,急得连门都忘了锁。

"啊!"小明叫了一声。

我赶紧冲上去,把头探进厕所里。难道是这个小明见到了刚才那个小明,所以惊叫了起来?两个一模一样的人出现在同一个厕所里,这样的画面想起来就觉得诡异。

小明果然吓了一跳,不过是被我吓到的,"鬼叔你干吗?变态啊?"

卫生间里只有一个小明,刚才那个已经无影无踪了。

小明嘟囔着说:"鬼叔你也不关水龙头,真是浪费。好了,赶快出去,我要上厕所了。"然后她砰一声就关上了卫生间的门,这一次记得把门锁了上去。

我愣在卫生间门口,无法理解这三分钟内发生的事情。先是门口进来了一个小明,她要借厕所,就冲了进去并且把水龙头打开了。两分钟不到,又进来一个一模一样的小明,她也要上厕所,进去之后还把刚才那个小明开的水龙头当成是我忘记关的。这样诡异的遭遇,说出去都没人信,因为我自己都不信。可是,它就这么发生了。

我掐了一下手上的肉,我不是在做梦,我也没有疯。白天遇到了一个谜一样的穿越男子——小风。到了晚上,小明也学会了瞬间移动。除了用时空错乱这个原因,我无法解释今天的遭遇。还有另一种可能,时空错乱并没有发生,小风跟小明是一伙的,他们都是骗子。小风的做法下午已经考虑过了,小明刚才进了卫生间,然后从窗口爬了下去,又冲上楼来重新敲响我的房门。问题在于:他们的目的是什么?

"鬼?"

刚才的房门忘了关,有个人走了进来,在我身后说话。

一个字,把我吓得跳了起来,是字面意义上的"跳了起来",在这之前,我也以为这只是个文学性的说法。原来,受到的惊吓到了一定程度时,人真的会原地跳起来。

重新回到地面后,我的心一阵狂跳,勉强鼓起勇气,慢慢转过身去。如果后面站的是第三个小明,我估计会吓得当场尿裤子。

不过,我仅存的分辨能力告诉我,这是一个男人的声音——水哥手里提着一个红色塑料袋,正疑惑地打量着我。

我稍微松了一口气,"水哥,你吓死我了。"

"干吗呢你这是?"水哥一边把塑料袋放在桌子上,一边说,"阿鬼你在做什么坏事,我叫你一声能吓成这样?"

我一边摸着胸口,一边说:"没事,没什么。"刚才在我面前接连出现了两个小明,这件事情已经足够扯淡,再加上那个退房的小风使他们对我累积的不信任感,总之,我要是把刚才发生的事情说出来,

水哥肯定不会信,他只会笑我故事编得太烂,要不然就是问我要不要买个氧气瓶,避免高原反应产生幻觉。

所以,在我想清楚该怎么办之前,还是先不跟他说了。

水哥看我站在那里发愣,目光越过我肩膀,看着我背后关起来的卫生间的门,"里面有人?"

我这才想起,第二个小明还在卫生间里,仓促答道:"嗯,有人,是小明,她来借卫生间的。"

水哥一下子就炸了,"我说你怎么鬼鬼祟祟地站在卫生间门口,被我喊一声还吓得跳了起来,原来是准备偷窥还是干吗?阿鬼啊,不是我说你,小明这一路是我的人了,你就算对她有什么想法,也等到回南山再说啊。"

我看他完全理解错了,赶紧摆手道:"你把我当成什么人了?我品位有那么低吗?"

水哥更生气了,"什么意思!就你品位高,你倒是把小希搞定啊。"

这个时候,解释只能越抹越黑,我对小明没兴趣,这个水哥也是知道的,只不过现在正在气头上,等下气消了就好了。这么想着,我对他双手合十拜了一下,"哥您别生气,都是误会,我到楼下去坐坐,这房间留给你们恩爱。"

然后我澡也顾不上洗了,拿起外套,一边往身上穿,一边出了门。

客栈楼下隔壁,有一间水泥建的新平房,屋顶是一片宽敞平坦的水泥地,这会儿有人摆了个烧烤炉,还有几张桌子,坐了几个游客在那里喝酒闲谈。

我下楼出了客栈,又从楼梯走上那个平房屋顶,找了张板凳坐下。我肚子倒是不饿,但还是点了瓶大理产的风花雪月啤酒、一根玉米、几串烤羊肉,打算吃些东西压压惊。

我开了啤酒,咕嘟咕嘟喝了几口,脑海里回放着今天发生的事。那个穿越的小风还好,毕竟是在大白天,而且是隔了几小时发生的事情，如果不是我这么细心又好奇，换了别人，或许根本不会发现，更不可能放在心上。

可是，刚才发生的连续两个小明在门口出现，然后又进了厕所的状况，造成的冲击力就太大了，我的心理素质算好的，稍微承受能力差一点，或许脑子直接短路了。

时空错乱这个答案可以解释今天发生的两个事件。而且我虽然见多识广，但这也是这辈子遇到的最酷的事情了。

可是不知道为什么，我心里隐约觉得有点不对劲。虽然两次小明脸上的表情都很焦急，马上忍不住要拉裤子里的那种，可现在回想起来，第二次她站在门口的时候，脸色红润了些，呼吸似乎也更急促了。

我呷了一口啤酒，回头看去，从这个位置，刚好能看到我那个房间厕所的窗口。刚才还亮着的灯光，就在这时灭掉了，估计是小明用完厕所，到房间里跟水哥调情去了。

我皱眉打量，在黑漆漆的夜色里，卫生间窗口下面，好像有一堆什么东西，柴垛什么的。就算是小明一个女孩子，如果她从窗口上跳下来，快速绕回客栈，从楼梯爬上去再到我的房门，从理论上讲，是可以在三分钟内完成的。而且，她打开的水龙头，刚好可以掩盖她做这些动作的声音。

我突然回想起一个问题——在问有没有第二次遇见小风的时候，水哥很肯定地说没有，小希估计是没印象了，但小明两次都很坚定地说看见了。这件事可以从另一个角度理解，就是：小风跟小明是一伙的，他们所做的一切，是要我相信在这个鬼地方，发生了时空错乱这种奇异的事情。再加上，就像我刚才推测过的那样，小风跟小明的行为，从理论上都是可以实施的。

既然我从感情上不愿意承认时空错乱的发生，那么现在这个假设可以取而代之，而且完全能成立。但唯一的致命伤在于：对于他们的动机，我没有任何头绪。

他们两个串通起来,假装不认识,然后那么拼命地上蹿下跳,就是为了一件事——让我相信发生了时空错乱。这对他们有什么好处?我完全无法理解。

突然间,隔壁那张桌子,有人的手机铃声响起,那人不无惊喜地说:"你们看移动的信号就是好,到这里都有信号。喂,对,我在雨崩……"

我突然想起,我们四人在飞来寺打麻将时,小明接起的那个电话。她讲的是日语,然后水哥告诫她,在雨崩村里千万不要讲日语,而同样会讲日语的,就我所知,还有别人。

一个是小希要找的那个死而复生的任青平,她说,任青平的日语很好,达到了日语一级水平。还有二十几年前死在卡瓦格博上的那个中日联合登山队,他们讲的当然也是日语。

我眉头不由得紧皱起来,这里面,难道会有什么联系?

"在干吗呢?"

一人无声无息地坐到了我旁边,把我吓了一跳,刚才的胡乱推测,就这样被粗暴地打断了。回头一看,却是小希。

她很自然地拿过我的啤酒,咕嘟喝了一口,然后问:"你在想什么呢?"

我让老板又拿了两瓶啤酒,想了想,还是决定不告诉她,便说:"没有,我在想你啊。"

小希扑哧一笑,我反而愣了一下。这次自驾游,一起出门那么多天了,我是第一次看见她露出这么天真可爱的笑容,没有一点杂质。

我心跳突然有点加速,忙拿起新开的啤酒,灌了一口。

小希却转过来看着我说:"小明的事情,我都知道了。"

我今天第三次被吓到,噗的一声把啤酒喷了出来,幸好桌对面没坐人。随后我的大脑超负荷运转起来,她都知道了?她说这句话,意思到底是知道了小明发生穿越的事,还是知道了小明跟小风布下一个局来骗我?

小希盯着我啤酒喷泉的那道曲线，呆了一下，然后肆无忌惮地拍桌大笑，"哈哈哈哈，阿鬼你至于吗？"

周围的人都看着我们，我赶紧把食指放在嘴唇上，对小希做了个安静的手势，"禁止大声喧哗。"

小希捂住嘴巴，暗自笑个不停。我挠着头说："小希，我也没想到会发生这种事，你到底是怎么……"

小希不笑了，瞪了我一眼说："这还不简单，我听见她跟水哥商量的啊。你说她也是，直接跟我讲就好了嘛，成人之美，我不会不答应的……"

我拍了一下脑袋，自己做贼心虚，以为小希说的是穿越的事情，原来只是半夜狸猫换太子的计划暴露了而已。

我把跳到嗓子眼的一颗心放回去，讪笑道："对啊，真是的，那我们今晚就一起睡咯。"

"好。"

我们互相转过头去，四目相接，然后……就冷场了。

虽然我天天说要推倒小希，但本质上是在打嘴炮。我虽然不是水哥说的纯情小鸭鸭，但也不是淫贼田伯光。

两个真心相爱的伴侣，到那种境界，是灵魂与肉体的深切交流，天人合一，非常完美的体验。最尴尬的是像我和小希这种，大家一起出来玩过，彼此有些了解，比朋友感情深，又够不上露水姻缘。

要是想得太多，到时候不成，那就毁了我一世英名。

"啊……那个……"我先打破了沉默，"我等下去问问梅朵，看还有没有空房。"

小希嗔道："你是不想跟我一起睡哦？"然后又笑，"今天都十月二日了，趁国庆假期来雨崩的人越来越多，不可能有空房，你又不是不知道。怎么了？得了便宜还要卖乖？"

我想了一下确实是这样，摸着自己鼻子，掩饰道："呃，不是不

想跟你一起睡,我是怕今晚我把持不住。"

小希鄙夷地看着我说:"哎哟,有本事你就来啊,看我这大长腿,一脚给你蹬下床。"说着她真的就把一只脚搁在凳子上,一条浅蓝色破洞牛仔裤的大长腿,在昏暗的灯光下,依然是那么长那么直,那么富有弹性。

我不由自主地吞了一下口水,"看来是没机会了。"

小希收回她的绝世好腿,喝了一口啤酒,又用那句话来压我,"反正你还没帮我找到任青平,我是不会跟你那个的。"

我忍了好久,这次终于忍不住揭穿她,"等我帮你找到他了,要是活着,真爱都回来了,你还会跟我睡?如果确认那个人不是他,他其实没有活过来,你会有心情跟我睡?"

小希回过头来,直勾勾地盯着我看,看得我心里有点发毛,觉得是不是把话说重了?突然她又一笑:"你整天琢磨的就是这个是吧?告诉你,姑奶奶说到做到,说陪你睡就一定陪你睡,而且还要把你伺候好。"她又低下头,沉默了一会儿,用很小的音量说:"事情过去那么久,我已经不爱他了,只是要把事情弄明白。毕竟……"

我一看气氛不对,再说下去又要冷场了,赶紧转换话题:"你刚才不是在洗澡吗,小明还到我们房间借厕所用来着。"

小希点点头,"是有这事,当时我都快洗完啦,让她等个几分钟,谁知道这样都受不了。"

我皱着眉头,心里的疑虑又加了一重。如果小希都这么说了,小明还有必要来隔壁借厕所吗?她这个行为的可疑程度又增加了一分。

我不愿意让小希看出我在想什么,于是故意装出一副不正经的样子,"你下楼时听到什么动静没?我感觉她跟水哥已经开始了。"

小希也抬头看去,我们房间那个卫生间的灯已经灭了,从小阳台的窗口上,透过窗帘,流泻出微弱的黄色灯光。

我啧啧道:"本来还说半夜才搞的,现在的年轻人啊,一点定力都没有。"

她撇撇嘴说:"我们不理啦,他们开心就好。"

我喝了一口啤酒,"我是怕他们太拼命,明天没力气爬山。"

小希哈哈笑道:"不会吧,说得那么夸张。"

我摇了摇头说:"那可说不好,不过水哥还算负责任,刚才跟我说下去买水果,我猜其实是去买套套的,所以说还是结扎了好,像我一样,多省事。"

小希半信半疑地看着我,"你真的结扎了?"

我一本正经地说:"对呀,所以你跟我睡,不用戴套都不怕怀孕。"

小希喊了一声,"我才不怕怀孕,我更年期来得早,都绝经三四年了。"

我哈哈一笑,以为她也是在说笑,跟我说的结扎一个性质,也没往心里去。然后我点点头,"嗯,双保险,所以我们无论如何都不用戴套了。"

小希认真地说:"一定要戴的,万一你有病呢?"

我们就这么嘻嘻哈哈地聊着,几瓶啤酒一下就喝完了,我招呼老板埋了单,两个人一起回客栈。

上了二楼进到套房的门,我担心的事情发生了。我要回自己房间去,先拧了一把门锁,纹丝不动,再把钥匙插进去,还是拧不动。好嘛,从里面反锁了。

我骂了一句:"有病。"

小希刚要进自己房间,听见我这么说,忙问:"怎么了?"

我苦笑道:"门被反锁了,看来是他们提前开赛了,你听。"

我们一起侧耳聆听,木板墙壁的隔音不好,房里传来砰砰的声音,还有女人的低吟和男人的喘息。

我在心里暗骂,你们还是人吗,搞那么大动静,我还只是个孩

子啊。

小希捂嘴窃笑,"要不,你先来我房间坐会儿吧,估计他们也……也不会太久?"

我心里气不过,开始砰砰砰地拍门,里面的动静消停了一会儿,估计是在商量对策。我心里暗自好笑,怎么有点正室把男人跟小三堵在酒店里的感觉。

过了一会儿,听见水哥瓮声瓮气地说:"阿鬼啊,你跟小明换房间吧。"

我骂道:"换你妹啊,我还没洗澡啊。"

里面就又没了动静,过了一会儿,传来窸窸窣窣穿衣服的声音,然后房门吱呀一声,开了道缝。

我刚想进去,突然从门缝里伸出来一条长满汗毛的手,手里拿着一堆什么东西。我还没反应过来,水哥站在门背后,把东西往我手上一塞,就又把房门关上了。

"对不起了,阿鬼,你到隔壁去洗吧。"

我低头一看,手上是我刚才准备好的换洗衣服,他倒是贴心,连我的沐浴露跟洗发水都拿了。

我又好气又好笑,还准备拍门,小希却拉着我的手说:"好啦,不要难为他们了,你就来我房间里洗吧。"

我还想说什么,小希瞪了我一眼,"你还怕我吗?"

话都说到这份儿上,我也只好不情不愿地跟着她进了对面的房间。

她们这间房的布局,跟我那间是一样的,两张一米五宽的床,分别放在房间两边。不同的是,小希的那张床还挺整洁,正在隔壁"滚床单"的小明,她的床上放着一堆……内衣裤,散布在床单上,连坐的地方都没有。

真想不通,出来旅行,带那么多红色跟黑色蕾丝的内裤,是几个意思?

想到今晚我就要在这张床上睡,但她那一堆内衣裤,我确实没有勇气去动,谁知道她到底洗了没有啊?我挠着头发,求助地看着小希。

小希看着我窘迫的样子,善解人意地说:"你去洗澡吧,我来收拾。"

我长舒了一口气,拿着自己的衣服进了卫生间。打开莲蓬头的时候,我突然想起了水哥的人身安全问题。要知道,现在正在他身上或者身下的女人,要不然就是曾经穿越过,要不然就是身上隐藏着什么秘密的女特工呀。

要不要去通知水哥?我转念又一想,水哥是什么人,身强体壮就不说了,跟牛头人萨满似的,不仅从那可怕的地库里逃了出来,身体里还有一只能吞噬一切的怪虫子。不管小明是什么角色,在水哥面前都是小角色。

这么想着,我就安心洗起头来。

外面突然传来小希的声音:"阿鬼,你是在洗头吗?"

"嗯,怎么了?"

"我问你一个问题,不过你先答应我不要笑。"我答了一声好,心里却奇怪,小希在我心里一直是走艾薇儿那种摇滚范的,现在怎么变成了会害羞的邻家女孩?

"那个,你洗头的时候,眼睛会闭上吗?"

这算什么问题啊,我哈哈一笑:"当然闭上啦,谁睁着眼睛洗头啊?"

小希在外面哦了一声,好像很不好意思一样,过了一会儿才说:"我洗头就是睁着眼睛的。"

我冲掉头上的泡泡,"啊?为什么,你怕鬼啊?"

小希在外面喊了一句:"开玩笑,我堂堂小希姐,怎么会怕鬼?"

我奇怪道:"那你为什么要睁着眼睛洗头?"

过了一会儿,她又迟疑地说:"我平时真的不怕,就是洗头的时

候有点……那个,你看过鬼片吧,里面的女鬼手指甲都很长。"

"所以呢?"

"所以,她们就没办法自己洗头啊。所以女孩子,特别是长头发的女孩子在洗头的时候,女鬼就会从卫生间的天花板上倒挂下来……"

我听她这么一说,不自觉地抬头看了一下天花板,上面当然什么也没有。

小希继续说,声音越来越小,"然后呢,女鬼把头发放到你的头上,让你帮她洗……所以如果你闭着眼睛,洗啊洗啊……都不知道洗的是谁的头发。"

我心里暗自好笑,看来无论是多么高冷,多么朋克的女人,始终都是女人,还是会害怕这些鬼故事啊。

想想她每次都要睁着眼睛洗澡,感觉又可爱又好笑,我打趣道:"那你把头发剪短就可以啊,像我一样,就不用怕给女鬼洗头发了,要不然干脆剃光,像水哥一样,哈哈哈哈那就连头都不用……"

话还没说完,外面突然传来小希的一声尖叫:"啊!"

我心里一紧,今天发生了那么多诡异的事情,难道小希碰上了什么危险?

我想赶紧出去帮小希,可是现在正在洗澡,浑身一丝不挂呀!我赶紧打量四周,这该死的客栈连大浴巾都没有,我只能匆忙抓起一件上衣,挡在腰间,然后打开门冲了出去。

按照惊悚电影的节奏,小希应该正遭受种种危险,比如被同时出现的两个小明围攻;按照以前那种港产片的节奏,小希应该是遇见了老鼠,正站在床上尖叫,展示她铁妹柔情的一面。

不过,我眼前的景象却是——小希好端端地坐在床上,饶有兴致地看着我。

我一下子就愣了,"你……没事?"

小希一脸无辜的样子,"我没事啊。"

我皱眉问:"没事干吗大叫?"

小希一本正经地说:"没事不能叫吗?我就喜欢。谁让你取笑我洗头发。"

我一下说不出话来,"你……"

小希终于绷不住了,狂笑起来,"你好好骗啊哈哈哈哈……好可爱……哎哟肌肉还不错嘛。"

我想要转身进卫生间,想起屁股后面无遮无掩,只好拿衣服挡着,倒退着一步一步走了进去。

小希爆发出更猛烈的笑声,我恨恨地关上卫生间门,"晚上你小心点!"

当然,作为一个二十四K金的嘴炮党,我威胁小希的"你晚上小心点",说到底,也就是打打嘴炮。

我从来都提倡以双方自愿为原则,这样才能得到高质量的享受,才能实现生命的大和谐。至于霸王硬上弓,从来都不是我的风格。好吧,换句话说,就是——我怂了。

小希那强有力的大长腿,那发达的臀大肌,一看就是经常去健身房的,真给蹬一脚,说不定下半辈子就不能安生了。

而且,小希和我不一样,她不是嘴炮党,该出脚时就出脚,这一点我深信不疑,所以还是等着她自愿献身的那一天吧。

等我用不温不热的水洗完澡,穿好衣服出来,正想着该怎么应对小希的冷嘲热讽的时候,却发现房间里空无一人。

她不会也穿越了吧?这样的念头没维持三秒,因为我很快就发现,小阳台的门开着,小希正站在阳台上。

我把衣服扣紧,跟出了阳台。

小希正靠在那摇摇欲坠的护栏上,看着远处的卡瓦格博,不知道在想着什么。

听见我出了阳台,小希说:"阿鬼,我有点冷。"

我很夙地说:"哦,我给你拿衣服。"

她却回过头来,脸上表情温柔,"你可以抱我的。"

我不知道她是不是又要作弄我,犹豫地站在原地。

小希换了个表情,挑衅地说:"怎么了?没胆子?"

听她这么一说,我马上走到她身后,从后面抱住了她。

俩人都沉默着,过了一会儿她说:"你硬了。"

我认真地点了点头:"我知道。"然后试图把腰向后弯,离她充满弹性的臀部远点,她却右手向后挡住我的腰,阻止了我。

我吞了一口口水,正不知道要说什么,小希突然毫无预兆地说:"我刚跟你讲的,绝经,不是开玩笑。"她深吸了一口气,"我本来很正常,但在任青平走了之后,我就再也没来过……"她抓住我的手放在小腹上补充道:"大姨妈。"

我摊开手掌,贴在她平坦的小腹上,隔着两层衣物,也能隐约感受到她的腹肌。虽然没有我自己的那么硬邦邦,但如果脱了衣服,我敢打包票她一定身怀马甲线和人鱼线。好吧,因为在微信朋友圈里,我也看过她穿着运动 Bra,露出小蛮腰,在健身房里大汗淋漓的照片。

其实相比于大胸,我更喜欢的是她的小腰。紧致的皮肤,薄薄的一层脂肪下,是柔韧有力的腰腹肌肉,那种感觉就好像是散养走地鸡的风味,充满诱惑。

"你在摸什么?"

小希拍了一下我的手,制止了我四处游走的手和跑得更远的思维。我不好意思地说:"呃,你刚才说什么来着?哦哦,你说你绝经了……任青平死了多少年?"

"马上要四年了。"

"四年?就算怀上了哪吒,现在也生下来了啊。"我感到难以置信,"四年里,你大姨妈一次都没来过?"

小希斩钉截铁地确认,"没有,一次都没有。"

"难道你没有去医院看过？小小年纪就绝经了，这样生不了孩子的吧？"我感觉自己的语气像是热心的居委会大妈。

小希轻轻叹了口气，"当然去检查过的，去了好几个三甲医院，什么都查不出来。不过我觉得，不会怀孕挺好的呀，我又不想要孩子。"

我的手掌轻轻向下压，手心正感觉到她小腹传来的热力，这么蓬勃而充满生命力的肌体，却永远不会孕育出生命，这种感觉有点诡异。

她感觉到我在用力，便轻轻抚摩起我的手背，半真半假地说："再说了，这样对你们男人不是更方便吗？不用怕怀孕了要负责。"

我皱着眉头，担心地说："可是你总要结婚的啊？"

小希扑哧一声笑了，"你在担心什么啊？你又不跟我结婚。"

我一时语塞了。

她低着头，若有所思地说："不过我有个闺密，就是不小心怀上了，才奉子成婚的。你说我没有这个功能，是不是少了个机会呢？"

我还没说什么，她又把自己的手掌，塞进我的手跟她小腹之间，一边抚摩一边说："我说了你不要笑，有时我会想，里面是不是真怀上了任青平的孩子。"

我咦了一声，"我记得你说没跟他那个过啊，怎么会怀上？瞪谁谁怀孕是我的独家秘技，别人不会才对啊。"

小希把我放在她小腹上的手拿开，然后转过身来，背靠着栏杆，抬头看着我的眼睛。

从她的表情里，我看出了犹豫。沉默了一会儿，她咬着嘴唇，终于决定告诉我这个秘密："这件事情太羞耻了，我从来没跟别人说过，跟闺密也没有。"

我连忙主动表态说："我会保密。"

她深深吸了一口气，开始说那件四年前发生的、导致她绝经的诡异经过。

"你还记得吗？我跟你说过，任青平被撞是在二〇〇九年六月，

那时快放假了,电影院正在播《变形金刚2》。我和他看完电影出来,他在斑马线上被一辆大货车撞上了。"

我点点头表示记得,一边用手搂住她的腰,怕她把原本就摇晃的护栏压垮,掉到楼下去。

"我们把他送到医院抢救后,他被宣布脑死亡,但家里人不肯放弃,所以一直在ICU里。ICU不像普通病房,每天只允许有半小时的探视时间,所以很宝贵。暑假的时候,我得到了叔叔阿姨的同意,去医院陪了他几次。

"前几次,他都是静静地躺在那里,面容安详,就好像是睡了过去。我一直看着他,跟他说话,给他唱歌,当然了,什么奇迹都没有发生。

"后来暑假结束了,九月份的时候,有一个周末我去看他。那一次很奇怪……我坐在椅子上,不知道为什么那么困,一下子就睡着了。然后我做了个梦……很荒诞的梦。"

小希眼神里闪过一丝犹豫,似乎是这个梦确实太荒诞,她不太好意思往下讲。过了一会儿,她还是决定继续。

"在梦里,任青平突然醒了,从床上下来,牵着我的手。我跟他一直走,一直走,突然就到了一片空旷的平地。地上很白,软绵绵的,像是棉花又像是大雪。他穿着白色的病服,我一低头才发现,自己身上也穿着白色的病服。

"然后,然后他把我按倒,在白色的软绵绵的地上,我们开始做爱。之前我没有过那种经验,也不太知道具体过程是怎么样的。但是那个梦好真实,真实到有一些我之前根本就不懂的细节,比如说他把我的……"

小希深深吸了一口气,跳过我最期待的那一段,"总之特别真实。事情结束后我就醒了,然后发现裤子暖暖的,湿透了,甚至流到了病房的椅子上。一开始我以为是大姨妈来了,但低头一看,是一种没有颜色的液体,你懂的。"

我瞪大了眼睛,"所以说是你在病房里做了个春梦,然后潮吹了?"

小希一把推开我,嗔道:"你才潮吹了,就知道不能跟你说。"

我心里一惊,由于相互作用力,她推开我的时候,自己也必然向后用力了。我昨天住进这客栈就注意到了,小阳台上的护栏是用不知道什么树的树干随便绑起来的,稍一用力推就有点晃动,如果水哥来靠在上面,估计就散架了。

小希这么用力一推,真怕她会掉到楼下去,我下意识地冲上前,右手搂着她的腰往回抱。

"你干吗?"

小希以为我要占她便宜,用手肘顶着我的胸口,要把我推开。

我顾不得那么多,先把她抱到了安全位置,这才松开小希,解释道:"这个栏杆不安全,我怕你掉下去。"

小希喊了一声,"什么嘛,栏杆明明结实得很。"

我看她不相信,只好走过去,用力摇一下栏杆,"不信你看……"

栏杆纹丝不动。

小希抱起双手,摇摇头说:"男人是不是都这样?敢做不敢承认,还要找一些奇怪的借口。"

我皱起眉头,再次用力晃动那栏杆。我手上逐渐用力,最后使出了浑身力气,可是那栏杆真的完全不会动。

不对啊,昨天它明明不是这样子的,随便摇一下就晃得厉害。我低下头,在昏暗的灯光下仔细研究。

"你还要继续演下去吗?"

我挠挠头,解释道:"不是的,昨天这个栏杆是松动的,怎么今天就变牢固了呢?难道有人做了手脚?"

小希不屑地说:"你够了没有,还有人做手脚把不稳的栏杆加固的。好吧,你慢慢玩,我先进去了。"

说完她就转身进了房间,这时候我发现,栏杆确实被人加固过。

在树干交接的地方,用红色的绳子仔细地绑了几遍,绳子很新,颜色红得鲜艳,跟原来破破烂烂的布条呈现明显的反差。在一些特别细的树干上,还绑上了长长的木条用来加固。

难道是客栈老板弄的?

白天虽然我们去了冰湖,不在房间里,可下午回来后,也没听梅朵说过这事啊。难道雨崩这里民风淳朴,所以客栈老板进入有客人入住的房间,事前事后也不用说?

第五章

变故丛生

　　一阵风吹来,而且一定是从雪山上下来的风,不然怎么会那么冷。我打了个冷战,抱着自己的肩膀,冲进了房间,然后再关上薄薄的房门。

　　小希已经脱了外套半躺在床上,拿着手机似乎在玩游戏。

　　我向她宣布刚才的发现,"小希,我没有骗你,那个栏杆真的被加固过,估计是客栈的人弄的。"

　　小希头也不抬地哦了一声,继续玩手机。

　　我讨了个没趣,讪讪地背过身去,开始脱外衣,准备也往被窝里钻。

　　小希却好像自言自语地说:"不一定是客栈的人哦。"

　　我一愣,转过身看着她,"那会是谁?"

　　小希抬起头来,想了一会儿,一副豁出去的表情,"算了,你要笑就笑吧,我觉得是任青平。"

　　我确实觉得挺好笑的,却不好意思笑出来,只好勉强控制着,"任青平?为什么?为什么你会这么觉得?"

　　小希像是早预料到我的反应,也没有计较,继续说:"刚才在外面的时候,我不是跟你讲吗,我觉得有可能是怀了他的孩子,所以才会四年没有来大姨妈……"

　　我终于忍不住笑了起来,"怀了孩子,哈哈哈,就是因为那次病

房里的潮吹,不,是梦遗吗?"

小希拿起背后的枕头向我扔过来,"你去死啦!"

我眼疾手快,一把抱住枕头,她的声音从枕头后面传来,"那次我湿……总之,那次是我最后一次去看他,九月份就开学了,之后我一直在忙学生会的事情,直到有一天下午,他妈妈打电话给我,说他已经走了。"

我把枕头放下,小希已经低下了头。我看不见她的表情,但仍然在听她继续叙述,"从那以后,我就觉得他一直在天上,看着我,保护着我。这种感觉从一年前开始,就变得更加明显了。有几次遇到危险,我都奇迹一样地化险为夷。所以在看到那张照片之后,我就想到了另一个可能,会不会他其实一直没死,是在暗地里保护着我?"

我看着她头发的旋涡,心里稍微有点难过。她心爱的恋人就死在自己眼前,所以会产生种种幻想,把生活中遇到的事情,有意无意、牵强附会地往想象出来的那个情况凑。

女人啊,有时候真是傻。

说到这里,小希自嘲地笑了一下,"不说了,睡觉吧。"

我眉头一挑,淫笑着走近她床边,"好啊,小妹妹乖,叔叔来抱着你睡,要不要先讲个故事?"

小希瞪了我一眼,"给我死远点,姑奶奶自己睡,用不着你抱。"

我撇了撇嘴,走回自己的床边,不对,是走回到小明的床边。

其实我虽然经常到处跑,但对酒店用品的卫生,一直持怀疑的态度。五星级酒店都不值得信任,更何况在这乡间小客栈。原本应该是白色的床单被套跟枕头,现在统一呈现出灰不溜秋的颜色,就像被踩脏了的雪。

更让我烦躁的是,这张床昨晚还睡着个把内裤乱扔的女人,那个女人正在隔壁和一个胖子翻云覆雨。

我用手掀开被子,小心翼翼地检查,怕里面还隐藏着什么可怕的东西。这种畏手畏尾、神经过敏的动作,让小希看在眼里。她看出来我是不太敢往里面躺,还添油加醋,故意吓唬我道:"哎哟,对不起,昨晚小明把换下来的内裤塞枕头下了,刚才我忘了收,现在才想起来。"

虽然明知道她在骗人,我还是忍不住揭开枕头,万一小希说的是真的呢?枕着一条没洗的女人内裤睡觉,对我造成的精神污染,可能会导致从此不举。

幸好小希果然是骗人的。我松了一口气,身后爆发出一阵笑声,"哈哈,鬼叔,没想到你一个抠脚大汉竟然有洁癖。"

我懒得解释这根本不算洁癖,只是对卫生的基本要求而已。我背对着她,慢慢脱掉外套,然后闭上眼屏住呼吸,一狠心跳上床,钻进被窝里。然后我侧着身子,面壁而睡,不去看小希那嘲笑我的脸。如果放在年轻时,跟美女共处一室,就挨着那么近,我肯定会兴奋得睡不着,现在年纪大了,再加上白天爬山也挺累的,晚餐还喝了点老板娘自酿的青梅酒,所以,不一会儿我就迷迷糊糊地睡着了。

我做了一个梦,而且清晰地知道自己是在做梦。

我牵着一个女人的手,走在一团迷雾里,那女人离我越来越近,本来模糊的脸也渐渐清晰——那是小希。

一阵大风吹来,吹散了身边的迷雾,然后我发现,俩人身处雪山的最高峰,头顶是蓝蓝的天,四周都是雪白的山峰,但都比我们站的这一个矮。

太阳明晃晃的很刺眼,我们脚下踩着松软的雪也同样白得让人无法直视。我牵着小希走着,突然被什么东西绊倒了,然后我就顺势躺倒在雪地上,感觉就像躺倒在白色的床单上一样。

小希在梦里和我是一对情侣,她就这样坐到了我身上,柔软而有力的腰肢前后挪动,一下一下地,让我感受到了挤压的快感。这种体验非常真实,我的另一个意识在感叹,这个梦怎么那么像真的呢?

小希甜美地叹息了一声,弯下腰来要亲我。她的脸越靠越近,从

她的眼睛里,我看到了自己的脸。

然后,我惊恐地发现,那张脸并不是我,是照片上牵着骡子的那个人——任青平。

突然!从我身下的雪地里,伸出一只手,死死地抓住我的胸口。我惊恐万分,用力去掰开那只手,那手指如此僵硬,被我掰得咔咔作响。

我好不容易挣脱了那只手,狼狈地从雪地上爬起来,小希已经不见了踪影。

雪山顶上的风越吹越大,吹走了地面的浮雪,露出了雪地下掩埋着的一具男性尸体。它穿着一身白色的制服,好像是一种奇怪的病号服。

在雪山这种严寒的地方,分解尸体的细菌跟真菌都无法生长,所以这具不知道被埋了多久的尸体,还保持着生前的模样,好像是上一分钟才刚刚死去。尸体死前应该受到了很大的惊吓,所以脸上的表情非常惊恐,但即使五官扭成一团,我还是能辨认出这张脸——因为那是我的脸。

我吓得叫不出声来,然后眼见尸体下面慢慢洇出一团血水。那鲜艳的红色来势汹汹,染透了周围的雪,以极快的速度漫到了我的脚下,然后,整座雪山都变成了红色。

我从噩梦里惊醒,霍地坐起来,然后发现自己在一个黑漆漆的房间里,身下是暖烘烘的被窝,旁边的床上传来小希沉稳的呼吸声。

我额头上都是细密的汗珠,在深夜的凉意里又湿又冷,让人有些难受。不过更让我受不了的是,在我裤子里面,竟然也有同样的感觉。我伸手摸去,那种湿漉漉、黏糊糊的感觉是熟悉但好多年没有再经历过的体验——贫僧法号梦遗。

我已经有十几年没梦遗了,没想到在雪山脚下这样一个破烂客栈里,做了一个前半部分是爱情武打后半部分是惊悚悬疑的梦后,竟然让我重温了这一项生理活动。虽然这变相证明了我心态沧桑,但身体年轻,我却一点都高兴不起来,只是觉得非常懊恼。有什么能比得上跟妹子在同一个房间里睡觉，没把妹子睡掉，而是梦见了妹子并且梦遗更丢脸的呢？只有在事情已经发生了的前提下，再让这个妹子也知道了这件事情，才能造成比这件事情本身更丢脸的效果。

所以，当务之急，是要把裤裆里的犯罪证据处理掉。

我鬼鬼祟祟地从被窝里钻出来，尽量不发出声音，然后蹑手蹑脚地走进了卫生间。幸好小希睡得还挺熟的，没把她吵醒。

因为衣物全都在隔壁房间，所以我就连换一条干净的内裤都无法做到，只好用厕所里质量奇差的纸巾，勉强把裤子里的犯罪证据擦掉。在做这件事情的时候，我突然想到，小希晚上说过她是在ICU里探望任青平时，做了一个春梦，跟我所做的这个一样，体验非常真实。按照小希的说法，在做完那个梦之后，她从此就绝经了。

难道说，我也会从此绝精，变成我环保我骄傲，我为国家省橡胶的男人？

我摇了摇头，把这奇怪的想法跟用过的一大团纸巾，一起扔进了垃圾桶里。然后我走到洗手盆前，用雪山融化下来的雪水，洗干净手，又洗了一把脸。

雪水冷得我龇牙咧嘴，抬起头来，在卫生间粗劣的镜子里，我看见了自己五官扭曲的脸。在梦里，我的脸也是这样，作为一具尸体，被掩埋在雪地里。

我突然想到，客栈的床是高脚的，里面可以塞进很多东西，难道是因为床下面真的有尸体，我才会做这样可怕的梦？

小希在房间里，我又不能真的去检查床底下，那一定会把她吵醒，然后她就可以笑话我三年了。

我的理智也告诉我，床下是不可能有尸体的。我所做的这个梦，不过是最近所听到的、想到的事情，比如水哥说的被雪崩埋掉的登山队队员，比如小希一直要找的任青平，再加上我太久没有释放的力比多，所有元素混合起来而已。

但是，理智归理智，该害怕的时候，人还是一样害怕。总之，在回到床上之后，我已经彻底睡不踏实了。甚至有好几次，我在想要以什么样的借口，挤到小希那张床上去。就算冒着被她踢下床的风险，也好过这样提心吊胆地睡不着觉。

就这样半梦半醒的，好不容易挨到了天亮。我身心俱疲地从床上坐起来，伸了个懒腰。这时候小希也醒了，一看她昨晚就睡得很好，充满朝气地跟我说了早安，然后又说："不错，昨晚还挺乖的。"

我挤出一丝难看的笑容，强行调戏道："嘿嘿，其实我已经得手了，只是我的细如钢针，你完全无法察觉到而已。"

小希睡足了，心情很好，不跟我计较，"你就贫吧。"

我确实没有心情再贫下去，毕竟裤子里残留的那些东西，被体温烘干后变成硬邦邦的糨糊是另外一种难受，得赶紧找条干净裤子换上。

于是我从床上跳起来，穿好外套，跑到隔壁房门口，一边拍门一边大喊。等了有四五分钟，就在我失去耐心准备踢门的时候，水哥揉着惺忪的睡眼，终于来给我开门了，看上去，他睡得可一点都不比我好。

我冲进房间，顾不上仔细欣赏一片狼藉的战场，赶紧翻出裤子，跑到卫生间里换上。套上干净裤子的一刹那，我觉得整个人都好了。

虽然发生了各种状况，但今天的安排还是要照常进行的，不然也对不起那么好的天气。

我们下楼吃早餐的时候，看见外面湛蓝的天上，朝阳正放射出明亮的光芒，万里无云，是进行户外活动的绝佳天气。唯一要注意的是做好防晒措施。

吃完早餐，我们重新上楼，然后在水哥的指导下收拾行囊，因为准备在神湖旁边住一晚，所以今天要带的东西，比昨天要重很多。

我们徒步进雨崩的时候，虽然行李更多，但是叫了两匹骡子帮忙驮，所以并没有很累。但去神湖的这条路线，骡子没办法通过，所以装备只能自己背了。

虽然都是叫湖，但神湖的海拔更高，路也更难走。一般游客来到雨崩必去的景点是冰湖、神瀑。神湖是有一定的户外经验和体质好的驴友才会去挑战的一条路线。而且，去神湖的路是没有路牌和电线杆的，不叫向导的话很可能会迷路。

所以，水哥昨天就通过客栈的梅朵，预约了一个向导，现在正在楼下等着我们。

向导是个二十三四岁的小伙子，扎着一条辫子，个子不高，浑身皮肤黑黝黝的，眼睛很小但是聚光，整个人感觉神采奕奕的。

向导让我们叫他多吉，然后就开启了话痨模式。先说他在东莞打过一年工，挣不到钱，所以前两年回来村里，干起了向导这一份非常有前途的职业，然后又说自己喜欢周星驰，在东莞打工时去蒸过桑拿，初恋的女朋友是贵州人⋯⋯

到我们整顿好出发的时候，基本上已经把他的生平了解了一半。直到水哥粗暴地打断他，"介绍下今天的路线！"多吉这才回归正题。

我们背着登山包，一边跟着多吉走，一边听他介绍这次的行程。据他的说法，去神湖要从下雨崩出发，跟昨天从上雨崩去冰湖，刚好是两个相反的方向。

按照多吉所说，来雨崩的游客里，大概二十个人里，才会有一个去神湖。因为路不好走，来回要十个小时以上。虽然有人早出晚归，当天来回，但他也觉得在神湖旁边搭帐篷，住一夜再回来会更好一些。因为神湖那边的风景特别美，辛辛苦苦爬上去了，住一晚才能更好地领略。

水哥朝小明得意地点头，"今晚我们可以'混帐'了。"

小明娇羞地说："讨厌啦，昨晚还没折腾够吗？"

这一对狗男女，体力体质都属上乘，昨天晚上辛勤劳作了那么久，今天走起路来也是气不喘、腿不弯的。

多吉指着路那边的下雨崩村，跟我们继续介绍道："亲！下雨崩的海拔是三千米左右，神湖海拔四千三百多米，垂直落差有一千三百多米，

单程是十八公里。听起来是不是不远啊,亲,不过路可特别难走啊。"

我怀疑他在东莞是给淘宝店当客服的,开口闭口都是亲,等下不知道会不会跟我们要好评。

小希问他:"有多难走?"

多吉回答说:"亲,你们昨天是去了冰湖吧?上雨崩去冰湖和西当进来雨崩的路,一路上都有垃圾桶或者电线杆,所以特别好认也不怕迷路。我们现在去神湖,可是没有这些东西的哟。我们这一路又小又窄,去的人又少,一路上也遇不到几个人,你们可要跟好多吉啊,如果掉队了迷路了,找不到人问路的哟。亲,在森林里还有很多岔路的,万一走错了可就出不来了哟。还有啊,你们知道吧?这两年生态环境保护得好,野生动物又多了起来,要是迷路了遇上狼啊野猪啊什么的,那就麻烦了……"

我看着他滔滔不绝的样子,感觉他去东莞打工也好,做向导也好,都选错了职业,属于他的舞台应该是说单口相声。

小明跟水哥正并肩走着,咬着耳朵在说什么悄悄话,时不时浪笑几声。

小希看他们注意不到自己,假装不经意地问:"多吉,我们这一路去神湖,要是万一下雨什么的,有没有什么客栈、小木屋之类的可以避雨?"

多吉抬头看了看天,"今天不会下雨的啊,亲,多吉保证,下雨了你可以给多吉差评。"

我心里暗笑,这向导还真是憨得可爱。

小希穷追不舍,"我是说万一,万一下雨的话,你们都是怎么避雨的?有可以住人的小木屋什么吗?"

多吉歪着头想了想,"我们这一路过去,会先走进一片原始森林,里面本来是有几个猎户的,不过前几年猎枪全部被政府收走了,也不给打猎了,他们就都搬村里住,房子也荒废了。亲,你知道我们这些木房子,没人住、没人管的话,房顶会漏水的,下雨的话,房子里面下得比外面还大……"

我看他说不到点子上，就帮小希问道："那神湖旁边呢？有没有客栈之类的，不想住帐篷的客人，就可以去住客栈啊。"

多吉恍然大悟地说："哦，亲，你在问这个啊？客栈嘛，在神瀑旁边是有的，去神瀑的客人多啊，但是神湖那里可没有客栈。亲，你想想一天就那么几个人过去，今天估计就你们这一伙吧，这还算是旺季，淡季的时候几天都不一定有人去。在神湖开客栈，没有客人啊。亲，你想想，换了你会不会去开客栈？肯定不会的，对吧，亲？"

我跟小希交换了一下眼神，这个多吉啰啰唆唆说了一堆，归纳中心思想，就是神湖旁边没有住人。

可是这不对呀，之前那个马夫大哥，明明说仁青平措是住在某个湖边的。雨崩附近只有两个湖，冰湖我们已经去过了，没发现有人住。如果神湖旁边也没有，难道是那个马夫大哥说错了，或者那个大姐翻译错了？

我们正在挠头的时候，多吉却峰回路转，突然来了一句："哎呀，不对，神湖旁边，好像是有人住的。"

小希眼睛一亮，"是吗？是怎样的人？"

多吉挠了挠头，"亲，多吉也没亲眼见过，多吉是听回来的游客说的，说遇见一个像是我们本地村民的，背着吃的用的往神湖里面走，问他话也不回答，可能是不懂汉语。"

我提问道："会不会也是进去玩的？"

多吉斩钉截铁地说："他们说那人背了很多东西，肯定是长期住在那边的。不过具体住在哪儿，多吉也不知道，而且也没听过村里有谁搬到神湖那边去住了……"

小希的表情整个就生动了起来，看来她的想法和我一样，都认为多吉说的这个人，就是马夫大哥说的仁青平措了。

这样一来，我们剩下的任务，就是找到他而已。

这时候，水哥跟小明聊完了羞羞的事情，也追上了我们。水哥凑

过来问:"你们在问多吉什么呢?在找人?"

多吉张开大嘴,感觉马上就要把我们刚才问的都抖出来。小希神色紧张,我赶紧帮她转移话题,"多吉,你说今天就我们这批人进神湖,那昨天呢?"

多吉眨巴着眼睛,"昨天有几个人,三男一女,本来联系了多吉做向导,后来又没请多吉,不知道他们到底进去没。"

我点点头,他说的三男一女,应该就是前天晚上在"梅里 Café"遇见的香港人了。估计他们跟我们一样,也在神湖旁边住了一晚,昨天进去今天出来吧,说不定等下遇得到。

我们五个人一路边聊边走,过了下雨崩之后,开始进入一片茂密的原始森林。这里的树木比昨天的还要高大茂盛,遮天蔽日,岔路很多,幸好有多吉带路,要不然确实容易迷路。

森林里的路其实根本不能算路,只不过是人踩出来的而已。我们走了好久,多吉带着我们走过一段倒下的枯木,指着脚下的树干说:"进神湖,一定会从这条木头上踩过,过了这里,前面就没有岔路啦。"

从这段木头过去不久,我们在林子里歇了几次,把午饭也吃了,然后到下午一点钟,就走出了原始森林。周围的植物切换成了低矮的灌木,四周的视野也开阔起来,一片云雾缭绕中,周围的雪山若隐若现。

果然,这里的景色比冰湖的要更美。多吉提醒我们,接下来是这条路线里最危险的一段,一定要跟着他的脚步走。

虽然他是个话痨,但是他的这番警告并没有夸大。这段山路的确非常陡,感觉有四十五度甚至更多,窄得只能一个人通过。路的一边就是比路更陡的陡峭山坡,深不见底。坡上只有草,没有树木遮挡,如果不小心一脚踩滑,估计就会咕噜咕噜直接掉到山底,滚成一个没有四肢的肉丸子。

这一段路不长,但是我们走得特别小心翼翼,用了二十多分钟才走完。通过这条路后,我们来到了一个半山腰的牧场,我看了下登山表,现在已经是下午两点多,海拔接近四千二百米。

也就是说,我们前面四五个小时一直在爬坡,上升了约一千二百米的海拔。草甸这里跟神湖只差一百米的海拔,接下去略等于平路了。

多吉的介绍也证明了我的猜测,他说,穿过这个草甸,经过一个垭口,就能到神湖了。

这个草甸地势平坦,因为海拔高的关系,有云雾在草地上缭绕。我们刚走出一片云雾,不多久又走进另一片,又因为秋季的关系,草甸长满了金黄色的草,中间点缀着血红色的狼毒花,还有粉红色的格桑花。在雪山跟云雾的映衬下,整个草甸就如同仙境般飘逸。

小希跟小明两个女孩子在这样的美景下,忍不住唱起歌来。我跟水哥虽然是大老爷们儿,在这样的景色里也觉得心情愉悦,在草甸上天真烂漫地跑着。只有多吉见惯了这些场景,无动于衷,只是拿着我带的单反,很尽责地帮我们拍各种合照。

我们走到一个开阔地,云雾飘散,对面的山脊上,出现了一个小镇。

我眯着眼睛看去,"那是哪里?该不会是飞来寺吧?"

多吉夸奖道:"亲,你没猜错,对面就是飞来寺。"

我不禁有些感叹,我们从飞来寺开车到西当温泉,又从那边辛辛苦苦爬山进了雨崩,用我们的双脚去丈量,两地间的距离又远又曲折,艰辛难行。但是,从这半山腰看去,飞来寺却就像在眼前。我们折腾了那么久,以为自己走了很远,其实身处这连绵的大山,不过像是在盛满米饭的碗里,从一颗饭爬到了旁边的另一颗饭。

人类,原本就是这么渺小。

小希想的却是另一件事,她若有所思地说:"难怪一九九〇年那一次,很多人都聚集在飞来寺,骂攀登卡瓦格博的登山队,原来就在对面呀。"

多吉瞪大眼睛,竖起了大拇指,"你知道那么多啊?"

小希有点不好意思,指着水哥,"我都是听他说的。"

多吉抿着嘴唇，点了点头，然后又说："亲，你说得没错，不过这件事我们就不说啦，又不是什么好事。走，我们马上就到神湖了，那里可比这儿更漂亮啊！"

我们跟在多吉身后朝神湖走去，我突然想起了一个问题——这一路走来，我们一个人都没遇到，别说游客了，就连当地人都没有。更奇怪的是，那群三男一女的香港人，到现在都还没见到踪影。照理说，他们早就应该回程了，难道是神湖真的太美，所以他们现在还待在那里？

但是没有道理，因为现在都快下午三点了，从这里出去到下雨崩，走得再怎么快也要四个小时，而七点钟的时候，天就黑透了，任何有登山常识的人都不会冒险走夜路，更何况是那么险的路。

我忍不住问向导："多吉，从神湖到下雨崩，一共有多少条路？"

多吉回过头来说："亲，就一条路。"

得到他的确认后，我更觉得奇怪了，对水哥他们说："你们还记得，前天晚上我们在"梅里Café"里吃饭时，有几个香港人来跟我们搭讪吗？"

他们纷纷点头说记得。我继续道："香港人当时约我们第二天来神湖，也就是昨天，昨晚我们在"梅里Café"没看见他们，所以他们应该是在神湖旁边住了一晚，这么一算，他们就是今天回去才对。可是我们这一路上来，没有遇见他们，可真是奇怪，对吧？"

水哥喊了一声，"阿鬼啊，你想多了吧，他们昨天就回去了不行吗？谁说回到雨崩就一定要去那个新加坡人的馆子吃饭的。"

听水哥这么一说，我竟无言以对。他说得也有道理，可能香港人就是昨天当天来回了，或者计划有变，根本没来神湖也说不定，总之是我自己想多了。

在两个妹子面前闹了这么一个笑话，感觉挺丢脸的，我不好意思地偷偷瞄了小希一眼，却发现她正在四周张望，好像根本就没听见刚才我们的对话。

我马上猜到了她在看的是什么，现在已经越来越接近神湖了，她要找能住人的小木屋，还有木屋里那个长得像仁青平措的神秘男子，毕竟这才是她来到这里的真实目的。

走了不到十分钟，传说中的神湖，终于出现在我们面前。第一眼，我们就被震撼了。

神湖的面积不大，甚至比昨天的冰湖还要小一些，但这丝毫不影响它震撼人心的美。神湖的水是墨绿色的，水平如镜，静静地躺在高山之上，就像是雪山之间的一面镜子，或者是天神掉落在群山之间的一粒墨绿色的勾玉。

在墨绿色的湖水上面，有白色的云雾缭绕，像是洁白的哈达，带给人一种宗教仪式般的圣洁的美。

神湖的美不容亵渎，让人肃然起敬，我们都被这种难以言说的美所震撼，体会到了作为人类的渺小，甚至自惭形秽。所有人都呆呆地看着湖面，竟没有人说一句话。

整个神湖就只有我们五个人，在这几分钟里，光线、声音、时间似乎都凝固了，我们融入这种大美里，变成了脚下沉默不语、历经岁月的野草和格桑花。

"这也太美了。"

第一个说话的是水哥，要放在以前，他肯定会口吐芬芳的，但是在这样圣洁的美景面前，估计就连他那粗鄙肮脏的灵魂都被洗涤了。

我也深吸了一口气，"确实，幸好来了啊。"

小希跟小明也慢慢回过神来，牵着手走向湖边，多吉在她们身后说："亲，神湖的水只能喝，不能用来洗手，千万记得啊。"

我好奇地问："为什么啊？"

小希回过头来说："当地的风俗习惯，你尊重就好了，别问那么多。"

多吉却笑嘻嘻地说："这位亲问得好，为什么不能洗手呢？我们这边有个传说，如果在神湖洗手的话，就一定会下雨，我们帐篷都还

没搭好，等下地面湿了，睡起来难受，万一下大了，路更不好走，我们明天回去就麻烦了……"

我听着多吉絮絮叨叨的介绍，一边点头，一边向四处张望。湖边跟湖面一样云雾缭绕，在视野范围内，却并未发现能住人的小木屋，也没发现游客的帐篷，更没有除我们之外的其他人影。这么说来，那伙香港人确实不在这里，正如水哥所说，要不然就是昨天下山去了，要不然就是根本没来。

正这么想着，却突然听到水哥诧异的声音："你们看，那是什么？"

我抬起头来，顺着水哥手指的方向看去——神湖的中心，有一个红色的物体，正在一沉一浮。

我心里突然一惊，想起了在冰湖的时候，也是看见湖中心有个一沉一浮的红色物体，然后再拿望远镜去看的时候，却找不到了。

怎么那么邪门，这里面也有？而且怎么会又是红色？

这一路进雨崩，我已经遇见太多跟红色有关的东西。首先是和小希在山路上的照片拍摄地点看到的，整座雪山都变红的幻象；在去冰湖的路上，遇见了穿红色冲锋衣的"穿越者"小风；小明掉进冰湖里的帽子是红色的；昨晚我做的那个梦，也是一片红色的血，像史前大洪水一样，淹没了整座雪山。现在，神湖里那个红色的物体会是什么？我突然想到，难道是那个小风的尸体？

小希站起身来，拿出她一直霸占着的水哥的望远镜，看向湖中间的红色物体。然后，她跟跄退后了两步，像是看见了什么可怕的东西，尖叫一声："天哪！"

我背后一阵发凉，能把小希吓成这样的，难道真的是一具浮尸？

小希的望远镜摔到了地上，脸上则写满了不可思议，"不可能，怎么可能？"

旁边的水哥按捺不住，捡起望远镜，朝湖里的那东西看去。

他看了一会儿，反应却跟小希相反，平淡得多，甚至有点不屑，"喊，还以为什么东西,把你吓成这样……"

水哥放下望远镜,嬉笑着对小希说:"不就是一顶帽子吗?谁不小心掉进去的呗。"

小希的表情却莫名地严肃,连小明也紧张了起来,抓住小希的手。

水哥的笑容突然就凝固了,表情变得沉重起来,"不会吧?那帽子是……"

我不用拿望远镜,也猜到了什么,忍不住抢着问:"小希,那帽子是你的?"

小希凝重地点了点头,我感觉到背上起了一阵鸡皮疙瘩,内心深处涌现出的恐怖,比真的见到一具浮尸还要厉害。

多吉不知道我们演的是哪出,忍不住问道:"亲,你们怎么了,湖里那个是帽子吧,哎呀,也不知道谁那么不小心。"

我深吸了一口气,跟他解释说:"是帽子没错,不过,是小希的帽子。"

多吉仍然不知道其中缘由,奇怪地问:"小希?她的帽子?我刚才没看见她帽子掉湖里啊,怎么还漂那么远去了,哎呀,这要怎么才能捞上来啊……"

我看了一眼小希和小明,继续给多吉讲解来龙去脉,"这个帽子,是昨天我们去冰湖的时候,不小心掉进湖里的。"

多吉继续唠唠叨叨:"哎呀,亲,你们怎么那么不小心,帽子掉进湖里,你们没关系,可是污染了我们这个神湖啊,你说这要怎么捞上来啊……慢着,你说什么?你说是昨天掉的,掉到冰湖里?亲,你是这样说的吗?"

我知道多吉心中无法理解,难以相信,如果我们四人不是亲眼看见,也同样无法相信眼前发生的一幕。

昨天在经过山涧的时候,被冲刷到冰湖里的帽子,今天,竟然出现在不知道多少公里外的另一个湖里。如果说两个湖是相连的,那还

能解释成一个巧合,帽子刚好从冰湖顺着水流,流到了神湖里。可是,神湖跟冰湖根本不是相连的,这点不用问多吉都知道。

更无法解释的是,我们昨天去的冰湖海拔三千五百米,而现在身处的神湖,海拔是四千三百米。一顶帽子,怎么可能违背重力原理,逆水而上,来到了另外一个湖里?

小明抓着小希的手,昨天那顶帽子就是从她头上掉下去的,当时她还说要赔一顶给小希。现在她摇着小希的手,问出了我也想问的那个问题:"小希,会不会是你认错了?"

小希还没来得及回答,突然之间,更诡异的事情发生了。

神湖似乎是听到了刚才小明的话,湖面的水忽然起了波澜,湖水慢慢涌动,而我们并没有感觉到足够吹动湖水的风。

涌动的湖水,带着水面上的红色帽子,像是长了眼睛一样,径直朝我们漂来。

我们都被吓到了,面面相觑,被面前诡异的景象,震惊得说不出话来。然后,我们就眼睁睁地看着那个红色帽子,漂呀漂,漂呀漂,像是被无形的绳子牵引着,又像是水下面有个人戴着红色的帽子,一直向我们漂过来。

我们都有点惊慌失措,别说小希了,就连我跟水哥,都止不住想要向后退。但是在这个时候,我注意到小明不仅没有向后退,脸上甚至露出了欣喜的神色。

神湖像是要跟我们玩游戏似的,这顶红色帽子漂到离我们三米远的地方,停了下来,一动不动。

湖面又恢复了水平如镜的模样,那顶红色帽子像是镶嵌在湖面上,帽檐背对着我们,还看不到正面刺绣的英文字。

我还抱着一丝认错了的侥幸,问小希:"是你的帽子吗?"

小希点了点头,"没错,是我的帽子。"

我走到湖边,试了一下,够不到那个红色帽子。三米这个距离很尴尬，不远不近的，似乎稍微想点办法，不用下水就可以够得到。我觉得，这神湖是故意在耍我们，我甚至有种感觉，如果我们探下身去拿，那个帽子就会往远处漂走，直到我们掉进湖里去为止。

这么想着，我放弃了尝试，站直身子问小希："这帽子你还要吗？"

小希下意识地往后退一步，左手按住她今天戴的另一顶牛仔布的帽子，右手连忙摆动，"不要了，不要了。"

多吉也有点蒙了，"亲，你们说的是什么？这帽子是昨天掉在冰湖的？"

小希转身问他："多吉，神湖跟冰湖，是不是有河连在一起？"

多吉斩钉截铁地摇了摇头，"没有，这两个湖的湖水都是直接流到山下的，互相没有河流连接。"

小希又提出了一个想法，"那会不会是两个湖底，有看不见的地下河连在一起？"

可爱的向导挠着头，"多吉从没听说过这种讲法……"

这时候水哥站了出来，用跟我之前想的一样的逻辑，打断了小希的推测："不用再问了，不管是地面河流也好，地下暗流也好，问题是神湖的海拔比冰湖高啊。水向低处流，帽子跟着水走，怎么可能从低处的冰湖流到高处的神湖呢？"

小希皱着眉头，"水哥，那你的意思是？"

我插嘴道："我们的意思是，要不然这就是人为的，要不然就是见鬼了。"

多吉被我的话吓了一跳，赶紧摆手说："亲们，在神湖面前，可不能这么说啊。"

一直没说话，面带诡异笑容的小明，这时候突然发言了："你们说错了，不是人为的，更不是那什么，是神湖，不对，是神仙实现了我的愿望。"

剩下四个人都转头看着她，小希更是奇怪地问："小明姐，你说

的是啥意思?"

小明放开抓着小希的手,双手抱拳放在胸口,兴高采烈地说:"小希,昨天从冰湖的融雪上面过的时候,我不是不小心把你帽子弄掉了吗?我其实特别不好意思,想买一顶回来给你,你又说那个是纪念版,现在买不到了。这样一来,我就更内疚了。我又想到水哥说的,卡瓦格博的山神很厉害的,所以啊,昨天晚上我就在客栈的阳台上,对着卡瓦格博许愿了……"

我心里暗暗好笑,昨天晚上你还有时间许愿,不是一直在跟水胖子干正事吗?

小明可不知道我心里在想什么,继续道:"我请求卡瓦格博的山神,如果真的那么灵验的话,就把小希的帽子送回来给我。"说着她又跑到湖边,指着那个红色帽子,"你们看!多吉,你们的山神真的好厉害,好灵验,真的把帽子送回来给我了!天哪,我一定要发个朋友圈,告诉大家都来雨崩,对着卡瓦格博许愿!"

小明这种神叨叨的状态,并没有感染我们,至少没有感染我。堂堂大山神又不是你家暖男,还会做把一顶帽子送回给失主这么微不足道的事情?更何况,如果是在冰湖那边被好心人捡到,带回雨崩还给小希,倒算是一个温馨有爱的故事,以这么诡异的方式送回来,只会把人吓到吧?

我们还没来得及说什么,小明却抓起了地上放着的登山杖,跑回湖边就要去够那个红色帽子,小希一直在旁边喊不要了也没有用。

然后,就在水哥想要上前帮忙的时候,出乎所有人的意料,小明就在我们眼前,咚一声掉进了湖里。

她掉进湖里的姿势如此诡异,不知道别人怎么想,给我的感觉是——有一只看不见的手把她拉进去的,要不然,就是她自己主动要掉进去的。

幸好现在是枯水期,湖里的水浅,我们几个年轻人反应又快,七手八脚就把她拉了上来。

小明在水里泡了十秒不到,身上穿的又是全套防水的登山装备,所以问题倒不大,把头发擦干包起来就行。

小明也真是执着得过分,都掉进水里成落汤鸡了,还一脸的笑,右手扬起来兴高采烈地说:"看,小希!"

我的目光被那顶红色的帽子牢牢吸引,那上面果然写着一行熟悉的英文字——Richardson。毫无疑问,就是和小希卫衣配套的那一顶纪念版的红色帽子。

小希根本不想去接那帽子,小明却像是看不出来,硬要往她怀里塞。

我看场面有点诡异,有点尴尬,赶紧一把帮小希接过帽子,一边跟向导打趣说:"多吉,你刚才说不能在神湖里洗手,不然就会下雨,现在小明算是在神湖里洗澡了吧,又会怎么样?难道是下雨吗?哈哈哈……"

我的笑声被多吉严肃的表情打断了,这个话痨向导,用一种我们不熟悉的低哑音调说:"不,不会下雨,照我们当地的传说,在神湖里洗澡,会有不好的事情发生……很不好的事情……"

我们都被他的神态吓到了,水哥壮着胆子问:"到底什么事情?"

多吉抿着嘴巴,眼神从我们的脸上依次划过,最后死死地落在了小明的脸上,"我听村里的老人说过,谁要是在神湖里洗了澡,他就会从一个人,变成两个人。一个人下山,另一个被永远地留在山上,陪山神玩耍。"

我们听多吉这么说,都紧张地看向湖里。幸好在墨绿色的湖面底下,并没有出现另一个小明。

小希对这个传说没什么感觉,"真厉害,有这技术,用不着研究克隆了。"

水哥在一边不说话,他之前讲的那个不知真假的地库故事里也有类似的情节。是巧合,还是里面有什么不为人知的联系?

我的心怦怦怦跳得极快,头脑里乱成一片,因为我知道他们都不知道的信息。

如果按照多吉说的那样,掉进神湖里,就会变成两个人,那么我之前看见的小风,还有连续两次出现的小明,都是因为掉进了湖里,才会发生那么诡异的事情?

小风有没有掉进过湖里我不知道,小明是在昨晚连续出现两次,今天才掉进神湖的。但如此诡异的事情都发生了,这种日常生活中的前后因果顺序,当然也可以忽略不计了。

小明打破了我们的沉默,"哎呀,多吉,你就别吓唬我们了,什么变成两个,我这不是还好好的嘛。你们看我头发那么湿,赶紧先帮我擦干呀。"

于是两个妹子打开背包,拿出毛巾,开始七手八脚地擦头发。

水哥抬腕看了看表,对我说:"四点多了,该搭帐篷了。"

我把手里没人要的红色帽子,小心翼翼地放在身边一块石头上,双手合十拜了一下,然后转身帮水哥搭帐篷。

多吉把两个妹子的帐篷也取了出来,我们选了块平坦的草地,开始搭帐篷。水哥和多吉比我熟练多了,所以我基本是打下手。有他们两个在,帐篷搭得挺快的,不一会儿就弄好了一个。

第一个搭好的是水哥的帐篷,橙黄色的。然后开始搭我的,帐篷一拿出来,我就皱起眉头——红色帐篷。

红色在户外运动中,是一个很常用的颜色,因为它够鲜艳,可以在绿草、雪地等自然环境中一眼被发现,万一遇到什么意外的话,方便被寻找和援救。但在发生了那么多跟红色相关的诡异场景后,我现在对红色却有点过敏。想着今晚要在这个红色的帐篷里过夜,心里不觉有点发怵。

我挠着头跟水哥商量:"水胖子,要不咱们今晚换个帐篷睡?"

水哥双手十字交叉放在胸前,一副被非礼了的样子,"你想干吗?

你对我有什么想法?"

等我们扯皮完了,水哥同意跟我换帐篷,我们正准备搭第二个的时候,却发现多吉正在呆呆地仰头看天。

我奇怪地跟着他抬头,头顶上的天空已经不像刚才那样明亮,本来万里无云的蓝,现在从雪山顶上飘来一丝棉絮样的云彩。

我不禁有点紧张,"多吉,不会是我乌鸦嘴那么灵,真的要下雨吧?"

多吉被我吓了一跳,回过神来之后就笑了,然后连连摆手,"不会不会,放心吧,多吉给你们打过包票的,这两天一定是好天气。"

帐篷一共四个,我们男的都是单人帐篷,三足鼎立,围着中间妹子的双人帐篷,形成了一个简陋的小小营地。

搭好帐篷,我们开始煮东西吃,水哥带了全套的户外炊具,晚餐是挂面煮腊肉,一人还配一根火腿肠,在这海拔四千多米的雪山,应该算米其林三星标准了。

吃到一半,多吉还给了我们意外的惊喜——他用矿泉水瓶装了点青稞酒带上来。我们也没带杯子,就每人轮流用矿泉水瓶喝,等于所有人间接接吻了一遍。在家的时候,每次吃饭,我们都习惯用开水烫碗筷,作为进餐前的仪式,但在户外这样不讲究卫生,却没有人会觉得脏。

等我们吃完饭,天也快要黑了,夕阳给雪山和神湖镀上了一层金红色,跟白天相比又有一种不同的美。水哥和小明在收拾炊具,我和小希准备趁着天还没黑透,在湖边再走一圈。虽然小希没说,但我知道她的目的,是要再侦查下附近有没有小木屋。

第六章
邂逅宿敌

突然间,身后传来多吉一声大喊:"谁?"我触电似的回过头去,浑身汗毛都竖了起来,难道,另一个小明出现了?

多吉看着的方向,是从草甸通往神湖的小路,在夕阳最后一抹光线下,同时出现了三个人影。虽然看不清面目,但他们穿着冲锋衣,背着登山包,应该是和我们一样的游客。

幸好不是多出了一个小明,我松了口气,心里不禁觉得好笑——他们是出发得太晚还是走得太慢,怎么这个点才到?

等领头的那人开口时,我刚放下去的心却又提了起来。

那人戴着一顶棉帽,说一口标准的港式普通话:"太好了,还有人!"

我眉头不由得皱了起来,这口音我印象深刻,就是前天晚上在"梅里 Café",约我们一起来神湖的香港同胞——棉帽男。但他怎么那么不靠谱,说是昨天来神湖,结果是今天才来,而且那么晚才到?

不对,应该不是这样的,不知道为什么,我心中涌起了一股不祥的预感。

小希也认出他们来了,她的观察力也颇为敏锐,奇怪道:"咦,他们一伙不是四个人吗,怎么只看见三个?"

果然，棉帽男接下来说的话，验证了我的预感，"我们不见了一个人，求你们帮忙一起找！"

然后，他伸出右手指着西方，"他是昨晚，在那边失踪的——小木屋那里！"

我心里不禁一震。小木屋！小希找了好久的、可能住着仁青平措的小木屋，没想到得来全不费工夫。不过，棉帽男说他的队员在小木屋那边失踪了，又是怎么一回事？

我和小希走回营地，跟水哥他们聚在一起，呈一个紧密的队形。虽然这三个人心怀歹意的可能性不大，但是荒山野岭的，还是小心为妙，不然万一出了什么事，想要报警和求助，那可是喊破了喉咙都不会有人理。

他们三个人也走了过来，我眯起眼睛仔细辨认。领头的是棉帽男，身后跟着一男一女，长相都颇为清秀，但不知道为什么，我总有种异样的感觉。他们昨晚是三男一女，这么说来，失踪的那个是男队员。

水哥作为我们这边的队长，主动迎向棉帽男，"哥们儿怎么了？不要急，慢慢说。"

那三个人好不容易走到我们跟前，棉帽男似乎已经疲惫至极，咚的一声就坐到了草地上。他抬起头来，这时终于认出了我们，"是你们啊！太好了！"

他身后那一男一女，倒是很有礼貌，一起朝我们微微鞠躬，那个戴着眼镜的男的还用别扭的普通话，轻声说了句："对不起，给你们添麻烦了。"做完这些动作，这俩人才慢慢坐到了草地上，看上去也是要累垮了。

看着他们的行为举止，我心里的疑虑更重了。中国古代是喜欢鞠躬的，但到了现在这个年代，见人就鞠躬的礼仪，只在某一个国家保留得比较完好，而那个国家的游客，几乎受到全球所有旅游地的欢迎，唯独雨崩村不喜欢他们。

　　小明很机灵地给他们三个都倒了杯热水，我们也在旁边围坐下来，听棉帽男介绍情况。果真如我所料，按照棉帽男的说法，他们昨天就出发来到了神湖，然后计划在湖边搭帐篷过夜，今天下山的。

　　起初一切正常，问题是在那个失踪了的队员——叫作小野的男人——发现了一个木屋之后才开始的。

　　棉帽男指给我们看小木屋的位置，在神湖西边，那里隐约有一块褐色的山体拱起。棉帽男说，小木屋就建在那块山体后面，是小野四处乱逛发现的。

　　他们正要搭帐篷的时候，小野非常兴奋地回来汇报了这个消息。据他说，小木屋里各种设施一应俱全，非常舒适，虽然没有人住，但是门却一推就开。小野觉得这是小木屋的主人特意留给来神湖过夜的户外爱好者们的。

　　小希紧张起来，"空的？不是住了一个男人吗？"

　　我轻轻按住她的手，示意她先听对方讲完。

　　棉帽男继续说，他们四人就决定不搭帐篷了，晚上在小木屋里过夜，第二天走时留下比住客栈更多的钱就行。

　　说到这里，棉帽男脸色一变，"没想到，那是一间鬼屋。"

　　我们这边几个人异口同声地问："鬼屋？"

　　对面三个人都很肯定地点头。棉帽男身后戴着围巾的年轻妹子也用别扭的普通话说："小野，他就是在屋子里，半夜不见的。"

　　小希质疑道："你们那个朋友，不好意思，但他不是爱到处乱跑吗，跑丢也很正常啊，为什么说木屋是鬼屋呢？"

　　这时候，戴着一副近视眼镜的男子说话了，"我有证据。"

　　他先看了棉帽男一眼，然后又看了戴围巾的妹子一眼，像是在征求他们的同意。在得到了俩人肯定的意见后，眼镜男从身后的背囊里，摸索出一部单反相机。

　　他的相机型号跟我的差不多，都是佳能 5D，差别在于我的是 5D

Mark2，眼镜男的是更先进的型号5D Mark3。看来这哥们儿不是摄影爱好者，就是土豪不差钱。

他低头操作了一下，然后郑重其事地把相机的电子显示屏倒过来给我们看。我们这边五人都伸长了脖子，想要看下拍的是什么样的照片，是拍到了鬼怪真身？还是拍到了小野凭空消失的画面？

我心里不知怎么想的，还纠结于小风和小明连续出现的场景，有种莫名的预感，会不会在这部5D Mark3里，拍到的是两个小野同时出现的画面？

结果，出乎我们所有人的预料，相机拍摄的是一段视频。从画面上看，相机应该是放在一个三脚架上，在电子显示器里，一共出现了四个人，其中那个现在缺席了的男人，当然就是爱到处乱跑的小野了。

画面里，他们四个人都在室内，光线昏暗，但能看出墙壁跟地板都是粗加工的木制品。画面的中间是一张膝盖高的小木桌，四人身穿的衣服都不多，两个人一边，在小木桌的两旁席地而坐。

小木桌上空空如也，只有一个圆筒状的东西。我仔细辨认了一下，原来是个保温水壶，圆筒形，大红色的金属漆，看上去像是膳魔师品牌的。

水哥不耐烦了，"你们葫芦里卖的什么药？鬼呢？"

棉帽男示意我们安静，"嘘，马上到了。"

说完这句话，他虽然还坐在草地上，上半身却向后倾，像是要离那单反相机远点，怕里面有贞子会爬出来一样。

我们继续盯着电子显示器，里面四个人就这样坐着，不说话也不动，我突然有种看《午夜凶铃》的恐怖感。

在我快要忍不住的时候，画面里那四个呆坐着的人动了起来。那个圆筒的红色保温水壶，原本是竖直放在桌上的，现在失踪的小野拿起了水壶，把它横着放在桌面上，让壶身接触到了桌面。

小野把水壶拿到靠近自己的这边，然后松开了手。

这时候，诡异的事情发生了。那桌面看着是水平的，但保温水壶竟然朝着桌子的另一边，骨碌碌滚了起来，越滚越快，最后咚一声撞到桌子边框弹了起来。还好坐在桌子对面的棉帽男一把捉住那水壶，这才没掉到木地板上去。

画面里的四个人你看我、我看你，脸上的表情都很震惊。

看到这里，小明哇了一声，"这是怎么回事，桌子明明是平的呀？"

小希毕竟是女孩子，这时候也提了个可笑的看法："难道是保温壶里有鬼，鬼在里面动吗？"

水哥就清醒多了，"这没什么啊，本来木头房子、木头桌子就不容易做平，水壶里灌了水，沉呗，就这样滚了。"

棉帽男摇了摇头，"你们继续看下去。"

我们只好继续盯着那相机的小小电子显示器。只见里面的小野，不知道低声说了句什么，其他三个人都点了点头。

棉帽男把水壶拿回给小野，然后和坐在他旁边的眼镜男，两个人用手将木头桌子稍微抬了起来。这样，桌子倾斜成了一个斜坡，有十五度左右，棉帽男这边高，小野那边低。

小野拿着红色水壶，像刚才那样放在桌子边缘，松手后，比刚才更诡异的事情发生了——保温水壶离开了小野的手之后，竟然慢慢向着更高的另一边滚去。确切地说，它是在向上"爬坡"，没有刚才滚得快，但却是切切实实、一点一点地向上爬，而桌子无论怎么看，都有起码十五度以上的倾斜。

我跟小伙伴们都惊呆了，这完全违反了重力的原理，就像一个近景魔术。我突然觉得，还是刚才小希说保温壶里有鬼的解释，比较好理解，比较容易让人接受。不然一个普通的装水用的保温水壶，为什么会自己向着高处滚动呢？

这不科学啊，一点都不。

在相机的显示器里，那保温水壶滚啊滚啊，终于滚到了桌子的另一边,被棉帽男轻轻抓住了。

里面的四个人也惊呆了,啪一声把木桌放回地板,面面相觑了一会儿,然后眼镜男站起身来走向镜头,伸出手,随着啪的一声,这段录像结束了。

跟画面里的四个人一样,我和水哥、小希、小明,还有多吉,现在也是看得惊呆了。我在网上的视频里看过类似的魔术,但那是人家布置好的表演。此刻这荒山野岭的,对面四个人拍这段视频如果也是故意布置好的,我实在想不明白他们是怎么做到的,又做来干吗。要骗我们?凭这么一段鬼屋的视频,又能骗到我们什么?

这时候,水哥对眼镜男提了个问题:"这段视频……什么时候拍的?"

眼镜男呃了几声,棉帽男替他回答:"昨天晚上九点多。"

我也问道:"小木屋里是整晚都这样吗?水壶都会从低处往高处滚?那你们睡觉的时候也会往房间的一边滑吗?"

那个披着红色围巾的女孩说:"不是整晚都这样,只有几分钟,不对,是好多次几分钟……"

眼镜男补充道:"这种情况可能发生了很多次,我们观察到了三次,录下来的只有这一次。我们在房子里没有感觉,只有水壶放在桌子上才会发生。"

小明插嘴问:"这房子那么诡异,你们还能住下去吗?"

棉帽男叹了口气:"我们也不敢在那里住,收拾东西要回到神湖旁边搭帐篷,这时候小野就不见了……"

水哥把问题抛给向导,"多吉,你是本地人,你知道这是怎么回事吗?"

多吉正在挠头,我心里忽然一动,想到了另一件事情。从低处向高处翻滚的红色保温水壶,还有……在低海拔的冰湖丢失、出现在高海拔的神湖的红色帽子。

这两件东西，首先都是红色的，其次，都是在没有外力的情况下，自行从低处向高处移动。难道说，他们录下的这段"闹鬼"视频，并不是局限在木屋里，而是这座神秘雪山的某种规律？不过，跟我相比，其他人关注的是别的问题，更具现实意义的。

多吉迷惘地摇了摇头，回应水哥："亲，我也不知道啊，没听说过这样的事情呢。"

水哥又转过头来问棉帽男："好吧，就算水壶会这样翻滚，跟你们那个谁，小野失踪有什么关系？"

小明也问道："对啊，他是怎么不见的？"

棉帽男深深吸了口气，"我们刚才不是说，准备离开那个鬼屋嘛，我们都在低头收东西，小野突然大叫一声。我看见他对着门口在看，但是门口什么都没有。还没等我反应过来，小野疯了一样跑出门外。等我们追出去，大晚上的什么都看不清，他跑得又很快，一下子就不见了。"

眼镜男补充说："他的东西还在屋里放着，全都没拿走。"

围巾女也插了一句，"所以，我们想他跑不了多远，自己就会回来的。可是我们收拾好东西，到湖边搭好帐篷，他都一直没回来。"

多吉开始紧张起来，"亲，你们怎么不去找？有游客失踪很麻烦的，上面会来调查的，到时我们向导都做不成了。"

我挠头问："你们那小野看见了什么？会这样追出去？"

棉帽男无奈地说："我也想知道啊。"

小明问了个很傻很天真的问题："人追不上，你们怎么不打他电话？"

棉帽男皱眉道："这里普通的手机根本没信号，我们带了卫星电话，但是在我身上。"

出来户外还带卫星电话，装备那么齐全，香港同胞就是有钱，当时我是这么想的。

小希奇怪道:"同伴丢了,你们也没去找吗?"

棉帽男苦着脸说:"找啊,当然去找,可是晚上什么都看不见,找他的话不小心自己掉下山都有可能。所以我们就在帐篷里过了一夜,今天天一亮就出发去找,到处都找不到。"

多吉担心向导的生意没得做了,可怜兮兮地问:"会不会是他跑回村里了,亲?"

棉帽男无情地粉碎了他的希望,"我用卫星电话打到雨崩村里,没人看见他下山。我们在山上转了一天,找不到他。想着他有没有可能回鬼屋那边拿他的行李,所以才往回走了,结果就遇见了你们。"

我突然想到了一个问题,"你们报警了吗?"

棉帽男愣了一下,接着像要掩盖什么似的,语速非常快地说:"报了,不过村里没有派出所,警察要从景区派出所进来,明天才能到。"说这话时,他低着头,避开我的眼睛。

我本来只是一句善意的提醒,没想到棉帽男的反应那么奇怪,不禁让我心生疑窦。

这时候水哥抬头,看了看天色,然后说:"现在天黑了,就算我们想帮你们去找,也没法去啊。"

果然如水哥所说,刚才听他们讲了那么久,又看了相机录的视频,这会儿天已经全黑了,现在出动去找他,要不了一会儿,可能搜救的人自己都掉山下去了。

棉帽男终于休息够了,从地上站起来,活动了一下筋骨,然后跟他剩下的队员们商量。得出的结论是,今晚跟我们一起,先搭帐篷休息一晚,明天再一起去找小野,同时等待警察的到来。

多吉建议打电话让村里的人一起来帮忙,毕竟有游客走失了是大事,当地民风淳朴,人们都愿意来一起找的。

棉帽男听了多吉的话,先是表示感谢,然后又支支吾吾地说不用麻烦村民们,打扰他们不太好意思。这让我更加生疑,看他的反应,

似乎不想让任何人再到山上来。

棉帽男为什么会这样呢？我一个人想不通，等会要跟水哥好好讨论下。不过，从目前的情况分析，今晚大家先一起休息，然后明天再去找人，另外再等待救援，是目前最好的也是唯一的方案了。

于是，那三个人也解开背囊，在我们的营地旁边，准备搭帐篷。我注意到，跟我们这边的妹子不一样，围巾女是自己搭帐篷，不用别人帮忙。

我们这边，多吉跟水哥正在聊天，估计是商量对策，小明跟小希也在聊着什么，小希心不在焉，只是看着棉帽男指着的神湖西边，那一座夜色里根本看不见的小木屋。

风吹来有点冷，我想进帐篷里拿件外套，然后和水哥商量事情。弯腰往帐篷里钻时，我突然想到一件事情。小野在木屋门口看见了一个什么人或者物体，然后就不顾一切地冲了出去。到底是什么人或物体，会让他受到这样的刺激，难道是……他自己？

这个想法让我不寒而栗，如果换成我，在门口看见了另一个自己，也有可能不顾一切就追了上去。

我自嘲地笑了一下，摇了摇头，为什么会有这么荒诞不经的想法？估计是受到小风和出现两次的小明的影响吧。

再说了，棉帽男他们都说，没看见当时出现的是什么，所以问他们也没用。当时小野到底看见了什么，只有找到他了才能知道，如果他还活着。

刚才在听棉帽男一伙说小野的失踪经历时，我跟水哥交换了一下眼神。虽然我们都没说出来，但大家心里明白，三个人找了一整天没找到小野，他也没有自行回来取行李，很大可能就是他已经遭遇不测，比如失足掉下山崖什么的。

死人当然比活人难找多了。

我叹了一口气，希望结局不要真的如此吧。不然在那么圣洁的地方出了人命，当地人会觉得游客污染了神山，这条路线还有可能被暂时封闭，多吉的向导生意也就做不成了。

我换好外衣出来，突然之间，又有了一个想法，这个念头马上占据了我整个大脑，我一秒钟都忍不住，冲到那三个人的帐篷营地。

另外两个人都搭好帐篷了，反而是棉帽男，还在弯着腰干活。我一把捉住他的肩膀，他吓了一跳，回过头来。

我顾不上那么多，劈头盖脸就问："小野，是不是掉进神湖里了？"

水哥刚才看我冲了过去，还以为我要打架，也赶紧跟了上来。这时候听见我提的问题，他不禁笑道："还以为干吗，那个人不可能掉进湖里啊，我们刚才没看见。"

我摇头说："我不是说小野掉到湖里淹死了，所以才找不到。我是问，昨天他有没有掉进神湖里？"

这时候，两边的人都围了上来，我的同伴似乎都明白了我的意思。

多吉讲的那个传说，掉进神湖里的人，就会变成两个自己。一个下山，一个永远留在山上。

对面三个人面面相觑，最后，是眼镜男回答的问题，他怯怯地说："小野他，他没有掉进湖里，不过他……"

围巾女倒是比他勇敢，见眼镜男吞吞吐吐的，干脆补了一句："不过他在湖里洗过澡。"

棉帽男紧张地看着多吉，"我当时也劝他不要的，但是他不听……怎么了，是不是触犯了什么禁忌？我们之前没听说过啊，不知者无罪，是这样说的吧？"

多吉皱起眉头说："亲，怎么能在神湖里洗澡呢？"然后，他把下午跟我们讲的神湖禁忌，又说了一遍，"亲，卡瓦格博是很神圣的，神湖更加神圣，神湖的水可以喝但是不能洗手，不然就会下雨。更不能在神湖里洗澡啊，不然人就会变成两个，一个可以下山，另一个永远留在山上陪山神玩耍。"

那三个人听完这个传说,互相看了看,棉帽男提出了疑问:"小野是在神湖里洗了澡,但他没有下山啊。"

水哥幽幽地插了一句:"或者下去了,我们不知道呢。"

这句话细思极恐,如果等我们找遍整座山所有可能的地方,都没找到小野,但下山了却看见他的话——这个小野,还是原来那个小野吗?

我把这个问题丢给了向导,"多吉,按照你们当地的传说,如果真的有人在神湖里洗澡然后变成了两个,那下山的那一个,跟原来的一样吗?会不会少了点什么?"

小希很无厘头地来了一句:"少了个肾?"

我没忍住给了她一个白眼,"我的意思是,比如说少了点灵魂之类的?"

多吉摊开双手,"亲,这个多吉就不知道了,多吉也是听村里老爷爷讲的,他没说得那么详细嘛,等下山了多吉再给你问问?"

我对他也翻了个白眼,今时今日这样的服务态度,还想要好评,等着吧。

那边的棉帽男支支吾吾地提了个问题:"鬼哥,你的意思是小野失踪了,跟他在神湖里洗澡有关?"

他这么一问,所有人都把目光投向了我。我深吸了一口气,把心里的想法说了出来:"你们不要笑,我说的是一个假设,假设多吉说的不能在神湖洗澡的传说真的存在。小野在神湖里洗澡了,变成了两个,一个跟你们去到小木屋,另一个不知道为什么也跟到了小木屋,出现在门口。这时候屋里的小野看见了,你们说,他会怎么样?"

听我这么假设完,几个男人都倒抽了一口冷气,水哥一拍手,"换了我肯定也追出去了。"

突然,小明害怕地叫了起来:"天哪,下午我也掉进神湖里了,我也会变成两个吗?"

她这么说完,所有人都掉头看她,没有一个人说话。毕竟在眼睁睁看着小野失踪、保温水壶向上滚的诡异情况后,这种一个人会变成两个的荒诞假设突然具备了一定的现实意义,尤其是在这又大又荒凉的雪山上。

我看着自己提出来的假设,使气氛变得那么沉重,想要解围,于是又说:"没关系啊,这样你不就多了个双胞胎姐妹吗,你爸妈的聘礼可以多收一份了。"

小明气得跺脚,带着哭腔说:"鬼叔你走开,我才不要什么双胞胎姐妹呢!"

水哥毕竟跟她睡过,这个时候要站出来表态了,"阿鬼你胡说什么呢,别吓唬人啊。"

我阿鬼情商那么高,当然知道这时候要给水哥面子,赶紧装厌道:"我乱讲的,乱讲的,水嫂别往心里去。"

水哥装腔作势地瞪了我一眼,搂着小明的腰,走到暗处安慰她去了。

对方三个人被我的推理说得一头雾水,半信半疑的,围成一圈窃窃私语,不知道在商量什么。

我正准备跟多吉聊聊这座卡瓦格博上还有些什么传说,或者这几年失踪了多少人,小希突然从背后拉了我一把。

我回过头,她朝我使了个眼色,转身朝神湖的方向走去。

我在原地站了一会儿,也跟了上去,追上小希的时候,她正站定在神湖的岸边。这时候,一弯月牙升了起来,伴着几颗星星,雪山上的神湖宛如一面镜子,反射着天体的银色光芒,那么圣洁、悠远而神秘。

最重要的是,真的非常美。

现在,我跟小希就站在镜子边缘,这样的场景很适合谈情说爱,不过她显然不是要跟我搞这个。

看着周围没人,小希对我倒是毫不客气,开门见山地说:"你陪我去小木屋。"

　　我刚才就猜到了她的意思,她千辛万苦来到雨崩,要找任青平,好不容易得到了线索,要找的人可能住在神湖边的小木屋里。现在小木屋就在湖的另一边,她怎么可能不去。

　　我挠着头说:"那三个人不是说了嘛,木屋是空的。"

　　小希坚定地看着神湖西边小木屋所在的方位,"我有直觉,任青平就在木屋里。"

　　为什么女人那么喜欢讲直觉,电视剧看多了吧!我重复说:"他们昨晚都在那儿住下了,没遇见任青平啊。"

　　小希回过头来看我,"你到底陪不陪我去!别忘了我答应你的,只要找到了任青平,我一定会陪你睡。"

　　说实在的,这两天发生了那么多事,睡不睡小希已经成其次了,我也想搞明白这些诡异事件背后的真相。穿越、重力反转、一个人变成两个,到底是这个雪山那么反科学、反常识,还是说,都是人为搞出来的骗局?

　　不过,在这海拔四千多米的雪山上,环境陌生,又是伸手不见五指的夜里,两个人离开队伍,跑到一个有闹鬼嫌疑的屋子里,明显是作死。

　　在电视剧里,这么做的人一般都活不过三集。

　　我想了一下,劝小希说:"我一定陪你去,但不是现在。"

　　小希嗤之以鼻,"现在怎么了?你怕啦?他们说闹鬼你就信,你不是说自己是坚定的唯物主义者,是无神论者吗?"

　　我解释说:"我是无神论者没有错,我不相信有鬼魂这样的东西,因为不符合逻辑。但是在这座发生过那么多意外的雪山上,有一些神秘的存在,有可能会威胁到人的生命,也很有可能啊。你刚才也看了那段录像,保温水壶都能自己爬坡,而且你丢的帽子还从冰湖自己来到了神湖,那么诡异的事情都在我们眼前发生了,这座雪山的能量太大了,要让我们俩出点什么事,简直就分分钟啊。"看她沉默不语,我又补了一句,"远的登山队遇难,遗体到现在还没找到就不说了,他们那边的小野不就是因为去了木屋,现在也失踪了吗?别我们到了木屋那里,你要找的人没找到,我们也变成找不到的人了。"

听我这么说,小希也逐渐冷静下来。我继续劝道:"明天起来,我们要一起去找那个小野。听他们刚才的意思,小野的行李应该还放在木屋那边,所以那里是一定要搜查的地点。到时候我们多留点神,跟他们一起过去,他们找小野,我们就找任青平,你看怎么样?"

小希看了我一眼,又转过脸去看着湖面,没有说话,等于默认了我的建议。

我正松了一口气,小希突然开口:"阿鬼,你有没有觉得奇怪?"

"奇怪,有啊,这一路来我感觉都很奇怪,陪一个不能推倒的妹子来雪山上找一个前几年就火化掉的人……"

小希剜了我一眼,"行了行了,我不是说这个,我说的是他们三个人的态度,我总觉得……有点假,像是在演戏。"

我一下皱起了眉头,原来不光是我自己在怀疑他们。

小希继续说:"就像那个保温水壶自己爬坡的录像,我在电视上看过类似的魔术,虽然不知道是怎么实现的,但那是可以做到的。"

我点了点头,"我也这么怀疑过,但是这说不通啊,他们那么费劲表演个魔术给我们看,有什么意义呢?"

小希抬起头来,看着星辉之下延绵不绝的雪山,右手却抚摸着自己的小腹,像一个刚怀孕的女人。她像是跟我讲,又像是在跟卡瓦格博说话:"我有直觉,这几天遇到的事情,都和任青平还有ICU里的那场梦有关系。"她回过头来看着我,笑得有点诡异,"是我的子宫告诉我的。"

我在心里默默吐槽,说是直觉告诉你的,我也就忍了,还变本加厉成了子宫告诉你的。子宫能告诉你这些,那能告诉你下一期双色球是什么号码吗?我的前列腺也跟我相处了三十年,怎么就没告诉过我

什么呢?

再说了,你那个子宫可是这两三年里,连月经都不会来啊,本职工作都做不好,还兼职预知未来什么的,能信吗?

不过,心里发牢骚,表面上我可是一本正经地点了点头说:"嗯,毕竟是孕育生命的器官,可能是有些神奇的功能。不过你看,这里也挺冷的,要不我们回营地吧?"

小希看了我一眼,没再说什么,然后我们两个就一起走了回去。我心里在想着,要怎么跟水哥同步信息、交流对策,但没想到,他没有留这个机会给我。

一回到营地,小明就缠上了小希,她拉着小希的手,一脸可怜兮兮地说:"小希妹妹,刚才你家鬼叔说什么一个人变两个,吓得我都要哭了,我怕今晚睡不着做噩梦,所以……"

小希善解人意地说:"所以,想让水哥陪你?"

小明小鸡啄米似的点头:"小希你最好了,虽然跟你睡也很好,但你看水哥他块头那么大,抱着更有安全感呢……"

小希拍了拍她的脸笑道:"好了啦,小明姐。"又对一直站在小明身后的水哥说:"水哥,我们把睡袋行李什么的换一换。"

水哥嘿嘿一笑,走到那顶红色帐篷边,钻进去拿东西了。

我赶紧跟了过去,站在帐篷外面说:"水哥,我有事要跟你商量。"

水哥的声音从帐篷里传来:"啥?"

我皱着眉头,看棉帽男三个人都不在旁边,压低了音量说:"是那三个人,你有没有觉得……"

"水水,你快点来陪人家呀。"

对于水哥来说,小明的召唤优先度明显比我要高,他加快了收东西的速度,一边回应说:"来,马上来。"

他抱着一堆东西从帐篷钻出来,扔下一句"有什么明天再说",就大踏步朝着他的双人大帐篷走去了。

我看着他的背影叹了口气。想来他今晚是要用最原始的方式抚慰小明的肉体，赶走她心里的恐惧感。

水哥走到双人帐篷那里，小希也刚收好东西出来了，她朝水哥微笑致意："小伙子，好好干哦。"

因为我之前跟水哥换了帐篷，所以现在就变成了小希睡我原来的帐篷，大红色那个。我本来想着水胖子这种鲁智深投胎的体质，应该百毒不侵，可以抵抗所有邪门玩意儿，所以才跟他换的。现在变成小希睡这大红色帐篷，再想起她来雪山是找一个死人，她的红色帽子神出鬼没，她的子宫还会跟她说话什么的，感觉邪上加邪，我心里就有点忐忑，怕真出点什么事情。可是，如果现在说跟她再换一次帐篷，估计会被当成神经病。

就在我犹豫的时候，小希已经搬着东西，放进了红色的帐篷里。我耸耸肩膀，好吧，反正几顶帐篷离得不远，我晚上警觉点就行，万一真发生什么事情，就冲出来保护她。

我绕着营地走了一圈，这时候，水哥跟小明已经钻进合欢大帐，连灯都关了；小希躲在帐篷里不出来，也不知道在干吗；棉帽男那一伙人紧张兮兮地围在一起，不知道商量些什么，感觉也插不上话。

只有多吉正坐在自己的帐篷前面，一小口一小口地抿着他带来的那瓶青稞酒。

我坐到他对面，接过他递来的青稞酒，突然间传来一阵熟悉的手机铃声。

是我的手机铃声，从帐篷里传来的。

因为雪山上面信号不太好，手机基本上只能当个闹钟用，还有就是玩玩不用联网的游戏。自从上山后，我就把它放进登山包里了。

如果身处城市，这么小的声音我是听不见的，但这里是万籁俱静的雪山，所有细微的声音都被放大了，要不然这个电话就会被漏掉。但问题就在于，这个电话是谁打来的呢？另外，打来的目的又是什

么呢?

多吉也觉得奇怪,"亲用的哪家运营商?信号那么好?"

我挠着头站了起来,走到自己的帐篷里,摸索出登山包里的手机。

铃声还在响,iPhone 5S 屏幕上显示的,不是普通的电话号码,而是五个字——"无主叫号码"。

我吞了一口口水,咬咬牙,滑动接听了电话。

"喂?"一开口才发现,自己的声音紧张得发颤。

对方没有声音。

我狐疑地喂了几句,还是没有声音,正准备挂断电话的时候,突然那边传来了一个冰冷的声音,冷冰冰的像万年不化的冰山,"告诉小希,要下山,向上走。"

我吓了一跳,像握着烫手的铁块一样,差点把手机扔出去。过了两秒,我反应过来,这个人就是前天晚上加我微信的那个空白头像,也就是发仁青平措的照片给小希,促使她来到雨崩的那个家伙。

这家伙还说了一句话,貌似是任青平在出车祸前,要跟小希讲的话——我更喜欢大黄蜂。

好嘛,你这家伙还没戏弄够我们,现在竟然敢打电话过来,还要我告诉小希,要下山,就得向上走,这是什么鬼,禅师的心灵鸡汤吗?

我用力捏着电话,朝里面喊道:"你谁啊?"

对方的语气还是那么平静,就好像死人一样,没有丝毫的情绪波动,"任青平。"

我更愤怒了,"任青平你妹,别装神弄鬼了,你骗得了小希骗不了我,说,你到底是谁!"

对面沉默了一会儿,又重复了一遍:"我是任青平,不信的话,看你的照片。"

"看你妹的照……"我话还没说完,电话已经挂了。

我气得想把手机扔掉,又想起来应该把电话拨回去,结果完全打不出去。我放下手机，然后发现——屏幕左上角，别说信号的那五个小圆点，就连运营商的名称都没显示。

我接电话的时候，没注意信号格，所以也搞不清楚到底是从刚才起就没有信号，还是那人挂了电话之后才没的信号。

这个假装任青平的人，说让我去看照片，是什么意思？

我正对着手机发呆，突然之间，帐篷门帘被掀起，钻进来一个人。那人趴在地上，抬起头来看我——正是小希。

她听见了我刚才在讲电话，这时候问："谁打给你的？"

我还没说出口，她自己就回答上了："任青平？"

看来，她的直觉也不全是蒙人的。我挠着头说："他说自己是任青平，但我觉得是假装的。不过这个人，肯定跟前天晚上用微信加我的是同一个人。"

小希站起身来问我："你怎么知道的？"

我苦中作乐，开玩笑说："我的前列腺告诉我的。"

小希轻轻地拍了我一下，"别嘴贫，告诉我，你怎么知道是同一个人？"

我皱着眉头，想了一会儿才说："感觉吧，凭感觉……哦，对了，他上次在微信上跟我讲了大黄蜂，这次也同样说了我听不懂的话，他说什么，让我去看照片。"

这次小希也是一头雾水，"看照片？什么照片？"

我挠头说："不知道，难道是看仁青平措跟你那……闺密舅舅的照片？可是那照片我们看了很多次了啊，还能看出花来？"

小希沉吟道："我也觉得不是，那还有什么照片呢？对了，会不会是你相机或者手机里的照片？这两天在雨崩拍的。"说到这里，她兴奋地拍掌，"肯定是的，肯定是他给我们留了什么线索。"

听她这么一说，我也觉得有这个可能性，于是把那台 5D Mark2 拿出来给她去看，我自己则打开 iPhone 的相册。

我们两个人都坐了下来,各自在两个设备上,看我这两天拍的照片,有风景,有人像,还有各种吃的。

翻了十几分钟,什么发现都没有。

"我去,果然是恶作剧啊。"

我翻到了出发之前的照片,也没发现任何线索,刚要把手机关上,却突然发现……有什么不对劲。

这张照片是我在收拾行李时拍的,把所带的装备陈列在地板上,摆成一个标准的正方形,然后拍照发朋友圈。

照片还是那张照片,但好像有点不对。

我皱着眉头,对着照片仔细分析了半天,终于恍然大悟——照片的色调不同了。

我记得很清楚,这张照片是在中午拍的,我家客厅的采光很好,那时候光线充足,拍出来的照片也是明亮的风格。

但现在我打开的这张照片,看上去却黑漆漆的,像亮度被人调低了很多。

我打开了自己的朋友圈相册,因为是前几天才发的,缓存还在。对比一下朋友圈相册跟手机本地相册的两张照片,我能够确定,手机相册这张被调暗了很多。

我的第一个问题是:谁干的?

第二个问题是:意义何在?

我仔细盯着那张被更改过的照片,用手指放大看各个细节,看得眼睛都花了,还是什么都没有发现。

这时候,小希放弃了她在相机照片上的探索,转过头来看我的研究。我把自己的发现告诉了她,她也一样想不出来个所以然。

我在心里暗笑,这次你的子宫不告诉你了?

小希拿过我的手机操作着,放弃了这张被调暗的照片,转而研究其他的。我还担心她往后面看,会看见我从她手机上偷来的仁青平措跟那秃头男的照片。幸好，她是在不停往前翻。

我也盯着手机屏幕看，然后发现除了刚才那张，还有别的照片，也是被调暗了亮度。有几张只是轻微的区别，有几张则是快暗成了黑色的色块，什么都看不见了。

这到底是几个意思？

从单张的照片上，还是看不出什么究竟。小希无意中把相册的菜单，从"相簿"切换到了"照片"，这样相册里的照片是按照日期排序，密密麻麻地排列在一起。

这时候我们发现，这些被调暗的照片，似乎是有一定规律的。

小希再点了一下屏幕左上角的"年度"，这样，我这一年来拍的所有照片，每一张都变成很小的方块，挤满了整个屏幕，有点像二十世纪八十年代，大型运动会上那种人肉翻牌子组成图画的方阵。

这时候，让人害怕的事情发生了，我们这下子知道了，电话里那个人叫我看照片是什么意思，也知道了，为什么有些照片被不同程度地调暗了。

因为在这个时候，那些被调了颜色的照片的小方块，在屏幕上组成了一张人脸——任青平的脸。

第七章
怪异讯息

我的心脏差点停止了跳动。

看过《午夜凶铃》之后，别的恐怖片从来没有吓到过我，但面前这一张突然出现的人脸的惊吓程度，比贞子从电视机里爬出来那一幕还要强几倍。

那张脸颜色阴森恐怖，像是停尸房的遗体，因为是方块组成的，所以表情模糊，更增加了恐怖程度。

最吓人的一件事在于，这样的一张人脸，不知道躲在自己的手机里有多久，以至于这件事情过后，给我带来了严重的心理阴影。现在虽然已经把 iPhone 5S 换成了 iPhone 6Plus，以前的照片都清空了，但还是忍不住隔几天就把相册打开，切换到年度，看里面藏着什么可怕的东西。

当时，被吓到的不光我一个，即使是曾经熟悉的恋人的面孔，以这样的形式出现，小希也被吓得低声惊呼，然后紧紧抓住我的右臂。

我本来拿手机的手就不稳，被她这么一抓，手机划出一条抛物线，掉到了帐篷底上。

一般来说，男人不愿意在妹子面前表现得这么屎，所以即使我现在吓得腋窝汗水湿透，还是吞了口口水，弯腰准备捡起手机。

这时候，它突然又振动了一下。虽然我的前列腺没有说话，但我用脑袋也可以想到，是任青平。

我吓得差点尿了，这手机是被任青平灵魂附体了吗，可以察觉到我的一举一动，才能如此到位地吓我？

幸好，这下振动只是短信，不是来电，要不然的话，我真没有勇气去接。我拿起手机，快速按下 Home 键以避开那张人脸，然后打开绿色的信息图标。

我猜得没错，那条短信是任青平发来的，号码显示的是"未知号码"，内容很简单，只有几个字，保持着他一贯的风格："相信了吗？"

小希拿过我的手机，看着这一条短信，然后问我："相信什么？他刚才在电话里跟你说了什么？"

我闭着眼睛，深呼吸了几口气，谁能告诉我是不是在高原稀薄的空气里，受惊后的头晕感会被放大？总之，我好不容易才从电话、图片、短信的连番惊吓里，勉强冷静了一点，然后就把刚才跟任青平的通话内容，跟小希复述了一遍。

"要下山就要向上走？"小希最关注的点果然跟我一样。不过，她还提出了更进一步的见解，"阿鬼，你说这句话是不是跟我的帽子，还有他们那个保温壶有关系？"

我静下心来，仔细思索小希说的话。"要下山，向上走"这句话，与帽子、保温壶存在什么样的逻辑关系？

我摸着下巴上这两天长出的胡楂若有所思地说："小希你的意思是不是这样的？因为帽子、保温壶是从低处向高处移动，说明重力发生了逆转。所以，当我们要下山的时候，往下走，其实是到了高处；相反，当我们感觉到自己在朝上走的时候，才是真正下山的方向？"

小希赞许地点了点头，"没想到你还有点脑子嘛，对，我说的就是这个意思。"

我不禁哑然失笑，"这也太扯了吧？人又不是保温壶，上下山的

时候除了身体的感觉,更重要的是视觉啊。路是斜着向下的那就肯定是向下,天空是在头顶上方的,我们看着路走,怎么可能会产生向下走反而是上山,向上走才是下山的效果呢?"

小希耸了耸肩膀,"具体我也不知道,但是任青平说的,我有预感,就是这个意思。"

这个解读方式,我还是无法接受,"总之,人是会观察环境的,上山就是上山,下山就是下山,不可能会搞混。除非下场超级大的暴雪,能见度很低,根本看不见路和周围的环境,只能凭身体去感觉那种吧。"

小希噘起嘴巴,"谁知道呢,或许真要下雪也说不定,那么奇怪的事情都发生了。而且,我相信青平是不会害我的,他一定是在教我怎样才能安全下山。"

我对她的说法嗤之以鼻,"下什么雪呀,这才几月份,根本没到下雪的季节。天气预报看过了,多吉也打过包票,这两天都是好天气。要下雪,除非神湖显灵,或者卡瓦格博的山神显灵吧,哈哈。"

小希瞪了我一眼,"你可不要乱说,这里的山神很厉害的,你又不是不知道。"

我听她这么一讲,嘴上没说什么,心里却在念:"山神啊山神,我刚才都是乱讲的,有怪莫怪,有怪莫怪。"

小希又看了一下我手机里那张任青平的脸,没再研究出什么东西,就把iPhone往我手里一塞,然后往帐篷外面走,"我回去睡觉了,你也早点睡,记得明天陪我去小木屋。"

我拿过手机,正想着是不是要把手机里的照片全部删除,突然间,小希倒退着回到了帐篷里。

我抬起头来,只见她指着帐篷外面,结结巴巴地说:"下……下雪了。"

我愣了一下,才意识到小希是在开玩笑,不禁摇头道:"好啦,你演得很像,被你骗到了,满意了吧?"

小希跺了一下脚,"谁骗你啊,你自己出来看!"

我半信半疑,"骗人是小狗。"

小希不再跟我扯皮,一只手拖着我,另一只手拿起户外手电筒,我们一起走出了帐篷。

电筒的光柱朝天空照去,白色的 LED 灯光中,一片片的白色物体从天上纷纷扬扬地洒落。我摊开手掌,一片冰凉的东西落在掌心,不一会儿就化了。

刚才我和小希说话的时候,不小心提到了卡瓦格博的山神,结果真的就下雪了。我看着漫天飞舞的雪花,心里默默地想:山神老爷,小的知错了,以后再也不敢亵渎您的名字了。

这时候,作为一个土生土长的南方人,我并没有意识到问题的严重性:下雪就下雪了呗,回帐篷把睡袋裹紧点就行。明天起床还能看个雪景呢,哈哈,好玩。

小希却比我紧张多了,她跑到每一个帐篷前,用电筒照进里面,一边喊:"快起来,下雪了,下大雪了。"

三分钟不到,水哥跟小明、向导多吉、棉帽男那一伙三个人都从帐篷里钻了出来,站在漫天的大雪下。

所有人都愣住了,我刚想回头嘲讽一下多吉,问他不是打包票说这两天不会下雪吗,却发现他已经慢慢地跪在草地上,那里已经积了一层薄薄的雪。

多吉朝着卡瓦格博主峰的方向,磕起了长头,嘴里念念有词。看起来,这场反常的雪,把我们的向导也吓住了。

我走过去听,他念的却是我听不懂的当地语。

水哥也学多吉跪在地上,同样念念有词,他说的我可都能听懂:"这下惨了,雪别再下了啊,山神老爷求求您啦。"

我挠着头,不知道水哥唱的是哪一出,"不就下雪吗,有那么可怕吗?"

水哥抬起头来看我,"你在开玩笑吗?这雪眼看是要往大里下啊,就算今晚不把我们冻死,大雪封山之后下不了山,我们也要被活活饿死!"

我顿时瞪大了眼睛,"我去,这么严重?"

水哥瞪了我一眼,不再说话,继续专心地拜着卡瓦格博的山神老爷。我抬头看天,往下掉的雪花没有一点变小的趋势,反而一阵冷风吹来,夹杂着雪花,让我觉得呼吸都有些困难。看样子,是要演变成一场暴风雪了。

这时候,一阵恐惧感袭来,像是把我的心脏放进了冷冻室——搞不好,是真的要把命丢在这山上了。

小明的表现比我还要慌乱,已经快要哭出来了:"下大雪了,怎么办,怎么办?"

棉帽男那一伙倒没怎么惊慌,他们的目光时不时投向同一个地方,不光是他们,小希也看着同一个方向。

他们的解决方案呼之欲出,我也能猜到,那就是神湖西边那间闹鬼的小木屋。

水哥终于拜完了山神,站起身来,重拾他作为一个队长的职责。他拍了拍膝盖上的雪,瓮声瓮气地说:"大家赶紧收拾东西,我们去那个小木屋过夜。"

小明跑过去抱着他的左臂,"为什么?那里不是闹鬼吗?我们在帐篷里过一夜不就好了吗?"

水哥抬头看了看天,"不行啊,看这阵仗,半夜里帐篷可能就会塌,把人都埋雪里。就算帐篷不塌,雪直接把帐篷埋掉一半,人就像躺在一个大冰箱里,我们带的装备又不够,会直接冻死的。"

棉帽男几个纷纷点头,表示水哥说得有道理。

水哥催促大家说:"别愣着啊,赶紧收东西去,把吃的穿的用的,尤其睡袋千万不能漏,都带上赶紧往小木屋那里走,趁着现在积雪不深,还好走。帐篷就别收了,扔这里吧。"

他又转头看着棉帽男,"路你们还记得吧?"

棉帽男点头道:"记得记得。"

水哥胖手一挥,一瞬间居然爆发出领袖气质,"全体都有,收东西!"

这时候,被众人忽略的多吉才磕完长头,站了起来。我们都神色慌乱,他却表情轻松,长舒了一口气说:"亲,各位亲放心,刚才卡瓦格博的山神告诉多吉,他不会收了我们的,我们一定可以顺利下山,多吉能打包票。"

我半信半疑,"真的假的,你还打包票说不会下雪呢。"

多吉认真地点了点头,"这次是真的,亲们都赶紧收拾东西,我们去小木屋里过夜。明早雪停了我们就能下山。"说完这句话,他瞄了围巾女跟眼镜男一眼,不过我没太在意。

虽然不知道他的信心从何而来,但听向导这么讲,还是给了我们一点安慰。在水哥的催促下,我们都回帐篷里麻利地收拾好行李,然后在原来的营地前集合,清点人数,向着小木屋进发。

按照水哥的安排,棉帽男跟多吉在前面带路,三个妹子走中间,水哥、我、眼镜男三人殿后。

这样的安排还是蛮合理的,毕竟水哥不是第一次应对这种倒霉的灾难性局面了,还是积累了一些经验的。

我们就这样在风雪里行军,绕着神湖的边沿,向那个曾经闹鬼、但现在却能救命的小木屋走去。各式手电筒的光柱中,雪花不停飞舞,耳边是呼呼的风声,除了惊险,其实还有一点浪漫的气息。

我们都低着头赶路,避免雪掉在脸上,我连说话都不敢抬头,"水哥,这不是才十月份吗,这时候就下雪,正常吗?"

水哥想了一会儿说:"按照我之前查的资料,光凭印象啊,十月肯定没到下雪的季节,但是也有下雪的,不过很少。我们倒霉,赶上

了呗。"

我又问:"水哥你说,这下雪会不会真的跟小明掉神湖里有关系啊?"

水哥喘着气,苦中作乐地嘿嘿一笑,"鬼啊,你小子不是铁杆的唯物主义者吗,怎么也信这些了?"

我想起了这些天遇见的诡异事件,苦着脸说:"在这山上,好像有点唯物不起来了啊。你说如果不是因为这个,怎么那么巧让我们遇见这场时间错乱的大雪?"

一直在我们身边默默走着、完全被忽略了存在的眼镜男,这时却结结巴巴地说:"一九九〇年,雪……也是十月下的。"

我跟水哥马上都盯着他看,他却道歉似的朝我们点了个头,再也不说话了。走在我前面的小明,在风雪中扯开了嗓子问:"还要走多久啊?"

棉帽男的声音被风割裂了,在我这边听来是一块一块的碎冰,"白天三个字……多点,现在夜里又下雪,半个钟……"

我知道他说的"三个字"就是十五分钟,"半个钟"也就是半小时,路程倒不算太远,坚持一下就能到了。

我身上穿的是抓绒外套,外面罩着冲锋衣,这是适合秋天户外的装备,其他人也差不多如此。雪越下越大,气温骤降,我开始打起了寒战,看来去小木屋的决定是无比明智的,如果留在帐篷里,今晚肯定得被冻死。

对于这场突如其来的大雪,以及被迫的行军,我们这个小队的人心态各异。但是,为此感到开心的,估计只有小希一个人。

刚才在湖边的时候,她就让我陪她去小木屋一探究竟,被我勉强说服了。现在这一场雪,反而遂了她的心愿,不光我一个人,现在所有人都要陪着她去小木屋那边,去找任青平,或者任青平留下的痕迹。

难怪刚才下起雪的时候,她那么积极叫大家起来,估计在那个时候,她就想到了这一点。

　　雪越下越大了,在一片风雪迷茫中,我想起了任青平电话里说的那一句"要下山,向上走",还有小希说的重力反转的假设。

　　我观察了一下周围,确实在这样的环境里,视觉跟听觉基本都被剥夺了,人只能靠着身体的触感前进。我抬起手来,看着腕上的海拔计,那四位数字在以非常缓慢的速度,一点点地升高,但是我却没有任何感觉。

　　也就是说,在这样的大风雪中,光凭人类的感觉,确实很难感知自己是在向上,还是在向下走。

　　按照小希的假设,在这座太子雪山上,不知道出于什么原因,重力发生了反转,所以红色的帽子会从低处的冰湖,来到高处的神湖,所以红色的保温壶会从低往高处爬坡。以此推理,当重力发生了反转时,我们在行走的时候,感觉到正在顺着重力往下走,其实反而是在上山,这会导致我们迷路,最终冻死在山顶;而当我们违抗着重力往上走的时候,却反而是在下山,最终能回到山脚下正常的世界里。

　　只不过,帽子和水壶都是没有生命的物体,即使重力反转对物体适用,难道对有生命的人类也一样适用吗?再加上"红色"似乎也是发生重力反转的一个条件,而我们这些人里,只有一半穿着红色的衣服。

　　就在我脑里胡思乱想,脚下深一脚浅一脚地行走的时候,队伍前方传来棉帽男冻成冰块的声音:"到了,快到了!"

　　我抬头望去,一个小山坡挡住了我们的视线,下午看它还是黑褐色的,现在已经被雪覆上了白白的一层。

　　我们从草甸进来的神湖的方向,看见过这里,木屋完全被这个山坡挡住了。如果不是有人带路,确实很难发现,难怪多吉会不知道这个小木屋的存在。那个已经失踪了的小野,也不知道是怎么误打误撞发现这里的。

　　棉帽男带着我们,绕过了这个山坡,在山坡后面紧挨着山体的地

方,一个朴实的原木小屋出现在我们面前。

小明兴奋地喊:"太好了,得救了。"

刚才出发的时候,她还很抗拒来这个鬼屋过夜的,现在倒是全忘记了。我跟在小希后面,一边走一边用手电筒四处照,看雪地上有没有除了我们之外的脚印,结果一无所获。

也就是说,除非有人在下雪之前就进了小木屋里,不然,待会儿屋里就只会有我们八个人——棉帽男那边三个人,我们一伙四个,加上向导多吉。

我们走到小木屋前,棉帽男熟门熟路地推开了木门——正如他所说,这里的门没有上锁,然后他就站在木门旁,朝我们挥手示意,"进来,快进来。"

围巾女找到了放在屋里的汽灯,捣鼓一下点亮了。队伍走在最后一个的水哥走进房间,棉帽男用力把木门关上,这样子,八个人就全都在这闹鬼的小木屋里了。

瘦高的眼镜男帮着围巾女把汽灯挂在了屋顶垂下来的钩子上,小木屋的内部布置就呈现在我们眼前,室内面积大概有四十平方米,就跟个大户型的客厅差不多。

跟我们在眼镜男的相机视频里看到的一样,小木屋里空荡荡的,只有汽灯下面的小桌子,没有椅子,没有床,没有电器,更没有取暖用的设备。只在里面靠墙的地方,有两个木头柜子,不知道里面放着什么。

不过,虽然屋里什么都没有,但这个小木屋本身的存在就足够了。木屋的用料很足,门窗扎实不漏风,屋顶也不怕会被大雪压垮,我们这些人待在屋里,起码不怕被冻死。

大家纷纷揭下冲锋衣上的帽子,然后把登山包摘下来,放在地上。我注意到靠墙的位置放着一个大红色的登山包,从我们进来时就一直躺在那里。看来,这是失踪的那个小野的行李,他并没有回来小木屋,把东西拿走。

小木屋外风雪呼啸,小野这哥们儿本来就凶多吉少,再加上这场大雪,肯定要把身份证报销掉了。

水哥站在汽灯下面,木桌旁边,清了清嗓子说:"各位团友,各位团友,先来点下人头。"

我耸了耸肩膀,不就那么几个人嘛,一眼就看完了,还用得着点。

"一、二、三、四、五、六、七,咦,怎么只有七个人?"

我没好气地说:"水胖子,你忘了数你自己,不过也对,你不是人。"

水哥哈哈笑道:"别那么认真,开个玩笑。"他望向窗外肆虐的风雪,"反正这鬼天气,也没别的事做。"

小明估计是在飞来寺没赢够,遗憾地说:"可惜没有麻将,要不然刚好凑两桌。"

我不禁挠头,"你们两口子倒是心大,这时候还想着打麻将。这雪不知道什么时候才停,我们明天能下山吗?"

多吉也点头说:"亲说得对,我们才带了一天的食物,明天下不了山就要饿肚子了。"

棉帽男这时候站出来说:"食物不用担心,那里有。"他指着墙边的两个木柜,"有饼干、水和罐头,我们昨天吃掉了一点,留下了相较雨崩村里买这些东西两倍的钱。"

听他这么一说,我们这边五个人都哗啦啦围了上去。果然像棉帽男说的,木柜上面用一瓶水压着两张红色的钞票。我和水哥弯下腰去,分别打开两个木柜门,里面分了三层,整整齐齐码放着饮用水和食物。虽然没有我最爱的方便面,不过这些东西,起码可以支撑我们四五天。

我想起多吉说过的话,他听别的向导说,看见有个年轻人背着生活用品往神湖上走。这样说来,木柜里这些东西,就是任青平亲自背上来的。

小希的想法也跟我一样,她拿起柜面上的那瓶水,反复摩挲着,

像是在感受以前的恋人留下的磁场。然后她问多吉:"多吉,你从来没发现这个小木屋吗?"

可怜的向导为自己的失职,有一些不好意思,"呃亲,多吉真的从来没听说过这个房子。说来奇怪,多吉去年走到这边来过,当时没有这个房子呢。"他摸了摸木柜跟墙壁,"多吉觉得这些木头都很新,可能真的是今年才造的。"

随后,我们关好柜门,走回屋子中间。棉帽男一伙三个人,已经在小木桌的一边坐下了。围巾女跟眼镜男似乎是一对,一个矮胖一个瘦高,紧紧靠在一起。棉帽男自己坐在另一边,摘了手套一直往手上呵气。

我们也盘腿坐下,分成两个人一组,正好坐在木桌的四边。水哥当然是跟小明一起,小明按照惯例坐在他左边,我和小希组队,多吉自觉地跟棉帽男凑成一对。

虽然门窗都关紧了,没有风吹到体表上,不会带走人体的温度,但是外面雪越下越大,木屋里又没有取暖的设备,气温已经低于零下,还是蛮冷的。所以,坐在一起的两个人,都自觉地紧紧靠在了一起。

我问了一下水哥时间,今天晚上经历了那么多变故,还以为已经很晚了,其实才不到十点。按照都市人正常的生物钟,这个时候都不太睡得着,更何况现在睡眠的条件那么差,大家又都忧心忡忡,不知道什么时候才能下山。

小明说出了大家心里的问题:"什么时候能下山?"

多吉朝着屋外的某个方向虔诚地拜了一下,然后传达了山神的旨意:"亲们别担心,绒赞卡瓦格博山神告诉多吉,大雪马上就会变小,半夜就会停的。明天会是个大晴天,积雪不会太厚,我们明天下山小心点就可以了。"他看着我们半信半疑的表情,又加了一句,"山神说,他不想要我们留在山上陪他,亲们一定可以安全下山,多吉可以打包票。"

我心想得了吧，你还打包票不会下雪呢。不过这话在心里说说也就算了，讲出来太打击士气。身处庞大雪山上的一个小木屋，漫天风雪呼啸，我们实际上处于一个与世隔绝的孤岛，如果再没了活下去的信心，很容易就垮了。

这时水哥提议："对了，你们不是拍了个视频，水壶会爬坡吗？我们再来试试。"说着他从背包里拿出自己的黑色保温水壶，放在了小木桌的桌面上。

小明紧紧抱着水哥的左手，"好怕怕哦，要是真的有鬼怎么办？"

昏暗的汽灯下，我们八个人都盯着那个水壶，像赌场里的赌徒盯着即将揭开的骰盅。

水哥吐了口气，"看好了……"随即开赌一样右手猛地一扬……结果他留在桌面上的水壶一动不动。

小明很失望地说："啊？怎么都不会动嘛。"

我就坐在水哥对面，抬起了我这边的桌子，结果水壶呼呼地直接滚落到水哥怀里了。

小希看向眼镜男，"你们的魔术重复不了嘛。"

我皱着眉说："有可能是这个水壶的问题，你们谁的水壶是红色的，拿出来再试一下。"

棉帽男把视线投向了墙角那个小野留下的登山包。看来，视频里那个红色的保温壶是小野的，现在他人失踪了，虽然没有人明说，但在这样的大雪里，估计是挂了。那他的保温壶就成了遗物，拿出来当实验用具，似乎也不太好。

不过，还有别人用的也是红色水壶。

小明举手说："我有！"

水哥还没来得及阻止她，她已经把手缩了回去，"不过还是算了。"看来她自己也想到了，失踪的小野跟她一样是掉进了湖里，现在她不想再跟小野多一个"拿水壶做爬坡实验"的相同点，不然的话，说不

好她也会失踪掉。

"我的也是红的。"

我还没来得及说什么,靠在我身上的小希就站了起来,然后从登山包里取出了她的红色水壶。

她走回来坐下,把水壶放在木桌上,也是膳魔师的牌子,跟视频里小野那个款式相同,只是小一号而已。而且我发现她拿着水壶的手还有点抖。

"我来吧。"我挤开她的手,握着那个水壶,小希看了我一眼,微微颔首,勉强算是在谢谢我。

我深吸了一口气,感受到手里的水壶,并没有要向哪里滚动的意思。大学时候舍友们玩笔仙,虽然我是不信瞎凑合,但现在拿着水壶,真有一点当年几个人抓着笔的感觉。

现在我的心情很复杂,一方面不希望水壶会动,这样就证明了雪山上并没有什么违反科学常识的怪事发生;另一方面,又希望水壶会自己爬坡,这样的话,就证明我找出的"红色"这个关键词是正确的。

"来了哦。"我慢慢松开手指。

失去了约束的水壶,躺在桌面上,还是一动不动。

"喊,果然什么都没有嘛。"小明靠在水哥手臂上,说得好像她早就料到一样。

我们望向眼镜男,他双手合十道了个歉:"对不起,我们也不知道这种现象什么时候会发生。"

这个人多礼得让人都不好意思了,我转移话题道:"鬼屋里没有鬼,大家现在又睡不着,不如我们来讲故事吧。"

棉帽男热烈地响应了这个提议,用他非常普通的普通话说:"好啊好啊,我来讲一个故事。你们听说过那个雪山探险的故事吗,就像我们这样,有八个人在山上遇到了大风雪,躲进了避难的小屋里。然后他们就点数,每个人都对,但是数来数去,就是多了一个人……"

虽然这个故事早就听过了,但在这个环境下,我还是不由得打了个冷战。

小希出面制止道:"好了好了,换个别的。"

多吉清了清嗓子说:"多吉来讲个故事,以前在东莞的时候听工友讲的。"他意味深长地看了对面的围巾女跟眼镜男一眼,"关于咱们东边那个岛国的故事。"

小明拍手道:"好呀好呀,多吉还会讲故事,不过肯定没有我家水哥讲得好。"

水哥恬不知耻地说:"低调,低调,像我这么帅又会讲故事的是少数。"

多吉没有理会这对不要脸的小情侣,看着对面的两个人,开始说他的故事。

"以前,那个国家有三个人,空难掉到了海里,然后游到了一个岛上。岛上有食人族,把三个人抓了起来。食人族酋长说,我们今天吃饱了,不吃你们了,但是你们要去丛林里找十个同类的水果,随便什么水果都可以。没多久先回来了两个,一个带了十根香蕉,一个带了十粒葡萄,还有一个没回来。"

这是一个老故事,里面被食人族抓住的三个可怜虫基本上可以转换成任意的版本。

果然,多吉越往下说,对面坐着的两个人脸就越黑。尤其那个眼镜男,眉头紧皱,表情明显可以看出十分恼怒。

多吉却好像没有发觉,继续往下说:"食人族酋长这时候说了,你们把带回来的水果,都塞进自己'菊花'里,不许哭,也不许笑,全塞进去了我就放你们走。第一个人的是香蕉,他塞到第三根,哭了,被杀掉了;第二个人的葡萄很好塞,他塞到第九颗,马上就要成功了,突然!他笑了……"

多吉双手放在木桌上,乐不可支地环顾四周,"你们知道他为什

么笑吗?"

看来听过这个老掉牙笑话的,不止我一个,小希托着腮帮子,似笑非笑地看着多吉,"因为第三个人带了十个榴梿回来呗。"

多吉捧腹大笑:"是的,十个榴梿!哈哈哈……"

还没等他笑够,坐他对面的眼镜男半跪了起来,双手用力按在小木桌上,看得出在勉强压抑他的愤怒,"对不起,不过,请不要侮辱人。"

多吉止住了笑,斜眼看着眼镜男,"侮辱人?什么侮辱人?你配说这话吗?你们把我们的神山弄成这样,好意思吗?"

我跟小希面面相觑,没想到一口一个亲,脸上两坨高原红,笑起来眼睛都眯成一条缝的多吉,竟然会有反应如此过激的时候。不过,他对面那个眼镜男的表现也同样让我们大跌眼镜。一路上他都是彬彬有礼,多礼得让人心烦,这时候竟然因为一个老笑话气得面红耳赤。

坐他旁边的围巾女站了起来,只比半跪着的眼镜男高一点点,按着他肩膀,俯身跟他说着什么,想让他冷静下来。虽然她压低了音量,但是在这么压抑的氛围内,那么近的距离,大家都能听见她说的不是普通话,当然也不是粤语。

这个时候,虽然会说日语,但却最后知后觉的小明,终于也发觉了这个事实,用日语问:"你胖紧?"

按照叔多年研习某国电影的经验,能听出小明问的是——日本人?

棉帽男还想掩盖,"哈哈哈,你们想多了,我们都是香港人,他们会说一点点日语而已,一点点啦。"他一边说,一边朝眼镜男打眼色,但眼镜男不知道是生性耿直,还是气得失去了理智,干脆噌一下站了起来,差点撞到头上的汽灯。

然后,他居高临下地对我们一字一句地说道:"对,我井上慎吾、上川美子小姐,还有失踪的船原小野,都是日本公民。"

其他人并不意外。从他异常多礼的表现,奇怪的普通话口音,偶尔跟围巾女——上川美子聊天时传出来的低语，种种蛛丝马迹，让我们早就猜到了真相。之前慎吾自称小吴，美子自称小美，看来都是根据日文名字起的假名。

"我揍死你们！"

我们注意力都集中在站着的井上慎吾身上，等多吉大喊一声，噌地站起来，一脚踩上木桌时，已经来不及阻止他了。

矮小的他跟瘦高的井上慎吾身高差距有十几厘米，不过那小木桌可有三四十厘米高，凭着高度的优势，多吉一下子就把井上慎吾扑倒在木地板上，抡起拳头就往慎吾的脸上打。

慎吾被这突然的袭击搞得呆住了，回过神来，一伸手就掐住了多吉的脖子，把他推开。因为臂长的原因，多吉打不到他的脸，只好在慎吾的右手上乱抓。俩人于是以非常不雅的姿势，扭打在了一起。

我们赶紧上去拉架，水哥一人抱住了多吉，我跟棉帽男拖住了想要还击的慎吾，但却无法制止他们语言上的互相攻击，俩人骂骂咧咧的还是没个完。

"够了！"水哥大喊一声，拿出了他作为队长的霸气，"要打出去打，死得更快。"

听水哥这么喊，我们发现，起冲突的双方都是气喘吁吁的，多吉还稍微好些，眼镜男慎吾已经有点喘不过气了。在氧气稀薄的雪山上，确实不适合进行打架这种情绪激动、消耗体力的活动。

多吉慢慢冷静下来，但被水哥熊抱着没法挣脱，只好请求水哥，"亲，放开多吉。"

水哥再次确认，"放开你，你不会再打了吧？"

多吉小鸡啄米似的点头，"不打了，不打了，多吉打包票。"

我们这边也放开了慎吾，他情绪调整得快一些，恢复了之前彬彬有礼的样子，朝多吉鞠躬道歉，又回过头来朝我们鞠躬，"对不起，给你们添麻烦了。"

多吉虽然说不打架了,但明显还要找碴儿,他高高仰起头,用手指着慎吾的鼻子,"你们外国人来这里干什么?"

慎吾往后退了一步,"外国人就不能来吗?"

多吉像一只好斗的公鸡,提高了音量:"对,就是不能来!卡瓦格博不欢迎你们!雨崩不欢迎你们!"

水哥看多吉这样子,怕他又冲上去,于是拉着他到桌子后面,硬生生按着他的肩膀,让他坐了下去。然后,水哥就这样站在多吉身后,这幅画面像是巨灵神站在孙悟空后面。

这边,慎吾在我们的劝说下,也重新坐到了多吉对面,我们剩下的人也各自落座。

小明心有余悸地拍了拍心口,又崇拜地看着水哥,"幸好你提醒我在村里不要讲日语,要不然的话万一被村民们听见,不是会被赶出村吗?"

我苦笑了一下,"如果被赶出村,那倒好啊,起码不用被困在这里。"

水哥说:"雨崩村里的当地人不太喜欢这个国家的游客,不过大部分也就是不爱和他们做生意,不搭理,还没到喊打喊杀的地步。"

小希用手指敲着桌子,看向我们的向导,"多吉,你那么恨这些外来人,有什么特别的原因吗?"

被问到这个问题,本来还一直气呼呼的多吉,这时候紧紧抿着嘴巴,似乎不是特别想回答。

我想到了一个可能性,"多吉,不会是你的亲人,也在当年的登山队里吧?"

第八章
真相之路

屋子里的空气又凝结了,大家不说话,如果多吉是因为当年的探险队失去了一个亲人,恨他们倒好理解。

多吉却恨恨地看了我一眼,"我爸爸才不会跟谁一起上山糟蹋卡瓦格博!他是去林子里捡松塔被狼拖走了!我们找到的只有鞋子……狼以前是从来没有的,都是这些外国人惹恼了山神,山神发怒了才让狼来祸害人!"

我不禁挠挠头,爸爸被狼吃了是很惨,但你不去恨狼,也不去恨山神,反而恨已经死在山上的探险队员们,感觉慎吾还是挺"躺枪"的。

不过换一个角度,恨狼没办法去打狼,山神更加不敢恨,现在有个外国人在面前出现,当然是最好的迁怒对象。再说,从小就没了父亲的人生,一定过得很艰辛,有这样的表现也可以理解。

我同情地看着多吉,"你刚才讲那笑话是故意的吧?你是怎么发现他们是……嘿嘿,那啥的?"

被问到这个问题,多吉脸上露出了得意之色,"亲,是卡瓦格博告诉多吉的!山神还说,晚上的这场雪,也是因为他们上山,山神生气了才降下的!"

小明惊呼道:"哇,山神那么厉害!那山神有没有说怎么样雪才

会停？不会是要把那些人杀了吧？"

水哥制止了他女人的胡说八道："行了行了，别扯这些没用的。"他的想法应该跟我一样，在这样越来越极端的条件下，像杀人什么的平常只会开玩笑的话题，也有可能会变成真的。万一山神给多吉的指示真是这样呢？所以，不能把话题往这一方面引。

坐在我旁边的小希想到的是另一方存在的问题，"你是叫……慎吾？你们为什么要来雨崩，为什么要隐瞒身份？"

棉帽男又想出来打圆场，"哎呀不要生气啦，他们就是想来雨崩玩嘛，又听说这里不喜欢他们那儿的人啊，所以我就告诉他们不要讲咯……"

小希轻轻拍了一下桌子，"还没到你交代的时候，明知道雨崩不欢迎，还带他们进来，真要出事了你也跑不了。"

她拍桌子这个动作好帅气，英姿飒爽，我心里暗暗叫了声好。实际上，我看不惯这个戴棉帽的香港同胞，也不是这会儿的事了。

棉帽男自知理亏，嗫嚅着不敢再说什么，只是对着慎吾使眼色。

眼镜男慎吾却没有领会他的意思，或者是他性格与生俱来有一种认真跟迂腐，不愿意再骗人，"不，我们不是来玩的。"

多吉的情绪一下子又激动起来，"你们看！我就知道他们有阴谋没错吧？说，你们想来干吗？"

水哥按住他的肩膀，免得多吉又站起来打架，"冷静，都什么年代了，先听听他怎么说。"

慎吾跟那个美子互相看了一下，美子点了点头，慎吾这才开口："我跟美子小姐，还有小野君，是来卡瓦格博找亲人的遗体的。"

我倒吸了一口冷气，之前有推测过他们来雪山的真实目的，这是最具故事性的，也是最早被我否定掉的一个。万万没想到，竟然真的是这样。

我拍了一下双手，"水哥之前说的那个登山队长，也姓井上的，难道就是你的……"

慎吾点了点头,"井上治郎,正是我父亲大人。"

他身边的上川美子开口了:"还有我的哥哥,最大的那个,家里的……"她说到这里,尴尬地停了下来,估计是接下来要表达的意思太复杂,以她有限的中文能力没办法表达。

我们剩下的人都把眼神投向小明,毕竟她在日资公司上班,日语非常流利,现在理所当然成了我们的翻译官。

小明也明白我们的意思,对美子说了句什么,美子感激地点了下头,用日语继续说了下去。小明的日语果然很好,美子刚一说完,她不假思索地翻译道:"美子说,她的长兄,还有小野君的父亲,都是一九九〇年那支登山队的一员,跟着慎吾君的父亲到了卡瓦格博……"

慎吾转身又对美子鞠了个九十度的躬,仍然用日语交谈。

小明继续担当着翻译官的角色,"慎吾说,实在对不起,都是我父亲的错,没能把您的哥哥带回家乡。"

我们从来没发现小明有那么大的用处,现在终于觉得"水嫂"是一个不可缺少的队员。多亏了她,我们才能把接下来的对话都搞清楚。

美子又转过来跟慎吾道歉:"应该是我说对不起,我的哥哥没能保护好您的父亲。"

他们俩人就这样来来回回地互相道歉,小明到后来就懒得翻译了,我也觉得这俩人真是磨叽,要换了我跟水哥是这种关系,早就冲上去撕开了,估计现在正互相扇大嘴巴呢。

好不容易等他们结束这个无聊的互动,井上慎吾 —— 就是一九九一年那支在卡瓦格博上全军覆没的中日联合登山队队长井上治郎的儿子,终于想起了要跟我们介绍此行的目的。

他朝着我们又鞠了个九十度的躬,先是跟多吉道歉,表示对他父亲的事情也很遗憾,然后,他向我们详细介绍了为什么要和上川美子,还有那个失踪的船原小野,一起伪装成香港人,来到雨崩,又爬上卡

瓦格博——

在一九九一年那次雪崩事故后,虽然经过大规模的搜山,出动了专业的登山队,以及几架直升机,但整个三号营地已经完全被雪崩掩埋,找不到任何痕迹。所以,十七名登山队员的遗体也一直被埋在茫茫雪山的某个地方。

此后的几年里,雨崩村民也曾自发上山去寻找过登山队员的尸体。不过他们的目的不是抚慰登山队员的在天之灵,给他们的亲人一个交代什么的,而是从神圣的卡瓦格博雪山的角度考虑的。

村民们普遍认为,这些愚蠢的爬山人妄图登顶雪山,惹恼了山神而葬身于此,完全是咎由自取。但是,他们的尸体留在了山上,对于神山来讲是一种非常不洁的污染,所以要找到尸体,把尸体搬运下山,让山神获得清净,这样才不会降罪于山脚下的山民们。

当然了,就像一开始水哥讲过的那样,这些村民们都无功而返。所以,尽管在山脚下有一座中日联合登山队员的坟墓,其实都是衣冠冢,里面并没有队员们的遗体。

登山队员的尸体首次被发现,是七年后的一九九八年,由于冰川的移动,这些遗体离开原来三号营地四公里之远,出现在卡瓦格博正面的明永冰川上。

发现者是当地的三个村民,其中一个说,他们是在去挖虫草的路上,突然发现了一点红色的东西,再仔细一看,花花绿绿的一大片,有碗筷、收音机、衣物,还有就是登山队员的遗体。遗体有的在睡袋内,有的在睡袋外,有一些起码落了个全尸,有一些运气更差的,则是身首分离,断手断脚。

跟其他雪山上的遇难者一样,由于超低的气温以及高海拔,不允许分解尸体的细菌生存,所以遗体跟遗物都保持着七年前的样子,非常光鲜。关于这一点很好理解,想象一下放在冰箱速冻室里一个月的冻排骨,大概就是这个意思。

听到这里,我跟小希对视了一眼。又是消失的红色物体。某种意义上,可以跟她的那顶帽子一样,归类为物体的一种,结果都出现在雪山的其他地方。虽然慎吾说的是官方的解释,也就是由于冰川的移动,但事实是否真的是这样?

慎吾当然没看出我们的内心戏,继续往下介绍。发现遗体的村民们把这件事情上报后,政府再次组建了搜寻队伍,最终找到了九个人的遗体。

这批遗体和遗物先是运到了大理,经过法医和赶来的亲属的认定,最终在大理火化,中方队员的骨灰被家属带走,日方队员的则统一安葬在北京西山的一个华侨陵园。

我不由自主地撇了下嘴,十七个人里面,找到了九个人,这里面肯定是没有慎吾、美子、小野的亲人,不然的话,他们也不用再来找了。这样说来,这三个人也挺倒霉的。

不过,多吉还是不相信他们的说法,质疑道:"这两个人又想骗人,亲,你们千万别信。明永冰川离神湖远着呢,你们应该去明永冰川找,怎么会来这里?"

慎吾这时候已经恢复了理智,不再和我们的向导计较,而是耐心地解释。通过小明的翻译,我们知道他说的是:"是的,我很理解你们的怀疑,实际上,我们自己也不太相信,亲人的遗体会出现在离雪崩地点那么远的神湖,但是……"

慎吾又以探询的眼神看向美子,得到同意后,起身从登山包里,翻出了一台平板电脑。

他打开平板电脑,放在木桌子上,向我们展示里面的一张图片。

我们把脑袋围了过去,一下子把汽灯的光全部挡住了,幸好平板电脑是自带光源的,这样看起来反而更清晰了。

那是一张卫星图片,显示的是一片山脉。其中,一个勾玉状的墨绿色湖泊,明显就是我们今天来到的神湖。

可怜的多吉刚才就没能挤进来,这时候一边在外面不停地转圈,寻找根本不存在的空隙,一边不满地叫嚷:"看什么看什么,里面有什么?"

小希的眼睛最尖,指着地图上跟神湖只有一片指甲的距离,海拔稍高些的地点。在那里茫茫的白雪上,似乎有一些红色的杂物。

而雪山红色的植物,不管是格桑花还是狼毒草,都不可能开在那么高的雪地里。

小明直接用手指放在电脑上,划拉放大了地图,直到最大限度。

所有人都吸了一口冷气,虽然看得仍然不够清楚,但这些红色的碎片,呈现着类似睡袋、人体、帐篷的轮廓。

有睡袋跟遗体好理解,但是完整无缺、鸟瞰呈正方形的帐篷是怎么回事呢?在一场那么大的雪崩之后,帐篷肯定被压垮了、掩埋了,就算因为融雪、冰川运动等原因重见天日,也不可能是支撑起来完好的样子。

我们把视线从卫星地图上离开,只见瘦高的慎吾又在朝我们鞠躬说:"对不起,各位,之前没有诚实地交代我们的身份,实在是抱歉。但这也是出于无奈……"他擦了擦眼角,"把父亲的遗体带回家,是我母亲这二十多年来的心愿。所以,在三个月前得到这张卫星照片后,我就联系了美子小姐和小野君,约好先来探一下究竟,如果真的是亲人们的遗体,再请求组织出动遗体搜索队。"

美子补充道:"但是,我们也知道雨崩村不欢迎我们国家的人,正在为难的时候,幸好有全富君……"

美子把目光投向棉帽男,棉帽男不好意思地挠头道:"我因为公司的关系,跟上川小姐有一些业务来往,加上本来就喜欢登山,所以她一来拜托我,我就答应陪他们一起来了。"

慎吾又朝我们深深鞠了一躬,"之前我们隐瞒了身份,在此向各位道歉。"

对于他隐瞒国籍这个问题，其实我是无所谓的，估计水哥和小希也是这么想的，有所谓的只是讨厌他们的多吉而已。

话说回来，小希来雨崩是要找一个死而复生的恋人，这三个日本人找的是二十多年前亲人的遗体，如今我们又被困在小木屋里，真是错综复杂的巧合。

水哥戳着卫星地图上那些零碎的红点，"那个，慎吾是吧，你们从神湖去到这里，有路可走吗？"

慎吾点点头，同样用手指指给我们看，"我找了京都大学的前辈们咨询过，从这里绕过去，预计两天内可以到达。"

从雨崩到神湖要一天，神湖到疑似遗体的地点要两天，来回需要六天。我看着他们放在旁边的登山包，难怪这四个人的包容量都那么大，原来是带了六天的食物和用品。

慎吾给我们指完路线，突然低下了头，语气沉重地说："可是没想到，第一天晚上小野君就失踪了，我父亲没有把他父亲带下山……"他抬起头来，右手握拳，"我一定找到小野君，把他安全带下山。"

听他这么一说，所有人都把目光投向木屋唯一的玻璃窗。窗外一片漆黑，大风吹得玻璃不停地晃动，那个可怜的小野君恐怕已经冻成一根冰棍了吧。把小野君安全带下山是不现实的，把小野君的遗体安全带下山，才是慎吾应该计划的事情。

也不知道这个船原家跟井上家是什么仇什么怨，两代人都被带到卡瓦格博上然后死在那里，想想也是挺可怜的。

听慎吾讲完他们一行四人来卡瓦格博的目的，我们这边的人都沉默了。中国的传统讲究叶落归根，这几个日本人找到横死在雪山上的亲人遗体，收殓运送下山，入土为安，也是人之常情。

"我们之前隐瞒了身份，只是为了能顺利上山，找到亲人的遗体。但无论如何，我们欺骗了大家。所以，再跟各位诚恳地道歉。"

这一次，井上慎吾跟上川美子，一起站起来朝我们深深鞠躬致歉。在这短短的半天里，这哥们儿已经跟我们道歉了十次以上了。

水哥作为中方人员的代表，接受了日方人员的道歉，"没事，没事啊，我们能理解。不过……"

小木屋里，所有人都把目光投向了多吉，这个认为是外来人害死了他父亲，激烈反对日本探险队进村的向导。

多吉感受到了我们的目光，闭上眼睛，深深叹了口气，"算了，多吉不跟你们计较了。多吉的爸爸跟你的爸爸一样，到现在都没找到，多吉理解你的心情。"

对于多吉的态度转变，慎吾大为感动，朝着他又狠狠地鞠了一躬，"等我找到父亲的遗体，一定会报答这位多吉先生，还有大家的恩情！"

我摆了摆手，"行了行了，不打不相识嘛，你以后做好朋友吧。现在我们先别说这些了，还是讨论一下后面的计划吧。"

小希也接着问："下这么大雪，你们不会还想着去找那些遗体吧？"

慎吾郑重地点了点头，"下雪之前，我们就改变了计划，小野君失踪了，我们必须要先找到小野君。不过，我们找到了一些线索……"

这时候，他身边的美子抓住了他的手，神色不安，似乎不想让他再往下说。

慎吾轻轻摸着美子的手背，安抚了一阵之后，还是抬起头跟我们说："在融雪流向神湖的小溪里，我们发现了一些奇怪的东西。我觉得，应该是父亲他们留下来的。"

我皱着眉头问："奇怪的东西，是什么？"

美子把慎吾抓得更牢了，他回头看了女人一眼，毅然拿开她的手，然后站起身来，到登山包里去摸索。看来，他把那个"奇怪的东西"藏得很深，所以差不多把整个人都埋进登山包里，过了一会儿才找到。

当慎吾把那个"奇怪的东西"放到小木桌上时，我们一时没能看出那是什么。

那东西是细长条的，两根中指那么长，大红色，在汽灯下闪烁着奇异的光泽，看上去就像是一把……手术刀。

我跟水哥同时伸手去拿，慎吾用中文大叫一声"小心"，但已经太迟了。

水哥哇的一声，像被刀割一样收回右手，用左手捂住，大叫："这东西比我的军刀还利。"

小明赶紧凑上去，"水哥你出血了！"

那水胖子皮厚肉糙的，我倒不担心他会被割成什么样，只是拿起手中那个"奇怪的东西"，仔细端详。

这真的是一把手术刀。

我皱着眉头，不禁说出了声："这是什么玩意？怎么会有红色的手术刀？"说着把刀放在手中掂量了一下，"这不是钢镀成红色的，看这材料，应该是陶瓷的。"

小希一直盯着我手里的手术刀，"陶瓷刀？"

我点了点头，"对，一把红色的陶瓷手术刀。"由于我的人品一贯好，刚才跟水哥抢的时候，我拿的是刀把，他碰到的是刀刃，所以就被割伤了。慎吾说这把刀是在雪水融化成的小溪汇入神湖的地方捡到的，怀疑是二十多年前那次雪崩中的遗物。如果真是这样，首先这把刀的做工真好，保存了那么多年还如此锋利；其次，一群登雪山的人，带一把手术刀上山是什么意思？

就算一九九〇年那支登山队，队员里面有专业的医疗人员，携带着医疗器材上山，针剂跟药物是可以理解的，但是带一把手术刀就太奇怪了。因为在雪山上，根本不具备进行手术的条件。

更何况，这不是一把普通的不锈钢手术刀，而是非常特别的红色陶瓷手术刀，而且和小风的冲锋衣、小希的帽子、卫星地图里疑似帐篷的东西一样，也是红色的。

"阿鬼，给我看一下。"

小希从我手里小心翼翼地拿过手术刀,然后是多吉,接着贴上了创可贴的水哥还有小明也依次接过手术刀仔细观察了一番。

所有人的疑问都是一致的:这到底是什么鬼东西?

我故作轻松地耸耸肩膀,"我觉得这是把餐刀,用来把果酱涂到面包上。"

显然这不可能是一把餐刀,这句笑话也没能让任何人笑,不过倒是引发了另外的效果。

棉帽男摸着自己的肚子,"果酱面包,你这么一说我觉得挺饿的。"

确实,刚才大家在风雪里跋涉了一番,消耗了大量的热量,会觉得饿也很正常。想起背包里的绝世美食方便面,我不禁吞了口口水,真是晚来天欲雪,能来一桶无?

相比我们的饥饿,小明也有生理需求,不过却是另外一种。她夹紧双腿,四处打量着屋内,"这里面怎么没有厕所?"

美子用日语跟她说了一通,我们听不太懂,然后小明就瞪大眼睛说:"啊?要到外面去上厕所?"

水哥担任了护花使者的角色,"没事,我陪你去。"

小明一向都是小鸟依人,现在却害羞起来,"哎呀不用啦,多不好意思。"

水哥嘿嘿一笑,"有什么不好意思的,又不是没看……"

小明娇羞地在水哥手臂上砸了一记粉拳,"讨厌啦,好吧,那你陪我去。"

我看着他们打情骂俏,又起了一层鸡皮疙瘩,"撒个尿都这么浪漫,真有你们的,赶紧出去,别在这里秀恩爱了。"

小希看着水哥,笑嘻嘻地说:"就是,像鬼叔这样的单身狗也是狗,可以不爱,不要虐待。"

我忍不住反抗道:"我是单身狗,那你是什么?单身母狗吗?"

小希砰一拳打到我手上,这可不比小明的耍花枪,力道十足,打

152

得我龇牙咧嘴。

水哥一边窃笑，一边搂着小明出门。

小木屋的门一打开，外面的风雪就灌了进来，那酸爽就像是你躺在被窝里，突然被人掀开被子倒进一盆在冰箱冻了一夜的玻璃珠。

看来多吉从卡瓦格博山神处得到的消息，是好的不灵坏的灵。说好了这场雪等会儿就变小，现在却越下越大了。人和神之间的信任已经荡然无存，我在此时也只能呵呵了。

风大得以水哥的大膀子都无法独自拉动门，只好由多吉在门背顶着用力，才勉强把门关上。

这对痴情小男女出去尿尿，我们屋里的人就开始找东西吃。有人从自己的登山包里拿，也有人直接从木柜里拿，非常无组织无纪律。我心想，如果这见鬼的大雪要维持几天的话，有限的食物必须实行管理，按需分配。

他们几个人围着木桌在吃面包和罐头，我作为一个对美食那么有追求的人，当然是耐着饥饿，用水哥带的户外炊具煮水，等着泡方便面。

水煮好了，面泡上了，我在等面熟的时候，那些没追求的人也吃完了，这时候一群人突然意识到一个问题——水哥跟小明出去那么久了，怎么还没回来？

小希担心地看着窗外，"这都多久了，不会有事吧？"

我跟她坐的这个位置，正对着小木屋里唯一的门，小希的右边是我，我的右边则是木屋唯一的玻璃窗。

我一本正经地分析："雪那么大，外面那么冷，会不会是尿尿的时候水柱被冻成冰棍，粘在地上拔不起来了？"

听了我的无聊笑话，小希瞪了我一眼，刚要发作，突然吓得叫了一声，左手撑着地板，上半身向后倾斜，像是我的脑勺后面有什么可怕的东西。

一屋子人被小希的动作吸引，纷纷朝我右侧看去，我也赶紧回头

一看,结果吓得倒吸了一口冷气。

只见玻璃窗外面,有一张毫无表情的人脸,正朝屋里面看。

外面黑漆漆的,正下着大雪,那张人脸却诡异得像是自带光源。是一张女人的脸。

黑长发挡住了脸的左右两边,外面罩着红色的冲锋衣帽子。眼睛毫无生气地一直朝屋里看,五官看起来像是一张平面的纸。

但是这个五官却挺眼熟的,等我再认真一看——这不是小明吗?

顿时我的心理从惊恐变成了愤怒——这姐姐是怎么回事,都什么时候了还搞恶作剧,外面风大雪大,就为了吓我们,趴在窗户上一动不动,也是蛮拼的,肯定是水哥指使的,等下进屋了要把他们削一顿。

我正这么想着,正对着的木门砰的一声被推开了,水哥带着一阵风雪冲了进来。果然是这两个家伙的恶作剧!我刚想开口骂人,却看见水哥身后还牵着一个女人。

那女人,当然是小明。

她速度怎么那么快?我下意识地再扭头朝窗外看去——那张毫无表情的人脸还在。

这一次,屋子里原来坐着的所有人,我、小希、向导多吉、棉帽男和两个日本人,都同时看到了两个小明一起现身。

我之前已经看见过两个小明一前一后出现,在有了这样的心理基础下,还被吓得够呛。其他人的惊吓程度,只会比我更厉害。

棉帽男在受惊的情况下,已经忘了要讲普通话,用粤语叫了起来:"诅咒!山神的诅咒!"

我们几个人看一眼门口,又看一眼窗户,没法分析现在到底是什么情况,刚进屋的水哥跟小明,看着我们脸上的惊恐表情,也顺着我们视线,朝窗户看去。

几乎就在这一刻,那张人脸突然消失了,窗外又是一片漆黑,只剩下风雪肆虐的声音。

水哥什么都没看到,一边拍落头上跟肩膀上的雪,一边不乐意地说:"干什么啊,拿我们寻开心啊?"

多吉结结巴巴地说:"亲,窗户外……外面,还有一……一个小明!"

水哥和他身边的那个小明,一起猛地又朝窗户看去。那边依然什么都没有。

小明的声音快要哭出来了,"多吉你说的是真的吗?掉进神湖里多出来的那个我?你们看见了?"

水哥黑着脸说:"你们开玩笑吧?这可一点都不好笑。"

我深吸了一口气,"不是开玩笑,就在刚才你带着小明进门的时候,窗户外面,还有另一个小明……你们都看见了,对吧?"

围坐在桌子旁边的那群人都猛地点头。

棉帽男若有所思:"看来鬼叔你分析得对,小野君真的是看见了另一个自己,所以就冲了出去。"

多吉一脸虔诚地说:"山神显灵了!不能在神湖里洗澡的禁忌灵验了!亲,你们说,山神是不是很厉害?"

看他那一副神采奕奕的样子,好像多出了一个小明,是什么值得普天同庆的事情。

对于我们的一致说法,水哥仍然表示怀疑。他皱了下眉头,决定道:"好,你们说有人,那我们现在出去看看。要是真的还有一个小明,哥把她一起叫来!"

他们进门时被我们的表情吓到了,所以一直没关门,风雪正呼呼地往屋里吹。

水哥牵着小明的手要往外走,小明却不愿意跟他出去,摇头道:"不要,万一外面真的还有一个我……好可怕,我不出去!"

那个失踪的小野,看见了另外一个自己,就不顾一切地追了出去,小明却害怕得不敢去见,面对同一件事,两个人的处理方式截然不同,

不过这也好理解，毕竟一个是男人，一个是女人。

水哥也没有为难小明，朝这边一挥手，我们纷纷起身跟着水哥出了门，只留下美子在屋里陪受惊的小明。

刚才说了，小木屋的窗户是在门的隔壁墙，也就是在屋外绕过一个墙角，就能到窗户的位置。

我们踩着脚踝深的积雪，走到那一边的墙壁时，几根手电筒的光柱中，只看见水哥庞大的身影杵在那里。

水哥看见我们来，大声嚷道："孙子，你们这群孙子，这么骗我有意思吗？"

多吉回应道："我们没骗你，多吉真的看见了！"

我一边走一边嚷："水胖子，凭什么就说我们骗你？"

水哥一脚踢起一团雪，气道："你们自己看啊，这里有脚印没有？"

听他这么一说，我们几个人的手电筒，就在窗户周围的雪地上，地毯式地照来照去。确实如水哥所说，周围的雪地上，除了我们的脚印，没有别的痕迹。

而刚才另一个小明出现在窗外，离现在也不到五分钟。走过那么厚的雪，不可能没留下脚印。就算雪下得再大，几分钟时间，也不至于把所有的脚印都掩盖得一点都看不出来。

小希低声问："怎么会这样？"

我皱着眉头，回头查看小木屋的玻璃窗，这个窗户是上下拉式的，窗台上也积了几厘米的雪。

窗台上，有两个深深的手印。

是的，如果从屋外逃走了，是一定会留下脚印的。除非，那个小明是一直双手撑在窗台上，脚不着地，然后，当我们几个男人出门后，打开窗户翻了进去。

我刚想到这里，突然之间，房间里传来啊的一声惊呼，屋里灯光全灭，什么也看不见了。

我心里一惊，刚才注意力全在屋外的脚印上，只往屋里匆匆瞥了一眼，没看到里面的任何人。

难不成，真的是屋外的小明也跑了进去，把原来的小明吓到了？

屋里小明和妹子的惊呼声不断，还能听到小明带着哭腔的"救命"。

虽然不知道是哪个小明在喊，但我们不敢再迟疑，赶紧朝门口跑去，尤其是水哥，如此硕大的身躯，在风雪中竟然跑得像风雪一样快。

我跑到一半的时候，听到屋内传来咚的一声，像是重物砸到了地上，然后又是咚的一声，紧接着，是玻璃碎裂的声音。

然后，屋子里就归于沉寂了，从门口透出来的光线，也随着玻璃碎裂的声音，一起消失了。

就这一会儿工夫，不可能出人命了吧？

我跟小希几个一起跑到门口，里面果然一片漆黑。借助手电筒的光柱，我们看见屋内的情况是这样的——木地板上躺着两个女人，水哥跟跄着跑到其中一个旁边，跪下摇晃大叫："小明，小明你怎么了？"

我们依次进了屋，慎吾跟棉帽男去照看美子，小希也帮着去照顾小明，我和多吉站在门口，用手电筒不断在周围扫射，想看看黑暗里还隐藏着什么。

本来挂在房顶的汽灯掉到了木桌旁边，玻璃好像都碎了。靠墙站着的背包，有几个还站着，另外几个横七竖八地歪倒在地，还有些物品散落了出来。

小木桌跟墙边的两个木柜，倒似乎没有移动过。

我的心脏随着手电筒的扫射，一直扑通扑通跳个不停，既希望看见另一个小明，又害怕看见另一个小明。

但是，我们仔细地搜遍了整个房间，没有另一个小明。我甚至连天花板也仔细找过了，看会不会是像蜘蛛一样躲在上面，幸好没有。

那么，躺在地上，正在水哥怀里慢慢苏醒的小明，到底是之前在房间里的小明，还是趴在窗外的那个小明？

　　那个小明,会有那么强大的力量,几分钟内打晕房间里的两个女人,又弄翻了众多物品,制造出如此混乱的局面吗?

　　我突然想到了另一种可能性,如果这样的局面不是另一个小明造成的,而是由另一个反常识的原因造成的呢?

　　我指的是——重力反转。

　　确实,与其相信是另一个小明制造了这些混乱,不如把罪魁祸首设想为重力反转。

　　如果刚才我们出去的时候,小木屋里突然变成了一个失重的环境,小明跟美子当然会吓得大叫。

　　汽灯飘到屋顶,摔下来就碎了。

　　几个登山包飘了起来,掉下来就倒了。

　　小木桌跟木柜可能比较沉吧,所以虽然飘浮了起来,但掉下地的时候还是站稳了?

　　小明跟美子飘到半空,然后再狠狠地摔下来,当然也会晕倒。

　　我在屋外听到的重物坠地的声音,则是重力反转消失之后,两个女人跟其他东西从半空掉到地上的声音。

　　我左手做砧,右手为锤,重重地拍了一下——这个假设,明显比另一个小明翻窗进来,干倒两个女人,把屋子翻个底朝天,然后又消失不见了,要合理多了。

　　不过,事实是不是我所推断的这样,还是得等当事人清醒后再说。

　　这时候,小明已经在水哥的搀扶下坐了起来,美子也醒了过来,幸好两个人看起来都没什么大碍。

　　多吉把掉在地上的汽灯捡起来,这灯也蛮结实的,虽然玻璃碎了但不影响使用,向导把它重新点燃后,爬上桌子挂到了从天花板垂落下来的钩子上。

　　我用力关上房门,把满山的风雪关在外面。

　　风不再肆虐,昏黄的灯光亮起,小木屋里仿佛又恢复了原样,除了

158

那些我们没精力去关注的遍地狼藉。

水哥关切地问着他环抱的女人:"小明,你没事吧?"

小希递过保温水杯给她,"先喝口水,压压惊。"

我想要知道自己刚才的推理是否正确,焦急地问:"刚才是怎么回事?"

小明喝了口水,看看我,又看看水哥,突然哇的一声就哭了起来。

水哥狠狠地瞪了我一眼,愤怒地说:"你着什么急啊,让人歇一会儿不行吗?"

那边的美子也苏醒过来,情绪比小明要镇定得多。她自己坐了起来,用日语向慎吾和棉帽男说明刚才发生的情况。

因为我们的翻译官小明,还躺在水哥的怀里抽泣,所以只能由棉帽男来暂时负责翻译。这哥们儿的日语水平没有小明好,普通话更是够呛,我们连听带蒙的,大概了解了刚才发生的事情。

果然,和我想的一样,据美子所说,刚才我们一出门,她们就感觉到有点不对劲。放在桌子上的食物飘了起来,她们俩还以为是风。然后,头顶的汽灯也在诡异地摇晃,她抬头一看,汽灯头朝下,底朝上,整个正在往天花板上飘。

没有任何的风能够做到这一点。

她们终于意识到情况不对,刚想要往门外冲,两个人的身体也开始上浮,陷入失控状态,类似于太空站的宇航员。美子说身体在半空中根本无法移动,并且由于重力变化产生的对心脏供血的影响,大脑也在几秒内变得模糊,胸闷得无法呼吸。

还有,她感觉脖子上的红色围巾紧紧地箍着她的脖子,像是上吊的绳索一样。所以,她是在掉到地板上之前,就已经昏了过去,之后发生的事情就不清楚了。

听完棉帽男的翻译,我们几个人不由得面面相觑。

多吉的声音在不停地颤抖:"山神发怒了,山神发怒了……至高

无上的卡瓦格博,多吉恳求你收回神威……"

小希皱着眉头,"重力反转,这是重力反转啊……没想到真的发生了,看来那个保温壶爬坡不是魔术。"

水哥若有所思地说:"重力反转啊,这样的话,你帽子的事也能解释得通了。"

小明这时候终于哭够了,抽泣着把刚才的经历说了一遍,跟美子说的大同小异。

我咬着下唇,陷入了沉思。

这个假设实际上是我最早提出来的,就在小希那顶红色帽子掉进海拔低的冰湖,又在海拔高的神湖里再次出现的时候。只要满足两个条件,第一个是重力反转,第二个是神湖和冰湖之间有地下水道互通,再加上足够的巧合,就能解释帽子失而复得的事件。

这个概念被更多小伙伴接受,是在眼镜男慎吾给我们看了那段视频之后。在视频里,红色的保温水壶会从低到高自己爬坡,更加直观地显示了重力反转的效果。可是,当我们再次来到小木屋里,想要重复这个实验时,却失败了。

看完慎吾的视频后,我的手机收到了自称是任青平的神秘电话,再次重复了在雨崩村里收到的微信内容,就是——想下山,向上走。

小希就这句话跟我探讨过,她认为这是任青平提出的忠告,目的是为了让她能安全走下雪山。并且,这句看上去荒谬的话,在重力反转的条件插进来之后,却变得成立了。

最后,就是现在的场景,我们一大群人出了小木屋之后,之前实验失败的重力反转,不仅重现了,而且是更大规模、更可怕地重现了。这一次,被反转的不是什么帽子、保温水壶,而是小木屋里的所有东西,加上两个大活人。

我曾经想过,重力反转是不是只对没有生命的物体有效,现在看来并非如此。

不过，我所总结的，重力反转发生的另一个条件是成立的——那就是红色。

小希的帽子是红色的，保温壶是红色的，小明和美子身上，都有红色的衣物。我环顾四周，几个扑倒在地的那些登山包，也是红色的。再抬头看看汽灯，底部的金属部分，也被喷上了红色的漆。木柜跟小木桌，看来并不是掉下来还维持着原样，而是因为并非红色，所以根本就没飘浮起来。

除了这些引发重力反转的红色之外，在这座白色的雪山上，我还遇到了更多的红色。小风的冲锋衣是红色的，慎吾的卫星地图里看到的帐篷是红色的，他在流进神湖的小溪里捡到了一把奇怪的陶瓷刀也是红色的。

更可怕的是，在进雨崩的最后一段山路上，任青平拍摄"合照"的那个地方，我跟小希一起看见了整座雪山都变成恐怖的血红色。

我摇了摇头，现在要想的不是红色这个关键词，而是重力反转这个问题。

就像刚才说的，重力反转是我最先提出来的，当时大家都觉得很荒谬。现在，大家都相信了重力反转这种现象，因为它就发生在我们眼前。但到了这个时候，我反而觉得这件事很可疑。

我怀疑的点在于，这件事情太刻意了。

事出反常必有妖。

就好像有一个人藏在幕后说，好，你不相信重力反转是吗？好，我就演到你相信为止。

是的，我用夏洛克一样刻薄的眼光，审视着还坐在地上的小明、美子以及慎吾跟棉帽男。我有一种感觉，他们都是在演戏。

这件事并不是前列腺告诉我的，而是根据对细节的观察和逻辑的推理，我倾向于这么认为。

我们所感受到的重力反转，看上去很玄乎，是一种超自然的力量，

换个角度看,全部都是可以靠人力实现的小把戏。

当然,这个前提是,小明、美子、慎吾、棉帽男,都是演员。

首先是小明掉进冰湖里的帽子,虽然小希说了那是个限量版,但如果小明是演员,那么她可以趁大家赶路不注意的时候,进行调包,把小希的帽子放进登山包里收好,然后拿一顶类似的红色帽子,故意在走过冰湖的时候掉下去。然后,等第二天到了神湖,再找个没人看见的时机,把小希的限量版帽子扔进去。

现在看来,她摔进湖里的那个动作,也生硬得可疑,像是她自己计划好了要跳进去。

其次,是慎吾给我们看的那个视频,保温水壶在倾斜的桌面上,从低处向高处滚动。在下雪之后,从营地赶来小木屋的路上,我也把这个问题想明白了。要做到这一点,比上面的帽子烦琐很多,但仍然可以做到。

其实奥秘在于,只要把画面里的所有东西,包括墙壁跟地板,都先向左倾斜一个角度,让用来拍摄的相机画面,也向左倾斜同样的角度。棉帽男、小野、慎吾、美子四个演员,坐在倾斜的房间里,装出正常的样子。然后,他们向右抬起那张小木桌,只要木桌向右倾斜的角度,比地板本身向左倾斜的角度小,在重力的作用下,保温水壶仍然会向左滚动。

光从视频的画面上看的话,水壶就是很诡异地从低处向高处滚动了。

在我的印象中,视频里的小木桌起码倾斜了三十度以上。虽然雪山上这个小木屋,是没有办法整个反向倾斜超过三十度的,但可以在其他地方搭建好这样一个场景,和小木屋里一模一样就可以,然后再让四个演员穿着同样的衣服进行拍摄。

这样想来,视频快结束的时候,慎吾起身关掉相机的走路动作,确实跟走在平地上有点不同,像是在抵抗着倾斜的重力,勉强维持着。

最后，就是在我们出门之后，发生在小木屋里的大规模重力反转。

为什么那么巧，就在我们发现了疑似的另一个小明，大部分人都跑到屋外的时候，就刚好发生了重力反转？怎么说都有点刻意了，让我觉得那张突然出现又突然消失的小明的脸，更像是把我们骗出去的诱饵。

等我们出去后，小明跟美子先分头推倒几个登山包，把桌上红色包装的食物扔一地，摘下汽灯摔在地上，然后两个人跳起来再倒地，装晕倒，就可以实现这一次重力反转的骗局。

在我还是小孩子的时候，听说过一个成语故事，叫邻人偷斧。那个故事告诉我们，当你对一个人产生怀疑之后，再去看他，就会觉得他的一举一动都像是贼。

现在呢，当我怀疑小明、美子、慎吾他们是演员之后，他们的一举一动，我都觉得是在演戏。

大阴谋。

之前我用了一个简单的想法，来否定这是一个阴谋或者骗局的假设。那就是，这些人费那么大力气，来演这一出戏骗我们，到底有什么目的？

现在，最终极的目的我没有想出来，但是所有线索都指向同一个地方。

那就是——要下山，向上走。

小希相信，这是任青平给他的忠告，但是现在看来，这个自称任青平的人，所说的这句莫名其妙的话，就是前面那么多重力反转骗局的目的所在。

小明、慎吾、美子、棉帽男，还有"失踪"的小野，这些人都是演员，他们早就彼此认识，早就串通好，费了极大的人力物力演一场戏，让我们相信"重力反转"这种超自然现象的存在。

只有我、小希、水哥，或者还有向导多吉，我们这些"观众"，

接受了重力反转这一个概念,才会相信任青平传达的那句话,要下山,就向上走。

被大雪困住的我们,除非是找死,不然不可能再向雪山的高处走。

但是,如果我们相信了重力反转,认为向上走才是下山的正确方法,那么就有可能采取这个决策。

而如果重力反转如我所分析,确实是一场骗局,那当我们向上走之后,就到了雪山海拔更高的地方。

虽然仍然无法知道,演员要观众们走到雪山更高处的用意何在,但是,这个目的可以解释他们演戏的动机。

另外,还有其他两件事情,能够支持我的这个假说。

第一,我那块可以根据气压来探测海拔的登山表突然消失了。可能是下雪收行李时,我过于慌乱,不小心遗落在帐篷里了,但也可能是被某些人故意偷走了。这样一来,如果观众们被蒙骗着向山上走,我无法通过手表来得知确切的海拔高度。

第二,上述的所有演员,他们都有共同的语言——日语。

一九九一年在卡瓦格博上遇难的登山队,正是在日本财团支持下、主要科研成员为日本人的中日联合登山队。

这些复杂的想法,当时在我脑子里只是一闪而过,然后就融会贯通了。只是,把自己所想的表达出来,让听众明白,会花费比思考本身更多的精力。

就好像小木屋里的这群"演员",为了让我们这几个"观众"相信他们所灌输的观点,肯定也花费了极大的精力和时间。很难相信这是一个临时的骗局,我有一种感觉,在我们进入雨崩之前的半年,不,起码前一年的时间里,整个骗局就在开始筹划了。

在这些演员身后,必然有统筹一切的编剧和导演,嫌疑最大的就是上面提到的日本财团。

至于我和水哥、小希为什么会被选上当观众,看上去也不是随机事件。我猜想，跟任青平曾经恋爱过的小希，是这一切的关键。

不过，现在这个兵荒马乱的情况，要和这另外两个观众，把我的想法解释一遍，并不是件容易的事情。

我摸着下巴，饶有兴致地看着那群会说日语的演员们，接下去，看你们会怎么演。

判断我的推测是否正确，有一条至关重要的条件，就是看接下来，他们是否会怂恿我们往山上走。

像是为了满足我的戏瘾，其中一个演员，马上开始了他的表演——至少在我看来是这样。

眼镜男慎吾扶着妹子坐好，自己站了起来，很大声地说："失重……真是奇怪……不对，奇特的现象，雪山，值得攀登，研究……"

多吉当然听到了他说的话，本来就觉得父亲是因为日本登山队惹怒山神而丧命，现在听慎吾还敢提什么攀登研究，更是怒从中来，"好啊！你还敢提爬山！你知道为什么又下雪又闹鬼，人还会往天上飘吗？"

多吉双手叉腰，再次跳上小木桌，居高临下地看着小木屋里那两个人，还有两个会说日本话的中国人，"都是因为你们这些人！又惹恼了卡瓦格博的山神！"

慎吾这次没有再道歉，反而挺直了腰板，估计他的身高在一米九以上，看上去竟然比站在小木桌上的多吉还高。然后，他一字一句，用不容分辩的语气，对着多吉说："愚蠢，你说的山神，根本不存在！"

别说多吉，就连我们旁人也都愣了一下。没有想到这个一直唯唯诺诺的慎吾，在这时候竟敢如此否定当地人们不容侵犯的信仰。

多吉果然被惹怒了，哇的一声大叫，嘴巴里嚷着听不懂的当地语，再次从桌子上扑向慎吾。

慎吾这次却像是有备而来，没有被他扑倒在地，而是向后退了两步，待多吉落到地面上时，两只长臂猿般的手抓住他的肩膀，腰一用

力旋转，把可怜的向导甩到了墙边，摔在其中一个木柜上。

慎吾的整个动作一气呵成，身手敏捷，像是训练有素的运动员，完全没有之前文弱拘谨的眼镜宅男气质。

多吉完全没料到慎吾会有这一手，被结结实实地摔到了木柜上，整个人像木偶一样滑坐到了地上，完全起不来。

要是光这样也就算了，毕竟是多吉先出手的，虽然吃亏了，我和水哥也不好插手。

可是，慎吾却似乎不是这么想的，他把指关节捏出啪嗒啪嗒的声响，走向瘫坐在地上的多吉，似乎还要下毒手。我和水哥虽然不是愤青，但是看见外国人竟然敢在中国的国土，先是挑战当地人的信仰，然后又要暴打少数民族同胞，感觉完全不能忍。

我们对了一下眼神，我抓起桌上一碗还有汤的方便面，朝慎吾喊了一声："喂！"

慎吾一回头，我把手中的面碗劈头盖脸朝他扔去。

慎吾反应很快，下意识地一挥手，挡住了我的暗器，但碗里的汤跟面还是泼到了他脸上，形象颇为滑稽。

慎吾一边擦脸，一边用日语咒骂着，棉帽男这时候赶紧上来拉着我，我再想扔什么暗器已经做不到了。

不过，这正是我和水哥的计划。

水哥趁着慎吾没注意到他，飞起一脚，踹在慎吾的左侧腰上。

慎吾捂着腰，踉跄后退了两步，一屁股坐到了地上。

慎吾被一招 KO，水哥倒没有追上去打，这点风度他还是有的。毕竟教训慎吾一下，让他知道放肆是要付出代价的就够了。

棉帽男赶紧过去护着慎吾，向水哥讨饶："别打了，别打了。"

水哥站在一旁盯着他们，我则走到木柜旁边，查看多吉怎么样了。

幸好，多吉没什么大碍，只是哎哟哟地在喊痛。我把他的右手放在肩上，扶着他站起来，他苦着脸说："亲，轻一点，多吉背痛！"

看来，刚才是他的背撞上了木柜，也是他运气好，如果换成后脑勺撞上这结实的木柜，估计起码得脑震荡了。

刚才多吉撞上木柜的时候，那声巨响真是绕梁三日，这木柜结实得不像话，一点问题都没有，只是稍稍移位了。这么想着，我往柜子那边看了一眼，却有了奇怪的发现。

在木柜后面的墙壁上，有一个红色的东西。

那个红色的物品夹在柜子跟墙壁中间，只露出两根手指那么粗细，无法分辨到底是什么。

我把多吉扶到木桌边坐下，让小希帮忙照顾他。慎吾被水哥那一脚踹得快瘫了，一时半会儿恢复不了元气，也不用怕他打击报复。于是我拉着水哥，走到那个被多吉撞开的大木柜旁。

水哥不放心地看着桌边的小明跟多吉，皱眉头问："干吗？你想说啥？"

我指着木柜后面露出的那一点红色："你看。"

水哥用手电筒往里面照去："又是红色的，什么东西？"

我敲了敲结实的木柜子："搬开就知道了。"

水哥点点头，我们把手电筒放一边，两个人开始抬那个木柜子。柜子本来就沉，加上里面装满了水跟食物，饶是我们两个精壮男子，也搬得气喘吁吁。

好不容易把木柜子挪开，藏在后面的东西露了出来。原来，那是一个挖在木墙上的洞，长方形，里面塞着一个红色的盒子，大小跟鞋盒差不多。

很明显，这是有人故意藏起来的东西。藏这个东西的人会是谁呢？难道是任青平？

这时候，我和水哥的动作把小木屋里的所有人都引了过来，棉帽男扶着慎吾，小希和小明架着多吉，都来围观这木柜后面的奇怪玩意儿。

我弯腰去抠那个红色的盒子，因为盒子跟墙上的洞大小一致，塞得很紧，我硬是抠了几分钟，才终于把盒子取了下来。

这还真的就是个鞋盒，盒子上面写的是一个英文名的品牌。

我把鞋盒放到了柜子上，小明奇怪道："咦，这个牌子不是专门做高跟鞋的吗？雪山上怎么会有人穿高跟鞋？"

小希的声音不自然地发抖，"是的，小明姐，我也买过这个牌子的高跟鞋……不，是有人曾经送过我这个鞋子……"

我抬头看着她的表情，显然，她说的送过她鞋子的"有人"，就是大学时的男朋友任青平了。

那么，任青平藏起来的这个鞋盒，里面会隐藏着什么秘密呢？关于穿越？失重？还是一个人分裂成两个，同时出现的秘密？

水哥不耐烦了，"磨蹭什么，快打开看看啊。"

众目睽睽之下，我打开了那个红色的盒盖。

盒子里面静静地躺着一份 A4 纸大小的报告，纸质已经松脆泛黄，封面是几个铅印的日本字：実験レポート。

虽然我不懂日语，也能猜到这几个字的意思，应该是实验报告、实验记录一类。

我把这份实验报告取了出来，放在柜子上。

所有人都围了过来，几道手电筒的光线，同时照在封面上。我这才看到，封面上除了那几个铅印的大字，底下还有手写的日期跟姓名——船原正夫平成二年 10.01—10.31

船原……这个姓怎么有点耳熟，我再想了一会儿，记起那个失踪的小野，听慎吾之前说的，全名就叫船原小野。

小明在旁边小声说："平成二年……那应该就是一九九〇年吧？"

难道说，这份实验报告，就是在二十多年前，由小野的父亲留下来的？

我还在想这个问题，一只手从暗处伸了出来，想从我眼皮底下把这份报告抢走。

我赶紧拿起报告,从柜子上抽走,水哥也马上掐住了那只手的手腕,这才没让他得逞。

我把报告抱在怀里,用手电筒往那手的主人脸上照去,果然是刚才被踹了一脚的眼镜男慎吾。这家伙,看来是没被打够,还那么不老实。

慎吾手被水哥抓住,虽然从刚才摔多吉那一下可以看出他是练过的,但在水哥铁钳般的手指下,也是同样挣脱不开。

他嘴里叽里呱啦的,在用日语说着什么,能听出来不是好话。

小希拍了拍小明的肩膀,"小明姐,他说的是什么呢?"

小明终于恢复了她翻译官的工作,听了一会儿说:"没什么,慎吾说这份报告是他的父辈们留下来的宝贵资料,理应是他们的,请求我们还给他。"

我还没说话,水哥嘿嘿一笑,"在我们中国的雪山上得到的实验报告,藏在中国人建的木屋里,你可以说是你们的,但是得等我们验完了再说。"

水哥朝小明示意,"你过去,帮阿鬼看看,里面写的是什么。"

美子站在慎吾身旁,也同样抗议:"你们不能这么野蛮。"

我根本懒得理她,走回小木桌旁,坐下打开了那份报告。棉帽男、慎吾、美子被水哥跟多吉挡着,没办法靠太近;小明和小希一左一右在我旁边坐下,我们三人一起开始看这份二十多年前的报告。

报告里面,会有一路上这些谜团的答案吗?

我假装不经意地抬头,看了一眼聚精会神地盯着报告的小明。她是不是真的如我所想,是这个骗局里的演员,一个可耻的内奸?

如果是的话,那么这份报告会不会也是骗局的一部分?

第 九 章
再入困境

我小心翼翼地翻开封面,在存放了二十多年后,这份实验报告的纸质已经水分尽失,松脆到稍一用力就会碎成渣。

打开封面后的第一页,是类似医院病例那样的版式,铅印好的边框跟栏目名称,里面由人手写上内容。看来这样的实验报告,当时是统一印刷好,下发给联合登山队的队员,由他们填写后再汇总上交的。

那么,眼前这份船原正夫填写的报告,为什么没有上交,又是被谁藏在这个小木屋里的?

我从电影里学来的那一点日文,明显不够支撑看懂这一份报告,不过我们有翻译官小明。

在我们眼前的这份打开的报告,确实和平时见到的病例差不多,左页跟右页都是方框,里面用手写着日文。

小明用手指着第一页里的内容,一项一项地解释给我们听:"你们看,这里是日期,十月一日,月曜日,也就是星期一。下面是海拔、温度、天气等数据。这里呢,咦这是什么呀,kGs,kOe,特斯拉……"

我皱着眉头,"特斯拉,是计算磁场的单位吧?"

小明很明显是个文科生,"应该是吧,完全不懂呢。好的,接下来这个是爱克斯射线、伽马射线、硬贝塔射线……都是什么鬼?"

水哥插了句话:"这不是测核辐射当量的吗?咋这鬼地方还有核辐射?"

我跟水哥对视了一眼,看来这雪山上的门道,比我们想象的还要复杂。

左页的下面还有些看不懂的数据,我们直接略过了,接下来是右页。

出乎我们的意料,右页的内容和雪山的地理没关系,而是一个女人的个人资料。

小明继续翻译着:"被观察者,代号C,女,二十三岁,A型,身高一百六十九厘米,体重……"

小希失声道:"这不是我……"

我狐疑地问:"你什么?"

小希掩饰住吃惊的表情摆摆手,"没什么,小明姐继续。"

我心里本来就有种不妙的感觉,看小希的反应,更是证实了自己的想法。这上面所记载的"被观察者",血型什么的我不清楚,但是外部的身体资料跟小希是一模一样的。

除了年龄这一点,小希说过她是二十七岁,比这个代号C的"被观察者"大了四岁。不过,其实从小希的面容上看,说她是二十三岁的女大学生,也完全没有问题。

而从写报告的一九九〇年到现在,刚好也过去了二十三年。如果这个代号C还活着,那么今年应该是四十六岁。

小明继续翻译着文本:"这里记录的是代号C的详细身体状况,血压、心率、脉搏,每半个小时记录一次……这里是激素水平,这六组英文简写是什么,有谁懂吗?FSH、LH、E2、P、T、ERL。咦,这里记录的是生理期吗……"她手里指着其中一行日文念道:"代号C的被观察者,至今为止已有半年未见子宫内膜脱落……至此,实验非常成功……"

我作为妇女之友,知道所谓"子宫内膜脱落"就是来大姨妈的意思,卵子排出后会在子宫中待一段时间,其中部分时间受孕概率很高,也就是通常所说的危险期。当没有精子与之结合,子宫内膜会脱落,卵子也会随之排出,伴随一定量的血液,也就是大姨妈……而大姨妈前后的日子,受孕概率很低,就是皆大欢喜的安全期。

在这份报告里,为什么会记载代号C的被观察者,半年没来大姨妈,然后称之为"实验非常成功"?按照通常的理解,半年没来,那只能是怀孕了,难道他们当年所从事的实验,是如何在高海拔低温环境下受孕?

我深深地吸了口气,抬起头来时,却迎上了小希的目光。

突然之间,我想到了她在客栈阳台上,跟我说的那个ICU里的春梦,以及她所说的那个秘密——自从那场春梦以后,她已经有四年没来大姨妈了。

当时在客栈的阳台上,我或多或少觉得她是在开玩笑,绝经什么的,对应我自己说的已经结扎。如今从这份二十年前的报告上,我不但相信了小希所说的是真的,还确认了另外一点——小希会来到这座雪山上,必定不是偶然的。

从一开始,小希就是"他"或者"他们"的目的。从一开始那张任青平和光头中年男子的合照,她就走上了一条被引导的道路,虽然不知道引导她的那一方到底是"他"——死而复生的任青平,还是"他们"——演员背后的那个日本大财团。

而至于我和水哥则是无辜躺枪的群众,本来根本没我们的事,是我在发布征驴友一起来雨崩的那条朋友圈之后,命运巧合,这才和小希的被引导的旅途,和雪山,和实验,和这一场庞大而复杂的骗局发生了联系。

到了这个时候,我的心里对于小希要来雨崩所找的那个人——任青平,或者说仁青措身份的猜想已经呼之欲出了。

任青平,是一九九〇年那支登山队的幸存者。

只不过,按照小希的说法,任青平和他年纪差不多。而即使他登山的一九九〇年是十八岁,事隔二十多年,也已经是四十岁出头。难道说他是和林志颖一样的逆生长美男子?还是说,里面有什么秘密?

我的目光不由得落在了桌上的这份实验报告上。

莫非,任青平在四十多岁的高龄,仍能成功扮演一个大学生,是因为这一个在雪山上进行的诡异实验?

这时候,小明读完了第一页的内容,开始翻到第二页。

这一页的版式和上一页是一模一样的,再结合封面上写的"10.01—10.31",这份报告应该是记载二十三年前,跟我们现在一样的十月里,一个月三十一天的雪山和"被观察者"的数据。

果然,小明接下去念道:"十月二日,火曜日,星期二。咦?第二页跟上一页是一样的呢,都是这些数据,看不懂,这是什么鬼实验报告呀……"

她这么说着,果然没耐心再翻译下去,噼里啪啦就往下翻。看来我猜得没错,每一页都是一样的内容,左页记录了当天的雪山的各种信息,右页是"被观察者"的身体数据。

但当小明翻到最后一页,也就是十月三十一号那一天,出现的东西却一下抓住了我们的眼光。

看到这幅东西,水哥也忘了要拦住那几个日本人,所有人都凑了过来,盯着这一页的内容。

慎吾说了一句日语:"八卡纳。"

这句话我听得懂,意思是"不可能"。

这一页让他觉得不可能的东西是一幅画,或者更确切地说,是一幅涂鸦。

我跟小希对视了一眼,我们两个心里"不可能"的感觉,应该比慎吾还要深,还要真切。

在进雨崩村的山路上,任青平的那个"合照"地点,我们看见整座太子雪山变成了血红色,洪水滔天的猩红鲜血铺天盖地向我们袭来。

　　这幅涂鸦也同样是血红色的——太子雪山的几座高峰，倒立着挂在天上。雪山之下，是一片血海，以及被血海淹没的树林和村庄。

　　棉帽男的观察力明显弱于常人，傻乎乎地问："这是什么？钟乳石？"

　　这个涂鸦所画的，确实有点像血红色的钟乳石，不过从每座山峰的形状、高矮对比，很容易看出，作者所画的其实是倒挂着的太子雪山的几座高峰，中间最宏伟、最有压迫感的，就是我们所在的主峰——卡瓦格博。

　　这幅画占据了十月三十一号的左右两页，尺寸很大，笔触幼稚，能看出作者——我们推测为船原正夫——没有什么美术根底。但是，画所表达的意向却是非常恐怖阴森，仿佛直达人的心底，让人有一种生理上的不适感。饶是见多识广的水哥，也被这幅涂鸦唬住了，"这画的啥，真瘆人。"

　　小希迷惑地说："难道重力反转的最终结果，是整座雪山都反转到了天上？"

　　小明害怕地抓着水哥的手臂，"那我们就会掉下来全部摔死了吧？人家好怕怕……"

　　水哥摸着她的手背安慰道："别怕，这哥们儿，不，这大叔是在雪山上待疯了吧，这明显带着精神病的倾向啊。"

　　多吉也在一边愤愤地道："多吉也觉得，一定是精神病！敢把至高无上的卡瓦格博倒立过来，还画成了血红色！"

　　我拍拍他的肩膀，"多吉，慢点生气。你们当地的传说里面，有没有相关的神话，比如山神被怎么样激怒，最后就会变成一座血山？"

　　多吉不解地问："雪山？亲，我们一直在雪山上啊。"

　　我指着那幅涂鸦，"我说的是鲜血的血，血山。"

　　我把桌上的报告上下反转过来，这样"血山"就回到了正常位置。看着图里几座血山的排列、大小，确实跟印象中雨崩仰望太子雪山时是一样的。而那些血海里的村庄，就变成了天上倒挂的血色云彩里的一些奇怪异象。

我心里一紧，刚才只是隐隐感觉，现在这么一放，眼前的图画竟然和我在进村山道上看见的景象是一模一样的。

我转过头去看着小希，她双眉紧蹙，盯着那涂鸦一动不动，看来内心的感觉应该跟我差不多。

刚才趁着混乱，我偷偷把陶瓷刀用魔术头巾包好，放到了冲锋衣的口袋里。我隔着衣服捏着这把手术刀，再看看眼前的实验报告。

很明显，一九九〇年的这支中日联合登山队，身上背负的任务，并不是要登上卡瓦格博的顶峰，最起码不只是登上卡瓦格博的顶峰。他们不知道出于什么原因，在高海拔、低气温的雪山上，实施了一个奇怪的实验。

这个实验的观察对象，起码有一个是女的，而且所关注的目标，看起来和女性的生育有关。我再次捏了捏衣服里的手术刀，偷偷瞥了眼小希的腹部，脑子里莫名其妙响起了手术刀划开皮肤，那一阵轻微的刺啦声。

一只大手拍到了那红色的血山上，我抬头一看，是水哥。他沉声道："阿鬼，先别研究这个了。一本二十几年前的破实验报告，对我们要怎么下山不会有帮助。"又抬起头来环顾四周，"大家还是想想，该怎么从这该死的雪山上下去吧。"

多吉瞪大眼睛看着水哥，对"该死的雪山"这种说法，看来是敢怒而不敢言。

小明突然想起什么似的，对慎吾说了句日文，我隐约听到了"Satellite phone"卫星电话的滑稽日语发音。

慎吾站起身来，走到墙边的登山包旁，又像钻进去一样翻了很久，然后拿出一个黑漆漆的东西。

果然，小明说的就是这个——卫星电话。

慎吾坐回到桌前，把卫星电话举了起来。这玩意儿的造型就像是二十一世纪初流行的直板手机，但是尺寸要大一倍，在机身旁边，还有一根比机身小不了多少的巨型电线。卫星电话，顾名思义，和普通手机的不同之处就是它不需要运营商的基站，而是依靠卫星进行通讯。

水哥拍了一下桌面，"嗨，你有这东西，早拿出来啊。"

我也催促道："就是，快打电话。"

慎吾把手指放在键盘上，"打给谁"

我和水哥一下语塞——对啊，打给谁？

雨崩村本来就与世隔绝，我们现在更是被风雪困在卡瓦格博的一间隐蔽的木屋里，应该打给谁来求救？

我们的向导给了个建议："我们打给景区警务站吧，电话是8416……"

慎吾摆弄了一下卫星电话，把那根巨型天线支了起来，先在前面加拨了国际代码跟区号，然后按下多吉所说的电话。

他把手机拿到耳朵旁边，那根巨型天线支棱在他长长的马脸上，感觉倒是颇为和谐。过了一会儿，慎吾看到所有人的视线都盯着他，索性开了免提，把卫星电话放到桌面上。

"嘟嘟……嘟嘟……"

没有人接听。

棉帽男嘟囔道："怎么没人接啊？"

多吉先是瞪着电话，然后又瞪着慎吾，"不对啊，应该有警察值班的，是不是你打错了？"

看来，他无论如何都不会相信这个日本人。

慎吾毫不客气地回瞪多吉，"没有打错！"

我怕他们又打起来，圆场道："多吉，我刚才看了，他没有按错号码。"

事实确实如此，慎吾刚才按下的就是多吉所说的警务站电话。

小希也安抚多吉,"山上这么大雪,山下肯定也下雪了吧?警察回去休息了,或者在警务站里睡着了,都有可能。"

小明紧张地说:"警察叔叔都不接电话,那怎么办?"

水哥建议道:"打村里的电话吧,问问他们山下的情况,让他们明天组织救援。"

我抬腕想要看时间,这才想起登山表已经"失踪"了,于是问水哥现在几点。

水哥看了一眼他结实耐操的卡西欧,"十一点半。"

小希轻轻敲着桌子,"这么晚了,山下还有谁没睡呢?"

确实,根据我们昨晚住雨崩的经验,到了十点多,大家都跑去睡觉了。而且雨崩村里的手机信号非常差,找座机打会比较靠谱。

小明突然提议道:"打给梅朵吧,她应该会接电话。"

我回忆了一下,梅朵确实睡得挺晚的,而且睡觉的房间就在客栈"前台"后面,所以打前台座机的话,她应该能接到。

我们一致同意了小明的提议,之前是水哥联系订房的,所以他还记着前台电话,拿过卫星电话就打了起来。然后,他也把电话调成免提,放在了桌子上。

在众目睽睽之下,电话响了五六下,在我开始以为没人接的时候,终于被接了起来。

梅朵明显是在梦里被吵醒了,声音黏糊糊的,像睁不开的上下眼皮。

"你好?"

小明兴奋地喊:"梅朵,是我们呀!"

梅朵那边没反应过来,"不好意思,你是?"

水哥朝着电话报了姓名,"老板娘,是我,霍金水,水哥。"

梅朵哦了一下,声音马上清醒了,"水哥,这么晚了,咋啦?出啥事了?"

我赶紧切入正题:"梅朵,山下下雪了吗?"

电话那边传来充满疑惑的声音:"下雪?你是说下雪?才十月怎么会下雪?村里天气可好呢,大晴天啊今天。"

我们几个人面面相觑,山上下这么大的雪,山下竟然出太阳?我们所处的位置,离客栈所在的上雨崩直线距离不超过二十公里,难道这场来势汹汹的暴风雪,影响范围只有那么小?

梅朵听我们没说话,连声追问道:"怎么了?你们今天是去神湖吧?出事了?没人受伤吧?多吉呢,多吉在哪儿?"

我们的向导听到梅朵在关心他,开心地朝电话里喊了一句:"梅朵,多吉没事。"

梅朵的意思却不是这个,"多吉,我知道你没事,你的命比雪山上的石头还硬。你带了我的客人上山,要给我全部平平安安带下来,不然有你好看。"

她想起了什么似的,语气又紧张起来:"我没听见小希的声音啊,不会是她出事了吧?"

小希赶紧回答说:"梅朵姐你放心,我没事。我们在卡瓦格博,神湖旁边。我们遇上了一场大暴雪,现在越下越大了。梅朵姐,你们山下真的没下雪吗?"

梅朵那边啊了一声,"山上下雪了?不会吧?我怎么不知道,什么时候开始下的?"

我算了一下时间,"两三个小时前,八点多开始下的。"

梅朵疑惑地说:"我今晚睡得早,十点多就上床了,那时候是没下雪的。你们等等啊我看看窗外……"

电话里传来推开窗户的声音,几秒之后梅朵回来说:"没有啊,山下还是晴朗得很,天上星星都看得很清楚。"

水哥皱着眉头,"梅朵,你帮我们看看卡瓦格博山上,神湖这个方向,能看到下雪吗?"

梅朵答应道:"窗户这边看不见,我到二楼阳台上看看,你们别挂啊，等我。"

然后就是砰砰砰的爬楼梯声。

我们几个人又交换了一下眼神，最早说话的是多吉："山下晴天，山上下大雪！这一点是山神对我们的警告，是因为你们这些人上山，山神才发怒了！"

说完这个，多吉愤怒地盯着慎吾，而慎吾毫不示弱地瞪了回去，"小范围的，暴雪、暴风雪，雪山上是完全可能的，雪山气候复杂，气候学研究，说的。"

说完之后，他还小声嘀咕了一句："迷信，愚蠢。"

这句话彻底激怒了多吉，他所信仰的宗教被本来就讨厌的人说成是迷信，这种愤怒完全可以理解。

坐在他身边的棉帽男，赶紧按住了他的肩膀，不让他站起身来，"先别争了，山神也好科学也好，谁能把我们带下山，才是真的厉害。"

水哥也拍了下桌子，"行了，你们都消停点，要打下山再去打，我们保证不拉架。"

多吉怒气冲冲地坐了回去，还想说什么，卫星电话里传来梅朵的声音，"喂喂喂，你们还在吗？"

小明赶紧回答："梅朵我们在，怎么啦，你看见什么了？"

梅朵气喘吁吁地说："天黑了，我也看得不是很清楚，但是山的那一边，是被一团黑漆漆的云还是雾笼罩住了，看不见雪山的反光。"

我皱着眉头，笼罩着雪山的云？果然和慎吾说的一样，是一场小范围的暴风雪吗？

梅朵的声音稍微平复了一点，"你们遇到的雪有多大？我下午听说昨天上去神湖的几个人，到现在也没下山，你们遇见他们了吗？"

棉帽男冲着电话猛点头，"遇见了，遇见了，我们在一起啊，打电话也是用的慎吾君的卫星电话。"

棉帽男说得没头没脑的，普通话又不标准，我怕梅朵听不懂，就

解释道:"遇见他们了,他们是四个人,但是走丢了一个。所以我们两边现在一共是八个人,五男三女,都在神湖旁边的一个小屋里窝着。"

梅朵长长地吐了一口气,"神湖那边还有小木屋?没听说过啊。不过你们有地方待就好了,听你们讲雪挺大的,我还怕把你们给冻坏了呢。那这样,你们把详细地址说一下,还有卫星电话的号码,我等下马上通知村里,组织些登山经验丰富的当地人还有游客,明天上山去接你们。"

没想到这个客栈的义工姐姐这么靠谱,我心里大为庆幸,看来小明提议打的这通电话真的打对了。

水哥拿起电话,把小木屋的方位详细描述给梅朵听,然后由多吉跟梅朵商量,明天应该怎么会面接应。挂了电话之后,多吉转述给我们,计划是这样的:进山的救援队往上走,我们这八个人往下走,下午两点钟,在森林里那根必经的木头处会合。

如果雪下得太大,两点钟我们没有出现在那根木头处,救援队就会继续朝山上走,向着小木屋的方位,直到遇见我们为止。那都是经验丰富的向导和半专业登山人士,护送我们这群人下山,完全没有问题。

也就是说,只要能和救援队会师,我们就安全了。

这个形势一明朗,大家的心情就好了起来。虽然小木屋外面还是风雪咆哮,但是在我的心里,已经想起了回到雨崩村里,甚至是回到南山之后,要怎么来大吃大喝,庆祝这一次有惊无险的旅程。

我们都忘记了一个问题,慎吾没有忘记,他突然提了出来:"可是,小野君怎么办,我要把他带下山。"

水哥忍不住说:"得了吧,你是没看见外面这雪吗?你那哥们儿,说句不好听的,现在都成冰棍了吧。"

慎吾面色阴沉地点了下头,一字一句地说:"没有找到小野君,我是不会下山的。我承诺过,一定,带他下山。"

我听得有点烦了,友谊啊诺言啊什么的,都是世界上美好的东西,可是你也要看情况啊,这种恶劣的天气条件,还说要去找失踪的伙伴,不是找死是什么?

想到这里,我回了一句:"你爱找找去,找不到要一辈子留这山上都行,我们不奉陪。"

慎吾又转过头来看着我,"不用你,奉陪,我一定要带小野君,下山。"

作为翻译官兼中日友好大使的小明赶紧出来圆场,"好了,大家不要吵了嘛,明天我们看看情况再说,说不定明早雪就停了呢?小野君如果也能找到山洞啊木屋啊什么的藏起来,也不一定会出事的对吧?能找到他当然更完美呢……"

她又抱着水哥左臂摇,"水哥你说句话嘛,是不是嘛?"

水哥也是个吃软不吃硬的傻帽,在小明的左右夹击之下,马上就投降了,"你说得也有道理,明天再看吧,现在……"

他看了一眼手表,"已经十二点了,我们该睡觉了,明天下午两点要到那块木头那儿,正常来说三个小时能到,但是现在雪那么大,估计得要……"

水哥看了一眼我们的向导,多吉想了一下,一脸虔诚地说:"亲们别担心,山神告诉多吉,半夜雪一定会停的。不过看现在的样子,光积雪也够大家对付了,所以明天起码要五个小时,不对,最好做好步行六个小时的准备。"

小希点点头,"就是说明早八点就要出发,七点多就得起床,所以大家真的要赶紧休息了。"

虽然双方对明早是直接下山,还是找到失踪的小野再下山存在分歧,但是要早点睡觉,养足精神,这个意见是一致的。

水哥提议,大家拿好睡袋,把木桌移到门口,再加上几个登山包顺便挡着门,小木屋中间的位置空出来睡觉。八个人排成两排,大家头对着头,脚朝外,这样万一有什么野兽或者奇怪的东西闯了进来,也方便防卫。

于是大家纷纷起身,各自去拿睡袋。按照水哥的安排,慎吾、美子、棉帽男、多吉为一排,我、小希、小明、水哥为一排,头顶着头,安排好位置睡觉。

那盏汽油灯的燃料,也耗费得差不多了,等大家都钻进了睡袋,慎吾走过去摘下灯关掉。木屋里先是陷入了无边的黑暗,然后,借着从窗户投射进来的微弱光线,慢慢显得亮了起来。

我头顶对着多吉,右边躺着小希。我在睡袋里转过头去,打算和小希说几句悄悄话,问一下她对于找任青平这件事的打算。谁知道,她却双眼紧闭,像是已经睡着了一般。

想想也是正常,虽然她身体很好,但毕竟是女孩子,今天这么一通折腾,累得马上睡着了也并不奇怪。

头顶上方传来多吉低低的声音,是听不懂的当地语,但是词句重复,分节也类似,很明显是在念经。在他的念经声加持下,困意一阵阵袭来,不一会儿,我也睡了过去。

不知道是不是高原空气稀薄,晚上睡眠质量不好,所以特别容易做梦。以前在家的时候,我是没什么梦的,或者是醒来之后忘了。

像这样连续两晚做梦,细节都清清楚楚,最重要的是两晚的梦是连在一起的——这样的体验,对我来讲真是第一次。

总之,我又到了雪山顶。

在梦里我也知道自己是躺在小木屋的地板上,但另一个我又站在了昨晚梦里的那个山巅。

昨晚的梦我还记忆犹新,在那个梦里我的视角是任青平,但是我的身体,不,尸体本身,是冰封在雪地下的。

这一次,我警惕地看了看自己的手脚,没错,这个身体是我自己,再看一看周围的雪地,一片白皑皑的,并没有昨晚梦里的那个尸坑,也没有血流成河的场景。

"嗨。"

小希从背后走了过来，跟我并肩站立。我转头去看她的脸，她表情轻松，眼睛里洋溢着喜悦。

"小希，我们这是在哪儿？"

小希却没有回答我的问题，取而代之的是一句没头没脑的话："我马上要见到他了。"

我皱着眉头问："见到谁？任青平？"

小希依然满带笑意，"我马上就要见到他了。"

我挠头环顾四周，没有任青平。我们并肩站立的这个地方，跟云彩接壤，似乎是全世界的顶端，也并未看见有人从低处攀爬而来。

我想到了一个问题，忙问："小希，怎么只有我们两个？他们呢？"

小希终于转过头来，依然面带笑意，"他们？"

我点点头，"水哥、小明、多吉、棉帽男，还有那两个日本人，他们呢，下山了吗？"

小希更爽朗地笑了，摇摇头，突然手指着天空，"他们在上面呀。"

我骇然大惊，抬头看去，半空中赫然悬浮着一座金光闪闪的红色庙宇，庙宇上方，一座倒挂的红色雪山正在慢慢往下压。

空中传来几阵凄厉的哭喊，从那红色的雪山上，掉下几个浑身鲜血的人。他们下坠的速度如此之快，我却能清晰地分辨每一张脸——水哥、小明，还有多吉……

他们浑身赤裸，但是皮肤上都覆盖着鲜血，像是刚从母亲的子宫里掉下来一般。

"救我！救我！"

当我意识到这一声惊呼是从自己嗓子眼喊出来的时候，同时也发现自己醒了过来。

透过小木屋唯一的窗户，一道淡淡的晨光照了进来，外面的雪，好像停了。

我眼睁睁地看着天花板,深呼吸了几下,感觉自己正要平静下来,突然,梦中那张笑脸从右上方探了过来。

"梦见什么了?有人要杀你吗?"

我又吓了一跳,"什么杀……杀我,你别吓我。"

小希的心情似乎很好,"开个玩笑,那么紧张干吗?"

我侧过头去,发现她已经跪在地板上,开始收拾睡袋。在清晨的晨光里,能看见她脸上喜悦的笑容。

她转过头来,对上了我的视线,从她的眼睛里,我看见了比晨光更耀眼的光芒。

我揉了揉眼睛坐起身来。木屋里躺着的人都还没醒,尘埃的颗粒在窗户透进来的光柱间舞动,安静得像另一个梦境。

我挠着头问小希:"外面雪停了?"

小希嗯了一声,声音里充满切实的喜悦,"停了。"

我伸了个懒腰,"昨晚睡得不错吧,今天心情很好嘛。"

小希嘻嘻笑道:"被你看出来了,是挺不错呢。要不要知道是为什么?"

听她这么说,心情好应该不是因为雪停了能下山这么简单,我疑惑地看了她一眼,"好啊。"

小希看了一眼屋子里,明明大家都还没醒,但还是神秘兮兮地凑到我耳朵旁边,"阿鬼啊,我告诉你,我心情好是因为——我马上就要见到他了。"

我吓了一跳,身体止不住向后退,跟小希拉开距离,看着她的脸,脸上是跟梦里一样的如痴如呆的表情。

我身上的鸡皮疙瘩都起来了,梦里在雪山顶听见的话,竟然在现实里又被重复了一遍。

我张口结舌地说:"你怎么知道会见到他,是谁……谁告诉你的?是他?还是你的子宫?"

小希充满喜悦地看向窗外,"不,是卡瓦格博。"

"亲,你们在说什么呢……"

一只手搭到了我肩膀上,不用回头都知道是多吉。

"哇,雪果然停啦!顶礼至尊金刚不生不灭卡瓦格博……唵嘛呢呗咪吽……"

在多吉念咒的时候,其他人也纷纷醒来了,看着窗外的雪停了,不由得都欢呼了起来。

小明开心地说:"雪停了,能下山啦!"

水哥保持着适度的冷静,"雪是停了,不过昨晚下得那么大,积雪也够呛的。"

慎吾打开窗户,把头探到窗外,"云,看,说不好……"

多吉不开心地喊道:"卡瓦格博告诉多吉,雪停了,不会再下了!"

"你们别吵了。"水哥看了一眼手表,"七点半了,大家赶紧收拾一下,趁现在雪停了,我们下山。"

于是大家都动了起来,收拾行李,从木柜里拿食物,顿时人满屋子地走来走去,一片纷乱,一不小心就会撞上。

昨晚的那份实验报告被水哥收到了他的登山袋里,慎吾虽然不太愿意,但是被美子和棉帽男劝住了。看他这么想要的样子,这一份报告应该挺重要的。下山之后水哥如果不想便宜了他,卖个十万八万都不成问题。

至于他之前捡到的那把红色陶瓷刀,也被我偷偷塞到了登山袋里。可能是在这座神秘莫测的雪山待了太久,我也开始有了神经兮兮的预感,觉得这把刀是比实验报告更重要的物品,而且还觉得这把刀会派上用场。

小明把最后一个登山包从顶住门的木桌旁边拿走时,突然之间,哗啦一声,小木屋的门被推开了。

我吓了一跳,难道是失踪的小野回来了?或者是小希说他要见到

的任青平?

结果只是我的一场虚惊,因为推开门的是昨晚堆了及膝高的积雪。

不对,这不是虚惊一场。如果正经地分析,这么高的积雪,可比小野或者任青平要吓人多了。

水哥已经骂了出来,"这该怎么下山啊!"

小木屋外,积雪深得让人寸步难行,但是要从雪山上下去,总得朝外走。

水哥想了一下,让我们把冲锋裤的裤腿拉出来盖住登山靴的靴筒,再用他随身携带的一卷胶纸,把裤腿密封贴好,这样就可以防止积雪掉进靴里。

然后,由他领头,我们列成一队,开始出发。队伍里除了领头的水哥,每个人都踩在前一个人的脚印上,这样积雪越踩越实,越是在队伍后面的人,走起来就越省力。

我们在水哥的带领下,绕过掩盖着小木屋的山体,朝着神湖的另一边,也就是昨天扎营的地方走去。

昨天来的时候,这里还是一片绿色的草甸,现在举目远望,却只能看见皑皑的白雪。昨晚跟梅朵通电话时,从她的角度看,卡瓦格博上有一小片地方被云所笼罩,但对于我们身处其中的人来讲,这"一小片地方",却是广阔得难以穿越的一大片雪地。

队伍的最中间是三名女性,我跟在小希后面,身后是收尾的慎吾。昨天晚上,他口口声声说要找到小野再下山,但是早上一开门,看见这深得及膝的积雪,固执如他也知道小野君凶多吉少,不要说找到活人,就算是他的遗体,也只怕是被积雪覆盖在不知名的地方了。

所以,在美子跟棉帽男的劝说下,他也就顺坡下驴,答应跟我们先下山再做打算。毕竟他们再怎么顽固,说到底也是人类,毫无意义地搭上条命,是违反人类求生本能的。

跟放弃了找小野的慎吾相反,走在我前面的小希,仍然没有放弃寻找任青平。而且不管是在我昨晚的梦里,还是在现实中,她都信心百倍、心情愉快,坚持说"很快就可以见到他了"。

我看着小希的背影,她脚步轻快,戴着耳机一边听歌一边轻声哼着,似乎这莽莽的雪原和逼人的寒冷,对她并不构成困扰。

我在她身后亦步亦趋地走着,先抬头看天,满天的乌云在交头接耳,似乎正酝酿着一个大阴谋,准备放晴当然是有可能的,但看这些云的尿性,更像要再来一场暴风雪。

昨天上山的时候,可以清晰地看到对面山上的风景,甚至是几十公里外的飞来寺,但今天我们却被一片雾气笼罩着,别说山对面了,从我这个角度看去,队伍最前面的水哥都有点模糊。

我再看看路过的神湖,虽然昨晚下了一整晚雪,但因为水的比热容大,所以掉进湖里的雪都融化了,沉进湖底,整个湖面并没有结冰。这也从侧面说明,周围环境的温度,并没有在零度以下,而应该是四五摄氏度。

当然了,四五摄氏度的低温,也不是我们身上这些秋天的登山装备所能抵御得了的。所以我们一边走着,一边止不住地发抖,裸露在体外的皮肤,更是冷得快要失去知觉。如果在这片雪地上走太久,分分钟我们就被冻死了。

昨晚在风雪中,我们花了半个小时从露营地走到了小木屋,没想到现在风雪停了,但积雪却更消磨时间,我们整整花了一个小时,才回到原来的露营地——或者说,是我们认为的露营地。

因为一场大雪,帐篷都被压塌埋进了雪里,根本看不到任何踪迹。附近的地貌也被大雪老老实实地掩盖住,我们只能凭着跟神湖的相对位置,勉强判断身处的地方,是昨晚本来打算过夜的地方。

我们在雪地里围成一圈坐下,喝水、吃东西、恢复体力,然后再次上路。我们必须尽最快的速度下山,早点跟救援队碰面,不然的话到了天黑之后,山路根本没法走,只能停下来过夜。而我们这一队人

马没有帐篷,更不可能找到昨晚的小木屋,即使走出了这片雪地,在原始森林里露天睡觉,也绝对不是什么美妙的主意。

这一次,换慎吾在最前面带路,多吉紧随其后监督,我走在小希前面,接着是美子、小明,水哥殿后。

我们加快脚步,穿过垭口,来到了那平坦的草甸。随着我们朝外走,我感觉到积雪开始变薄,本来是及膝那么深,现在只到我的靴筒了。这说明,我们快要走出梅朵所说的"一小块"暴风雪区域,再往外走,我们或许就可以踏上没有雪的草地,愉快地下山了。

由于看到了希望的曙光,我们越走越快,终于走到上山时的那条坡度很大、路面很窄的小路上。这是一个T字形的路口,我们正面对着一片悬崖,左边顺着这条小路往下,就是我们来时的路,右边往上则是挡路的一堆石块,旁边立着一块木牌,上面用醒目的红色油漆写着各个国家、各种民族的语言,表达的都是同一个意思:严禁向上攀爬。

说不好,这里就是当年的登山队试图登顶的路线。

不过,我心里却有一种奇怪的感觉,从这条路上山的时候,似乎并没有看见过这块木牌。

我回过头去,一边走着,一边问跟在身后的小希:"小希,这条路是不是我们来时的路啊?"

小希脸上还是挂着那种喜悦的笑容,看见我跟她说话,摘下耳机问:"哈,你说什么?"

我正想把刚才的话重复一遍,突然之间,砰的一声撞到了前面的东西。

是棉帽男的背。

前面的人突然刹车,导致埋头赶路的所有人,都追尾到了一起,小希差一点就亲到我的脸上。

队伍最后面传来水哥的叫嚷:"干吗,前面干吗?"

而队伍的最前面,却传来慎吾颤抖的声音:"八卡纳……"

我心里一紧，不可能？什么不可能？

刚才我说过，队伍现在所处的位置，是小路旁一块突出的山崖，慎吾就在山崖最外部的位置。如果我们后面的人更用力点，刚才就直接把他撞飞，掉到山下面去了。

这个时候，我们队伍后的这几个人也从两旁散开，走到慎吾左右两边，呈一个扇形，在离山崖边缘两三米的地方站着。

慎吾伸出手来，指向山崖对面几十米处，另一块突起的崖顶。那上面长满了苍翠的松树，松树顶上覆盖着昨晚的白雪，在白雪上面，却有一个红色的物体。

我眯着眼睛，努力辨别那个物体，心里不由得一惊——好像是个人，呈倒V字形，挂在松树顶端。

慎吾用日语大声喊了几句，像是在呼唤那个人，我听见身旁小明的翻译："小野君，他说的是小野君。"

我吞了一口口水，怎么可能？

那一块崖顶只有几十平方米宽，突兀地立在半空，松树的种子可以从空中飘过去，然后落地生根，但一个人从任何地方都没有办法攀爬到那里去，除非是从直升机上爬下去。但是，那个同样穿着红色冲锋衣的小野，就这样毫无道理地出现在崖顶，而且还爬上了高高的松树顶端，挂在那里一动不动。

这到底是怎么做到的？

水哥掏出了他的望远镜，朝那边看去，"这哥们儿是怎么回事？"

我一把抢过望远镜，架在眼睛前，仔细望向那里。

那是一个中等身材的男人，穿着红色的冲锋衣，腹部挂在松树顶端，上肢跟下肢自然下垂，头部也是朝下倒挂着，脑勺向着我们，因此看不清他的脸，在他身上也薄薄地积着一层雪。

慢着，他好像不光是挂在松树上，而是被尖锐的松树顶端刺穿了腹部，像个烤串一般被串在那里。

确实,再认真看,原本以为在他身后的那颗松树顶尖,实际上应该是从他的背部直接戳出来的,仔细看松树的顶端,有一处红色的血一样的痕迹。

我想象着自己腹部被洞穿的感觉,肠胃不由得一阵难受。这个死法也太血腥,太暴力了。

要这样被刺穿腹部,挂在松树上,除非是从更高的地方坠落,以很大的加速度撞上去。但是,在这崖顶的上方,根本没有一个能这样往下跳的地点。

刚才慎吾叫出了小野君的名字,想必是从他的穿着或者外貌特征,认出了是同伴。这位船原小野君,重蹈了父亲悲剧的命运,死在了卡瓦格博上,但是他的死状更离奇——他到底是怎么做到的?

小希在我身边说:"我看一下。"

我刚想把望远镜给她,突然之间,镜片里船原小野的尸体,动了一下。

尸变了?

我吓得心里一抖,但在好奇心驱使下,还是拿着望远镜,仔细观察着小野的"尸体"。

只见小野原本下垂的上半身,慢慢抬了起来,脖子也以一个诡异的角度抬起。这样,刚才背对着我们的脸部,现在就清晰可见了。

那是一张毫无血色的脸,比周围的雪还要苍白,像是流干了身上的每一滴血。

这个本该失血过多、死得透透的人,却竟然有力气仰着身体,面朝我们,并且——突然睁开了眼睛。

他抬起右手,笔直地对着阴沉沉的天空,喊了一句不知所云的话。

喊完,他哇地吐出一大口血,身体像断了线的木偶,砰一声又垂了下去。

耳边传来慎吾撕心裂肺的喊叫,想来虽然没有望远镜,他们看得不如我清晰，但是小野刚才"复活"了又重新死掉的景象，也是被他们看在眼里。

水哥赶紧捂住慎吾的嘴，不让他大喊大叫。昨晚这一场雪，也覆盖在了我们身边的山坡上，而且非常蓬松；如果慎吾再这样大叫下去，引起了雪崩，那我们所有人就要给小野陪葬了。

小希一把抢过我的望远镜。我虽然心里大概猜到了，但还是向翻译官小明求证："他刚才喊的那句话，是什么意思？"

小明一脸夸张得不可思议的表情，说出了我心里推断的答案："他说，向上走。"

虽然昨晚在小木屋里，我已经做过假设，这群日本人是在演戏，而小明是他们派来的内奸，所有的一切都是个骗局，目的就是为了要引我们向山上走。

如今，小明像我预期的那样说出了"向上走"这句台词，但是眼前小野诡异的死法，却又让我怀疑起自己的推断了。

什么样的骗局，值得搭上一条人命？

"天！又下雪了！"

耳边传来多吉不敢置信的声音，我伸出手来，果然黑色的登山手套上，不一会儿就落下了几点白色。

再抬头朝天上看去，刚才还在交头接耳的乌云，现在已经开动全部马力，向我们洒下白色的雪花。就好像诈尸的小野那一声喊叫，以及指向天上的右手，戳破了乌云们的阴谋，所以现在要提前实施了。

水哥松开捂着慎吾嘴巴的手，脸色一变，"赶紧下山。"

慎吾似乎还有不同意见，小声嚷着什么，不用翻译也知道他是要帮小野君收尸。

可是，在现在的情况下，这根本就是痴人说梦。别说雪又重新开始下了，就算是风和日丽的好天气，要去到对面的崖顶，爬上十米高的松树，把小野的尸体取下来，然后再带过来——根本是个不可能的任务。

雪越下越大，风也开始吹了起来，水哥骂了一声："中国人都跟我一起下山，不管他们了。"

我、小希、多吉都同意水哥的意见，小明虽然有些犹豫，但也被水哥拽着，转头往下山的路上走。

妹子和棉帽男看我们掉头就走，知道再待下去小命不保，也赶紧去劝慎吾，连哄带拉地拖着慎吾跟在了我们后面。

水哥走在最前面，我跟在他身后，他抬腕看了下手表，"十二点，我们赶紧走，两点之前能到会合点。"

身后又传来小明质疑多吉的声音："多吉，你不是说不会再下雪了吗？是卡瓦格博骗了你，还是你骗了我们？"

多吉没有回答，或者是他回答的声音，被越来越大的风雪吞没了。

我一边走着，一边听他们说话，心里想的却是另外一件事情。这个我推测的"骗局"运作了那么久，诈尸的小野留下遗言，让我们要"向上走"；我们在风雪中赶路下山，可是无论那伙人，还是内奸小明，都没有提"向上走"的事。

难道说，我的推测失误了？

突然间，砰的一声，我又撞到了前面的人，这一次是水哥厚实的虎背熊腰。

风雪吹来他充满疑惑的声音："这是啥？"

刚才慎吾看到了小野挂在松树上的尸体，所以停在了山崖边上，这一次挡住水哥去路的，不会是另外一具尸体吧？

我绕过水哥，看一看眼前挡住我们的东西，还好并不是尸体，而是一堆普通的石头。

奇怪的是，无论是我们上山路过的时候，还是我刚才从上面朝下看的时候，都没有发现这堆石头。

后面的人也赶了上来，多吉嚷嚷道："奇怪了，亲，这里怎么会有块木牌？"

我朝多吉看的方向看去,那果然就是一块木牌,上面用醒目的红色油漆写着同一个意思、不同语言的字:严禁向上攀爬。

我顿时倒抽了一口冷气,心脏骤然降温,比外面的风雪还要冷。

我仔细端详着这一块木牌,没有错,就是刚才立在小路的另一边朝上去的那一块。

这是怎么回事?刚才我们站在山崖上,向左边走就是下山的路,向右转则是继续上山,那里有一堆乱石,立着一个禁止向上的木牌。

我们刚才看完小野的尸体,在大雪中虽然难辨方位,但我们凭自己的身体感觉,确实就是向左转,朝下走的。

但是,我们却被朝右、向上的路上所放置的一堆挡路的石头,挡住了去路。

也就是说,我们感觉自己是在向下走,其实却是向更高处移动——重力反转真的发生了?

我不禁想起了慎吾的那个视频,红色的保温壶向着高处滚动,如果保温壶有知觉,它可能也会以为自己正在向下滚动。

暴风雪剥夺了我们的视觉,在这崎岖的山路上,我们比没有知觉的保温壶其实高明不了多少。

小希在身边喃喃道:"要下山,向上走。"

这一句话,是任青平在微信里提到过,昨晚下雪前打来的电话里,又重新说过一遍的。当时我心里只觉得荒谬,但按照目前的情况分析,我们不但遭遇了重力反转,而且左右两边也和镜像一样,被翻转了。

既然向下走是上山,那么,正如任青平所说的,要下山,就得向上走。

水哥不停地跺脚,显得非常烦躁。

在前几天他跟我们讲的故事里,他进入了一个无限循环、逃不出来的地下车库,从那以后他不敢让人坐他右边,不敢开车,也对地下空间怀有深深的恐惧。没想到,来到了天地宽阔的雪山上,他还是遭遇了同样奇怪的事件。

难道说,就像金田一身边总会死人,李将军的设定是百分百被空手接白刃,水哥的属性里也包括了"经常进入难以离开的空间"这么一项?

水哥拍了拍向导的肩膀,"多吉,这是怎么回事啊?我们上山的时候,可没见过这块木牌。"

小明也插了一句:"我刚才问了美子,他们上山时也没经过这里。多吉,我们是不是走错路了?"

原本对这座雪山如数家珍的向导,此刻也显得非常迷惑,"亲,多吉保证,我们没有走错,上山时就是这一条路。"

他的这个答案丝毫不能解决我们的困惑,我质疑道:"可是这堆石头和木牌呢?是怎么回事?"

多吉挠着头,声音感觉快要哭出来了:"亲,多吉也不知道啊。亲,这一堆石头是前几年游客多起来之后,才放在山路上挡住,警告大家不要再往上爬的。可是,它原来是在更高的位置啊,要过了往神湖的那条路之后,再往上爬才会遇到的。多吉也搞不懂这堆石头为什么会在这里……"

小希走过去摸了一下木牌,"多吉,你别急,我知道是为什么。"

她转过身来面对着我们,"为什么会遇到这堆石头?我们以为在向山下走,其实,我们是正在上山,因为,重力反转发生了。"

我已经猜出了小希要说的是这一番话,但是多吉、小明、水哥却不明就里、面面相觑,似乎很难理解小希的理论。

"我同意小希酱的看法。"

沉默已久的慎吾,这时候突然发言了,照例由小明来帮我们翻译:"自行向高处翻滚的水壶,小木屋里的失重现象,还有刚才小野君惨死的景象,都说明了一点……雪山上无法理解的奇怪现象——重力反转是真实存在的。大家想想,小野君为什么会摔在那么高的松树上?我推测一定是发生了类似小木屋里的失重现象,小野君飘到了半空,再掉下来,才会变成这样……"

水哥最先跳出来表示无法接受，"扯淡，什么上山下山的，就这么一堆石头，就想让我们在这大雪天的，继续往山上爬？这不是送死吗？"

我同意水哥的观点，"我也觉得不靠谱，怎么可能下山反而要朝上走，这也太违反常识了。"

小希看了我一眼，"鬼叔，我们在雪山上遇见的违反常识的事情，还少吗？"

我想起了一前一后出现的两个小明，还有小木屋窗外那张惨白的脸，一时说不出话来。确实，在雪山上遇到的这些怪事，完全无法用"常识"来解释。

多吉迷迷糊糊的，可能是因为他淳朴脑子无法理解太复杂的逻辑，"亲，你们说的多吉不懂，不过不管往上走还是往下走，雪越下越大了，我们要赶紧走。"

水哥又骂了一句娘，"还叨叨什么，不赶紧下山，等着冻成冰棍啊？"

棉帽男热烈响应水哥的说法，"对对对，我们赶紧下山啦，继续朝下走就对啦。"

我看了棉帽男一眼，一直以为他是跟慎吾他们同穿一条裤子的，没想到关键时刻，他还是向着自己人。

慎吾摇了摇头，"没有搞明白之前，我们不能冲动。小野君在那种情况下，还留下遗言，让我们向上走，小野君这是在用自己的生命，给我们指出正确的方向。"

小希也点点头，再次重复了任青平的那句话："要下山，向上走。"

我注意到，棉帽男看了小希一眼，表情有点耐人寻味。

虽然把前面发生的种种怪事罗列起来，得出要向上走的这个结论，是完全合乎逻辑的。但是马克思教导我们，真理并不是一系列现象简单相加，并且，我对于这整件事是个骗局的感觉，开始变得越来越强烈。

我们的向导再次催促，"亲们，到底怎么样啊？"

一直默默站在慎吾身后，很少说话的美子，突然建议道："诸位，

要不然我们来投票吧？"

确实，在这样的情况下，一时半会儿的，谁也说服不了谁，投票倒也是个好办法，少数服从多数就好了。

我在心里快速盘算了一下，投票的话，我方的胜率有多大。慎吾、美子，还有被任青平灌了迷魂汤的小希，肯定都会投朝山上走，对方是三个人；我、水哥拉着小明、倒戈的棉帽男，多吉也应该是听我们的，我方有五个人，赢的概率更大。

我跟水哥对视了一眼，他点点头，同意了美子的提议。

慎吾却提出了不同意见："我们一共是八个人，如果刚好打平了怎么办？"

一直跟他不共戴天的多吉，这下却主动出来解决了他的问题，"亲，投票什么的多吉就不参加了，多吉反正也不懂，亲们赶紧决定好，多吉跟着你们走就行。"

虽然少了多吉这一个可以争取的革命力量，但目前的情况是四比三，还是我们的胜率大些。

慎吾在一边催促道："怎么样？大家同意用投票的方式来决定吗？"

我们纷纷表示同意，水队长宣布开始投票，"赞成往山上走的人，举手，听好了，是赞成往上走的人举手。"

慎吾跟美子同时举起了手，接着是小希，如我所料，这三个人是坚定的向上派。

棉帽男突然也举起了右手，我心里咯噔一声，大呼上当，原来这小子刚才的表态，是在演戏，骗我们同意投票？

就在我想冲上去踢他一脚的时候，棉帽男看了看左右，却又把手放下了，"对不起对不起啦，我搞错了，我要下山的，不用举手才对。"

估计他是脑子被冻糊涂了，我心里松了一口气，说道："那好，四比三，投票结束，我们向下……"

"稍微等等，我赞成慎吾的说法，向山上走。"

耳边传来小明的声音，我转头望去，小明正顶着水哥不满的眼神，"对不起，水哥，我觉得向上走才是正确的。"

我悔得肠子都青了，竟然忘记了小明这个内奸！现在的情况，就好像是在玩三国杀，内奸在关键时刻反水，形势于是就逆转了。

水哥试图去拉小明的右手，"你疯了吗？"

小明敏捷地闪开了，"水哥，别这样，我觉得慎吾说得有道理，而且你看，小希也认为应该向上走。"

小希点了点头，脸上还是那种喜悦、放松的笑容，在这严酷的冰天雪地里，显得格外诡异。

小明一把抱住水哥左边的臂膀，撒娇道："水哥，小希肯定不会害我们的啊，我感觉向上走肯定就对了。"

慎吾站出来宣布胜利，"现在是四比三，我们赢了，大家一起掉头朝上走吧。"

他看了棉帽男一眼，眼神里闪过一丝疑惑，不过，对方似乎没有看见。

我伸出手做了个暂停的姿势，"等等，我觉得这事要水队长来决定。"

说完这句话，我跟水哥对了下眼神，他点了点头，准备发作。

这个时候，小明却再次发射糖衣炮弹："水哥，你就陪人家一起向上走嘛。你看，地库里面那么可怕的地方，你都能走出来，这次也一定能带我们安全下山的。"

我不禁讽刺道："水哥可是说过了，Lolita 最后疯掉了……"

小明看了我一眼，噘嘴道："鬼叔你讨厌。"然后又继续朝水哥发嗲，"好不好嘛，就算向上走是错的，跟你在一起我就安心呢。"

水哥看了我一眼，我皱着眉头猛摇头。他又再看了小明一眼，嘬着牙花，像是下了极大的决心，"好吧，听你的。"

小明喜笑颜开，在水哥脸上飞快地亲了一下。水哥看着我耷了下

肩膀,"对不起了,鬼。"

然后他清了清嗓子,洪亮的声音盖过了风雪,"好,大家都听我说,掉头,我们朝上走!"

我长叹一口气,大势已去,连水哥都叛变了,我一个人根本无力回天。

向导多吉第一个响应水哥的号召,"亲们,那就赶紧出发吧。"

他又抬起头来,朝着卡瓦格博的方向,"多吉觉得,卡瓦格博正在指引着我们,在这座神山上什么神迹都有可能发生,向上走,可能真的是对的呢。"

我心里暗暗骂了一句,墙头草。

其他人已经纷纷掉头,朝着山上走去,我心里一万个不愿意,但是根本没有办法。就算现在想要朝下走,凭我自己一个人,又不认识路,结局也只能是冻死在山上。

我转过身来看着他们的背影,还在纠结的时候,所有人都已经走出了几米外,快要消失在风雪中了。

多吉回过头来召唤我:"亲,快跟上啊亲。"

突然之间,有人拍了一下我的肩膀,"走吧,兄弟。"

我转头过去一看,却是一直以来没怎么说话,比美子还缺乏存在感的棉帽男。

他从我身边走过的时候,我看着他的侧脸,突然有种似曾相识的感觉。

这一片肆虐的风雪,并未留时间给我细想。

第十章
—— 迷之向导 ——

我骂了一声娘,快步跟在棉帽男身后。

来的时候是向上爬,现在要回去了,还是向上爬,这么"狗血"的事情,该找谁说理去?

队伍在不断地向上走着,起码,从身体对重力的感受来讲,确实是这样的。我每一次抬起脚,再踩下去,都比迈步之前要上升一点高度。

大风呼啸着,赶跑了本来就稀薄的氧气。队伍里所有人都走得很吃力,支撑慎吾和小希的,可能还有内心里的信念;对于怀疑"向上走"理论的我和水哥来讲,步子就迈得更艰难,简直每一步都走在崩溃的边缘。

我们花了几乎是刚才三倍的时间,才回到通往神湖的那条路上,队伍没有在这里停留一秒,而是直接朝上爬去。

在漫天风雪中,我看不见队伍带头的那个人,到底是慎吾还是小希,总之一定是他们俩的其中之一,要不然的话,不会走得那么坚定。

而走在队伍最后的我,每走一步,都在质疑自己的决定,在考虑是不是要掉头一个人下山,每走一步,我都在怀疑下一步的时候,我是不是会跪倒在雪地里。

但是,在求生欲望的支配下,身体像是个超负荷运转的机器,机

械地向上走着。每一分钟都如此漫长,我既觉得自己离开那堆石头,已经过了一个小时,又担心走了那么久,怕是还没向上移动五十米。

我身上除了不断运动着的双腿,其他部分都似乎冻成了冰块,如果不小心撞到硬物上,应该会哗啦啦碎成一地。同样快要被冻僵的脑子里,却突然跳出一个想法:一九九〇年的那支中日联合的登山队,也遭遇了这样的暴风雪吗?

一整支探险队,十七个人,是我们现在人数的两倍还多,一个都没能下山。他们究竟是像报道所说,是在半夜被雪崩埋住了,还是说他们也像我们一样,想要下山,却被误导着继续向上爬?或者反过来说,他们是向着山下走,但因为确实发生了的重力反转,反而到了更高的山上?如果真是这样,倒可以解释为什么有些人的尸体,是出现在比假设遇难的三号营地海拔更高的冰川上。

我摇了下脑袋,心里暗暗觉得好笑。自己这一队人分分钟要死在这雪山上了,还有心情去想多年前的登山队?

更何况,从小木屋里翻出来的那份实验报告,以及我背包里藏着的一把红色陶瓷手术刀,都在暗示着当年那支登山队并不是单纯的登山队。他们瞒着敬奉神山的雨崩村民,在山上进行着某个神秘的实验。

或许是这场实验真的激怒了卡瓦格博的山神,所以夺走了这十七个人的生命……

不对,按照我的推测,那一个在大学里跟小希谈恋爱、懂日语的任青平,应该是十七个人里面的一员,他成功地存活了下来,并且下山当起了大学生,直到他被大卡车撞飞的那一天。

从现在得到的信息看来,任青平是他的化名,本名应该是叫仁青平措,他并不是雨崩村民,但应该是住在太子雪山脚下的某一个村落,对卡瓦格博的情况比较熟悉,所以在一九九〇年的那支队伍中,担任向导之类的角色。

时隔二十多年,在任青平或者是伪装成任青平的人的引领下,他曾经的恋人小希，怀着重见男友的希望，又回到了这座雪山上，顺便捎带上了我和水哥这两个倒霉蛋。

至于慎吾、美子、棉帽男，还有死在松树上的小野君，这伙人无论是不是"重力反转"这一骗局的演员，他们来卡瓦格博的目的，都不是自己声称的那么简单。

至于小明，我现在已经能确定，她不是一个简单的日企员工，加入我们这个团队，从一开始就带着目的，起码在这趟自驾游行程之前，她就认识慎吾、美子这帮人，并且接受了某些指令，来引导我跟水哥、小希一起上山，在来到了神湖之后，遇到了这样极端的风雪天气，还让我们继续向更高的山上走。

慎吾和小明的所有努力，他们布下的一切骗局，都是为了达成这个目的。

而且，他们成功了。

我长长地吸了一口气，高原缺氧让我有些头晕。这一系列错综复杂的事件，死而复生的任青平、雪崩、奇怪的实验、同一个人同时出现在两个地方、重力反转……在能看见的谜题后面，是逐渐浮出水面的答案。

如果说，我们注定要步二十多年前那支登山队的后尘，死在神圣的卡瓦格博上，那么至少让我在死之前，可以搞清楚这个答案。

我在风雪中低头赶路，不知道向上走了多久，身体和精神都到达了极限，突然之间，我感觉到，现在每次抬起腿来，再落下的时候，好像没有刚才那么吃力了。

再抬起头来，我发现棉帽男的后脑勺和我的视线是持平的。也就是说，我们正走在一段平路上。

我心里先是一愣，然后不由得一阵狂喜！

在我的印象中，这一段路虽然很陡，但是却不长，上山时是用二十多分钟走完的。在这一段坡路下面，连着的是一块较为和缓的开

阔地,然后就是原始森林,在森林里有一段去神湖必经的枯木,也是我们跟救援队相约会合的地方。

现在,我们走的这一段平路,会不会就是那一块开阔地?

难道说,我们真的赌对了,"要下山,向上走"是离开这座雪山的不二法门,而我们经过艰难的跋涉之后,正在朝着那一片原始森林走去?

虽然到现在为止,我也没相信重力反转这种事情,但是只要能让我顺利下山,喝一口陈年醇厚的威士忌,就算被这种不相信的理论啪啪打脸,又有什么关系?

前面的棉帽男伸出右手,打出一个停止的手势,这一次,我没有再撞到他背上去。

队伍停在一片雪地中,我环顾四周,刚从草甸那条路出来,原本以为很快就要走出暴风雪范围,没想到并非如此。这里也被没过靴子的积雪覆盖,无法辨认地表,而且四周风雪迷茫,所以认不出到底是不是上山时走过的那片开阔地。

前面停下来不知道干吗,有可能是在辨认方位。

还在行军的时候不觉得,一停下浑身似乎要散架,喉咙也干得难受,我取下身后的保温水壶,打开盖子,狠狠地灌了一口。

要说日本人虽然讨厌,但生产的东西确实好使,在这样的冰天雪地里,保温水壶里的水还是温的,喝下去之后暖心暖胃,感觉整个人都活了过来。

人的身体,就是那么贱的东西,刚把水壶放回原位,突然膀胱一阵酥麻——我想要尿尿。

我看着队伍前面,似乎没有挪窝的迹象,于是拍了拍棉帽男的背,让他在队伍开始走时千万记得叫我,然后就稍微往外走了几步,背着他们,掏出了被冻成一团的小鸟。

作为一只来自亚热带的小鸟,我确实担心,它会在这风雪中被冻死,或者是因为天气太冷，直接被粘在了雪地上。

幸好，这一切都没有发生，反而是从体内排出的液体，带着热腾腾的雾气，落到雪地上时还融化了一些积雪。

我突然觉得这样也蛮好玩的，于是不断在地上画圈玩，等到尿完，正要班师回朝，突然发现雪地上有什么东西。

我皱着眉头，努力朝地上看去，在被温热的液体融化掉的积雪，大概一块鼠标垫的面积里，有什么物体正在露出来。

脚下的积雪在靴筒齐平的位置，而被融化的积雪不过几厘米高，也就是说，露出来的并不是地面，而是在地面上本身有一些高度的物体。

是什么东西呢？

雪地里尿液也不会有什么味道，我弯下腰，仔细去看。

淡黄色的，到底是什么呀？好奇心驱使下，我顾不上自己的尿脏还是不脏，反正也戴着手套，于是干脆用手拨开那些被融化的积雪。

手碰上雪下那东西的时候，触感有点陌生，又有点熟悉。

就像是在超市的冷冻柜里，拿起一块冻成冰块的牛排。

"我去！"

我大叫了一声，整个人向后坐在了雪地上。

那个被尿液融化的积雪下，所露出来的淡黄色物体——是一张人脸！

人脸闭着眼睛，睫毛清晰可见，漆黑的头发朝着我的方向。我也有点佩服自己的观察力，即使在这样的惊吓之中，我仍然能判断出，这一具埋藏在雪地下的尸体，属于一个二三十岁的亚洲男性。

有一双手托住我的腋下，帮我从雪地里站起来，身后传来水哥的声音："你在鬼叫什么？"

我站了起来却还是站不稳，跟跟跄跄，气喘吁吁，指着那一张脸，"死人……有死人！"

水哥顺着我指的方向看去，也发现了那张人脸。

多吉走到我旁边，却也不敢再往前走，"亲，好像真的是死人。"

一个人从我身后奔跑而过，脚步带起雪花，一直跑到了那张死人脸旁边。

是小希。

她竟然对尸体毫不畏惧，弯腰端详了一下那张脸，然后直起身来，吐了一口气，"不是他。"

然后，她脸上又露出了那种喜悦、安详的笑容。

就像是那具尸体脸上的雪被拨开一样，天上的云这时候也开始消散，不知不觉间，风雪停了下来，太阳从云层后面发射出光线。

视野一下子就好了起来，白茫茫的积雪反射着太阳的光线，晃得人眼睛生疼，我赶紧戴上墨镜，环顾四周。

我们身处的位置地势平坦，但是，无论向哪个方位看去，都没发现上山时的那片原始森林。所以，这里并不是我们想到达的开阔地。

突然，我又发现了点什么。

红色的东西，在离那具尸体十米左右的地方有一个红色的尖角，看上去有点眼熟，像是……帐篷的一角。

尸体？帐篷？

我突然想起了慎吾用 iPad 给我们看的卫星地图，在神湖往上的一片雪地里就有红色的帐篷，以及他想要寻找的一九九〇年那支中日联合登山队里，他父亲和其他队员的尸体。

所以，我们并没有下山，而是向上又走了一段。

重力反转是个什么狗屁。

我大喊了一声："被骗了！"回过头去跟水哥说："我们被骗……"

然后，我发现了指在他太阳穴上的黑漆漆的手枪，枪柄握在慎吾手上。

慎吾脸上毫无表情，"别动，你们不会受伤的。"

然后，什么尖锐的东西刺穿了冲锋衣，扎在我脖子上。

我扭过脖子,想看是谁对我下的毒手,却只看见了几米外的小希。她正微笑着看向远方,对我和水哥的遭遇似乎一点都不关心。她脸上的笑容,跟我梦里在雪山顶峰看到的一模一样。

"我马上要见到他了。"

我摸着被扎了一下的脖子,一阵天旋地转,终于支撑不住,咚一声倒在了松软的雪地上。

我就像倒在旅馆的白色床单上,那么舒适,那么安详。

眼前一片红色,鲜血的红色,从卡瓦格博上席卷而下,洪水般朝我们涌来。

我正站在进雨崩的村道上,旁边有人问我:"你看到了什么?"

我回答说:"血山,鲜血的血。"

那人点了点头,"对,血山。"

然后我转过头去,那人微笑着对我说:"我马上就要看见她了。"

那人,不是小希——是任青平。

我从这个糟糕的梦里醒来,睁开眼睛,却什么都看不见——周围太亮了。

我的墨镜不知道被扔到了什么地方,下意识想要用手去找,却发现手被绳子反绑在身后,动弹不得。我尝试着挣脱,却只让自己的手腕勒得生疼,只好放弃。

我闭上眼睛,深呼吸了几下,再次张开的时候,意识到自己正坐在一辆车里。

透过车窗朝外看去,仍然是我被骗着走上来,然后被放倒的那片雪地。

我百思不得其解,什么汽车可以开上那么高的山?然后我逐渐意识到,这个"车窗"跟普通的车窗相比,大小、形状都有点不同。

而在我的正前方,也不是普通的座椅后背,而是跟我相对的一排

座位，上面空荡荡的没有人。越过这排座椅，前面不是普通的汽车方向盘跟仪表台，而是复杂得多的装置。

终于我能确定，这不是汽车，而是一部直升机。

直升机在天气晴朗的情况下，当然可以直接飞到雪山上，然后降落在这一片开阔地。

"你看到什么了？"

后排座椅传来一个男人的声音，我努力扭过头去，兴奋地说："水哥，你没事，太好了。"

那人笑了一下，"我不是水哥。"

我这才发现那人头上戴着一顶棉线帽子。是棉帽男，在"梅里 Café"第一次遇见，在山上重遇，走了那么久之后，似乎一直没跟我们介绍过自己名字的——棉帽男。

他的双手，也同样被绑在身后。

见我不说话，他又笑着问："你看见什么了？是不是……血山？"

他一字一顿："鲜血的血，血山。"

他的香港普通话还是让人想发笑，但我却顾不上笑，而是提出了我最关注的问题："他们呢？水哥？多吉？还有小希呢？"

棉帽男用下巴朝机舱地板一指，"多吉在这里，小希跟水哥……"

他看向飞机外那顶红色帐篷，"都在帐篷里。"

"帐篷？"

棉帽男的脸转向另一边的窗户，"对，帐篷。"

我顺着他的方向看去，果然在几十米开外，有一顶鲜艳的红色帐篷，体积足有一个集装箱那么大。在帐篷旁边，还能看见另一架直升机的机翼。我尝试着挪动身体，调整角度以看得更清楚些，才发现绑着手腕的绳子，另一边还固定在椅背上，无法移动。

到底是什么人或者什么组织，在我昏迷的这段时间里，把至少两架直升机开到了雪山上，而且搭起了这么大一个帐篷？

果然，在我们遭遇的阴谋背后，有一个实力强大的幕后黑手。中日联合登山、京都大学、日本财团，这些关键词在我脑海里一个个蹦出来，让我感觉到，这是一个跨国的犯罪团伙。

之前我还一度怀疑，是不是自己错怪了小明和慎吾他们，现在看来，我的推测是完全正确的。我该后悔的，是没有坚决地戳穿、阻止他们，现在好了，他们得逞了，我被绑了，而小希跟水哥被抓进了帐篷里，不知道正在遭遇什么非人的折磨。

我想起了那把红色的陶瓷手术刀、神秘的实验报告，还有在梅朵客栈和小希同睡那一晚的梦里，穿着白色病号服、被遗弃在雪里的尸体。

不行，我要救他们。

我转头向后座看去，想着要怎么争取棉帽男的支持。我也觉得很奇怪，棉帽男为什么也被绑在了这里？难道是他们起内讧了？

不管怎么说，敌人的敌人就是朋友，多一份反抗力量，就多一分希望。

我正想着怎么开口，棉帽男却先说话了。

"蔡必贵，外号鬼叔、阿鬼。一九八二年出生，金牛座，职业是小工厂主，爱好是旅行、单麦威士忌、鬼故事，还有女人。"

我吃了一惊，想要否认他说的这些是我的真实资料，但明显脸上的表情已经把我彻底出卖。

我只好干笑两声："嘿嘿，你们调查得挺清楚嘛。"

棉帽男也笑了，"不是'你们'，是他们。我跟井上慎吾、上川美子还有装死的船原小野并不是一伙的。"

我注意力却集中在他后面的话上，"小野是装死的？"

棉帽男点了点头，脸上挂着戏谑的笑，"对，装死。鬼叔，你那么聪明，不会以为他是真的死了吧？"

我瞪大了眼睛，"小野没有死？也就是说，重力反转根本没有发生？那小野是怎么爬到悬崖顶，那么高的松树上的？"

棉帽男又笑了笑，"用你坐着的这个东西。"

我的手被反绑在身后，不然的话肯定要拍拍自己的脑门。在观赏小野烤串的那块悬崖上，我自己就想到过，要演成这出戏，除非有直升机。

这不，果然就有直升机。

另外，在小屋里外见到两个小明这件事也可以得到解释了。窗外那个小明不出意外应该是小野易容假扮的。小野应该是利用某种工具上到了木屋顶上，而且还待了一段时间，至少待到大雪掩盖了他来时留下的脚印。然后他利用工具将自己吊在了窗户外，双脚悬着并未接触雪地。等到我们一众人——除了美子和小明——来到外面时，小野已经在小明和美子的帮助下，翻窗进入了木屋里，火速收回了工具，贴墙蹲着躲藏起来了。接下来，突然之间，木屋的灯光熄灭了，屋里的两个女人故意制造发生了重力反转的假象，故意发出惊叫吸引我们的注意。趁着我们往回跑的机会，小野又带着工具翻窗出去逃之夭夭了。

我又想起来一件可疑的事。我怀疑当时小明说要出去小解也是计划的一部分，顺便再照应一下小野。不过，水哥这个不正经的东西缠着说要陪小明去。小明一开始表示拒绝，但奈何水哥脸皮够厚，只好答应了他。我猜出了木屋后，小明走的路线一定完美地避开了小野所在的位置。即便这样，他们还成功地骗过了我们。可见日本人的准备做得多么充分。想到这里，我不由得在心底感叹了一句：真是一盘好大的棋啊！

我倒吸了一口凉气，但疑问也随之而生，"你们这些人，不，他们这些人，演得那么辛苦，出动了直升机这样的大型道具，到底是为了什么？"

棉帽男饶有兴致地看着我，"你不是猜出来了吗？是为了骗你们上山。"

我皱着眉头，"要让我们上山还不简单，你们，不，他们有钱又有人，一开始就把我们这几个人麻翻、敲晕再抬上山，干脆利落，用得着那么麻烦吗？"

棉帽男笑了笑，"有那么简单的话，慎吾他们也用不着策划了三年，才实施这次行动了。阿鬼，我知道你的好奇心，特别是对怪事的好奇心，比正常人要强烈得多。对这次旅行亲身碰到的怪事，还有后面的原因，难道你不好奇吗？"

我点了点头，"好奇，当然好奇。如果我们活着下山，我家有一瓶珍藏的麦卡伦三十年陈，请你喝，听你讲给我听。但当务之急……"

我望向雪地上的帐篷，高山上的雪如此洁白，帐篷如此鲜红，强烈的对比让人有种超现实的感觉。

我吞了一口口水，"当务之急，是先把小希和水哥救出来。"

棉帽男也看了看窗外，但仿佛不是看着帐篷，而是大雪后蔚蓝的天空，"你放心，还有时间，她没那么快能见到他。"

我皱眉问："谁？谁没那么快见到谁？"

棉帽男笑了笑，"等下你会知道的。不过现在，我建议你可以听一个故事，一个关于卡瓦格博的诡异故事。说不好，这会是你在这个世界上听到的最后一个吓人的故事。"

他挑衅似的看着我，"怎么样，鬼叔，你想要听吗？"

眼前这个男人，虽然说话还是可笑的港普，但是整个人散发出来的气质，跟这两天我印象中那个唯唯诺诺、毫无存在感的棉帽男反差鲜明。

我充分感觉到，这哥们儿是在扮猪吃老虎，不光骗过了我们，也骗过了那些自以为聪明的日本人。

比起小明、慎吾，整场戏里，棉帽男才是最佳男演员。

我甚至隐约感到，这个棉帽男能把我们完好无损地带下雪山。不过这一次的乐观预测，我再也分不清是前列腺告诉我的，还是卡瓦格博告诉我的。

总而言之,我想听他的故事。

反正事已至此,大不了就是个死,能明明白白地死,当然比稀里糊涂地去见阎王要好得多。

这个棉帽男比水哥厚道多了,不用烟斗,也不用陈年威士忌,就愿意把故事讲给我听。我暗自决定,如果我们真能平安下山,我要请他去我家做客,别说刚才拿来当幌子用的麦卡伦三十年陈,就是客房改造成的恒温酒窖里,藏得最深的那一瓶麦卡伦璀璨莱丽瓶,我都舍得开来喝掉。

当然,也还要看这故事好不好听,能不能解决我心里的所有疑问。

我深吸了一口气,看着棉帽男的眼睛,"你说吧。"

他眼里闪过一阵异样的光彩,笑了笑,"那我开始讲了,这个故事比较复杂,我又不太会讲故事,你有什么听不懂的地方,随时问我。"

我点了点头,"那最好了。"

棉帽男望向直升机外的雪地,似乎完全忘了我们是被反绑在直升机上,等候发落、生死未卜的两个可怜人,而是用一种非常轻松的语气,开始讲起了他的故事。

"事情,要从一九九〇年那支登山队,不,是生命科学实验组,来到太子雪山下开始。"

果然登山队不是简单的登山队,而且一如我所推测的,他们进行的实验和生命有关。

我不由得插了一句:"生命科学实验?具体内容是什么?难道是如何在高海拔地区优生优育?"

棉帽男沉默了一下,突然笑道:"也差不多吧,总之是为了让人类更好地生存的实验。对了,鬼叔,你知道人为什么会变老吗?"

我被他问得一愣,人会变老这不是跟一加一等于二一样,是世间不需要解释,只要知道就够了的真理吗?人一生下来,就开始变老,这难道还需要原因?

棉帽男没等我回答，继续往下说："或者我们这么说吧，不光人类，动物、植物、微生物，这些生命体绝大多数都会衰老、死亡，这是为什么呢？"

我毕竟是个有钱、有闲、有胸肌，还有脑的奇男子，这个问题难不倒我，"生物之所以是生物，因为他们可以繁衍后代，扩散种群。生命体作为个体，只要繁育了后代，就完成了自身的责任，在最初的造物设计中，生命就是不需要永生的。对于个体来说这当然很不爽，但对于种群来讲，反而是件好事。所以，只要是生命，自然就会衰老跟死亡。"

棉帽男赞许地看了我一眼，"鬼叔，你还懂得挺多的。不过，你的答案是从宏观的角度分析，而我问的其实是具体到某一个个体。比如说我，比如说你，在我们体内是有一个什么样的机制，让我们从三十岁以后，就慢慢衰老，直到最终死亡才停止？"

我皱起眉头，"呃……"

棉帽男自顾自地往下说："这是因为，我们作为人类这一个整体，其实是由无数的细胞组成的。就在我们聊天、洗澡、吃饭、跑步、做爱、看电影、在网上看小说……任何时候，我们体内的细胞都在复制和死亡。而细胞们复制、死亡的一套规则，则是由我们人类的 DNA 决定的。"

可惜我的手被反绑着，不然我一定会挠挠头，"这我知道，好像说只要七个月还是七年的时间，人类身体的所有细胞就都新陈代谢了一遍，从某种意义上来说，也就是成了一个新的自己。所以你的意思是，DNA 决定了我们要去死？"

棉帽男哈哈一笑，"你说得也有道理，但我想要说的是，DNA 决定了这一套规则，细胞死亡和复制的规则。人体的细胞会死亡，器官为了要正常工作，就需要复制出和死亡的那个细胞完全一模一样的细胞。但是我们之所以衰老的关键，恰恰就在于……"

棉帽男挑了一下眉毛，"每次通过 DNA 分裂、复制出来的细胞，

都跟之前那个被复制的原细胞是不一样的。"

我的思维慢慢有点跟不上了,"这又是什么道理?"

棉帽男像是一个负责任的高中生物老师似的,耐心解释道:"因为在每次复制的过程中,都会损失掉一些信息。我举个例子,你拿着一张写满字的 A4 纸去复印,第一次复印出来的拷贝,是不是挺清晰的?但如果你把原件销毁,而把拷贝拿去复印,再把拷贝的拷贝拿去复印,把拷贝的拷贝的拷贝拿去复印……几十次以后,A4 纸上的字,就完全无法辨认了。"

我有点明白他的意思,"你是说,细胞就像是 A4 纸,DNA 像是复印机?"

他点了点头,"就是这样,我们人类为什么会衰老,是因为在复印的过程中,每一次都比上一次变得模糊。对应到不同的细胞上,表皮细胞的模糊让我们皮肤变得松弛,肝脏细胞的模糊让我们不能像年轻时一样熬夜,肌肉细胞的模糊让我们失去力量……"

我忍不住打断了他,"谢谢啊,老师,我知道人类为什么会变老了,但是这个跟你要讲的生命科学实验组,有什么关系?"

棉帽男轻轻地摇了摇头,"鬼叔,你试想一下,如果有一种办法,可以优化 DNA 的规则,让每一个细胞在复制自己的时候,都跟原来那一粒一模一样,那会产生什么效果?"

我皱眉想了一会儿,"这样一来,人就会保持跟原来一模一样的状态……也就是说,可以永葆青春?"

棉帽男点点头,"对,永葆青春,长生不老,这件事情对你的吸引力大吗?"

永葆青春……

我现在虽然还年轻,但是衰老却是无法避免的事情。而我毕生的志愿是喝最醇的酒、睡最好的姑娘。假设我两个月可以换一个女朋友,从二十岁一直换到六十岁,那么这个数字也就是二百四十个。但如果我可以长生不老,突然之间,能换的女朋友的数字,也就变成了无限了。

当然了,不是任何人都和我一样猥琐,但无论谁一生的理想是什么,有多么渺小或崇高,无限的生命,也就等于无限的精力、无限的机会,可以去实现你的理想,甚至说,可以去实现无限多个理想。

我点了点头,老老实实承认道:"吸引力挺大的。"

棉帽男对我的诚实表示赞赏,"永葆青春是一种贪婪,愿意承认这种贪婪,也是一种勇气。如果我告诉你,通过一个简单的小手术,我可以让你保持现在这个样子,永远都不会衰老,鬼叔,你愿意给我多少钱?"

我吸了一口气,"我也说不好,一百万?两百万?不,我可以把全部身家都给你,因为创造金钱用的无非就是时间,如果我能有无限多的时间,也就可以去创造无限多的财富。用现在的区区几千万去换一个无限,无论怎么算,都是非常划算的交易。"

棉帽男眨巴着眼睛,"鬼叔,你果然是金牛座,你说得没错,为了实现这个终极梦想,人们愿意付出任何代价,不光是钱,也包括另外的东西……"

他这话说得虽然不好听,但却是实实在在的真理。或者换个角度去理解,女人花那么多时间和钱去护肤,也只是为了"看起来"比较年轻而已。如果能实现真正意义上的"永远年轻",女人们确实愿意付出任何代价——所以也有办法让男人付出任何代价。

棉帽男老师继续讲课,"如果谁掌握了这项实现梦想的技术,谁就能获得一切,甚至包括统治世界。好,那现在问题来了,如果有这么一项研究,有可能做到让人类永葆青春,那么你觉得从事这项研究的那个机构,愿意付出什么样的代价?"

我想了一想说:"任何代价。"

历朝历代,人类为了追求永生,什么可怕的事情都能做出来。现代社会的人类和两千多年前的帝王们,在这件事上没有任何区别。

棉帽男点点头，"没错，任何代价，钱是最基本、最不值一提的，除此之外还有最新的科研成果，培养多年的科研人才，敢于违背国际公约，进行违背伦类的人体实验……"

我倒吸了一口冷气，"一九九〇年那帮人，在卡瓦格博上就是在做这个永生实验。"

棉帽男点点头，"没错。"

我脑子里的疑问，也终于得到了一点解答。之前总是在想，他们费尽精力去演那么大一台戏，成本那么高，却没有一个可以与之匹配的目标。但如果把能实现永生这种终极梦想作为他们的目标，那么前面所做的一切都可以得到合理的解释了。

只是，我仍然搞不清楚，实现永生跟把我们骗上山到底有怎么样的联系。

棉帽男没有理会我的内心戏，继续讲他的故事：

"对不起，前面啰里啰唆地说了一堆，现在，让我们进入到正题。一九八五年左右，日本的某个巨型财阀得到了一个消息。在遥远的中国云南，一座叫梅里雪山或者太子雪山的山上，发现了一些奇怪的现象。

"比如，在山上放着的石堆会突然消失，然后出现在海拔更高的地方。这样的现象，只发生在涂了红色颜料的一部分石头上。不过，他们更关心的是雪山当地人之间流传已久的传说。传说中红色衣服的年轻人，在卡瓦格博的神湖中洗澡之后，就会变成两个一模一样的人，并且，会永葆青春。

"让财阀的掌权者感到兴奋的是，传闻在那年，当地的传说变成了现实。一个年轻人在三年前上山打猎，之后就失踪了，等三年后独自下山时，他身上赤裸，不着寸缕，但样子却跟三年前一模一样。

"日本的财阀给了带来消息的那个人一笔巨款，以及一辆最新的跑车，半个月后，这个人就因为一场'车祸'丧生了。财阀派出了两个科学家以及一个翻译，秘密来到了太子雪山下的那个小山村，找到了传说中的那个身穿红衣的年轻人,他的名字呢,就叫……"

雪山的冷风似乎能穿透关得严严实实的机舱门,我感觉到身上一阵寒意,不由自主地说出了那个名字:"仁青平措。"

棉帽男点了点头,"日本人找到了仁青平措,把他秘密带回了日本,教给他日语和汉语,还有相关的科学知识。当然,他们也对仁青平措进行了一系列的分析实验,得出的结论是,秘密就隐藏在卡瓦格博这座雪山上,只有回到那里,才能找到答案。"

我恍然大悟,"所以,日本人在一九八九年又回到了雨崩村?"

棉帽男点了点头,又摇了摇头,"没错,他们回来了,但不是在一九八九年,而是一九八七年。你低估了他们的效率,还有他们的心急程度。一开始,他们派出了包括仁青平措和几位科学家在内的小分队,在雪山脚下的几个村落里,搜集跟卡瓦格博相关的所有传说和奇闻,他们也爬到了卡瓦格博的半山腰,沿路考察植被、动物、微生物,记录各种相关数据。"

棉帽男继续往下说:"到了一九八九年,小规模的考察已经无法满足日本人的需求,又或者是他们的研究得出了成果,需要进行验证,所以,日本财阀的掌权者认为,到了要切实启动永生实验的时候。于是,日本人打着京都大学登山队的名号,组织了一次登顶卡瓦格博的登山活动。"

我回忆道:"难怪听水哥说,当年的登山队里,很多队员既是专业登山运动员,又是科学家。"

棉帽男补充道:"除了科学家,那一支十七人的队伍里,还有已成为他们一员的仁青平措,以及三个被实验者,代号分别为A、B、C,其中,A和B是男性,C是女性。这个实验小组,自从一九八九年开始登山后,一路随着海拔的上升,记录着三名被实验者的身体状况,各项环境数据,寻找最适合进行手术的地点,期待着那个神奇的大事件的发生。"

我皱眉问:"大事件?指的是什么?"

棉帽男抬头看着机舱顶,又低下头来,直视我的眼睛,"所谓的大事件,就是由于时空重叠所造成的大规模、超长时间的重力反转现象。"

我彻底被他搞糊涂了,"重力反转什么的,不是你们,不,他们搞出来骗我们向山上走的理由吗?"

棉帽男笑了一下,"现在是假的,当时是真的。当年,重力反转是那支十七人的实验小组从上到下全心期盼的事情。因为只有这个事件发生了,他们的实验才能获得成功,而实验如果成功了,他们就会超越前人成为可以藐视现存于世的所有科学奖项的伟大科学家了,也会因此而名垂千古、流芳百世。"

我不禁有些怀疑,"照你这么说,他们背后有源源不绝的资金和设备支持,之前又做了那么详细的调查,怎么还会死在一场小小的暴风雪里?"

棉帽男赞许地看了我一眼:"这个问题提得很好,让这群人遇难的当然不是一场普通的暴风雪,而是他们期盼已久的大事件。"

我深呼吸了一口气,想让头脑更清醒些,好跟上棉帽男的节奏。

棉帽男继续说:"自从一九八五年这个永生实验的项目启动以来,日本人通过反复的理论认证,以及在卡瓦格博上的实地考察,确认了在这座神奇的雪山上,会在随机地点出现一系列的奇怪现象,日本人把这种现象叫作小事件。每当小事件发生时,各种环境数据会变得非常奇怪,不像是地球上的任何一个地方,甚至也不像地球外的任何一个地方,而像是……宇宙还没开始大爆炸之前,那个所有物理法则都失效的……奇点。"

我瞪大眼睛看着棉帽男,叔虽然见多识广、博闻广记,但毕竟不是物理相关专业的,对棉帽男所说的这些,我似懂非懂,没办法完全理解。

棉帽男可能也发现了这一点，他笑了一下，"当然了，上面说的这些数据都需要有专业的仪器来测量，如果我们没有专业仪器，该怎么判断小事件发生了呢？很简单，只要发现有红色的物体，开始向天上飘，那就是了。"

我发现终于有我能听懂的东西了，赶紧抢着说："重力反转！"

棉帽男点点头，"没错，日本人和你一样，也发现了这个规律。每当小事件发生的时候，肉眼能观测到最明显的，就是没有生命的红色物体会向空中飘浮。处在小事件里的人类，如果也穿着红色衣服，就会同样向上飘，没有穿红色衣服的，如果不能在第一时间脱离小事件，就会因为血管爆裂死亡。"

我吃了一惊，"血管爆裂？为什么？"

棉帽男解释道："鬼叔，别忘了，人体内流动的血液都是红色的，你想想，如果一个人身体的其他部分没有飘浮起来，只有血液全部向上方聚集，无论当时你是站着还是躺着，都会造成某一部分的血管爆裂。根据日本人观测的情况，如果这个人当时是站着的话，所有血液都向头部汇集，首先，这个人会双眼充血，看见的所有东西都变成红色，即使是洁白的雪山，在他的眼里也会变成鲜红的血山……"

我一时无语，之前还自作聪明地以为，只要在重力反转，也就是小事件发生时，马上脱掉身上任何的红色衣物，就可以逃过一劫，没想到，这是让自己死得更快的方式。

棉帽男继续往下说："日本通过研究发现，在小事件里，无生命的物体只是向上飘浮，而飘浮起来的人类，仍然没有停止细胞复制的过程，而且这个时候复制出来的细胞，是没有任何损耗的。也就是说，如果某一个人，永远处在这种飘浮状态里，那么他就实现了永葆青春。"

我还是无法理解，"然而，这并没有什么用吧？总不能让有这个需求的客户们，全跑来卡瓦格博，飘在半空什么事也不干吧？"

棉帽男点了点头，"你说得对，这样的永生并不具备可操作性，

而且就算哪个客户愿意这么做,实际上也无法做到。因为小事件发生的地点随机,而且持续的时间非常短。另一个问题是,没有人知道飘起来会飘多高,掉下去的时候完全有可能会摔断腿,甚至像小野装的那样,变成一个烤串也是有可能的。"

这下连我都替日本人着急,"这么麻烦,那该怎么办?"

棉帽男深吸了一口气,"没有人知道该怎么办,但日本人的想法是,寻找持续时间足够长的小事件——或者说,是规模足够大、持续时间足够长、足以发生质变的大事件。然后,在被实验者向上飘浮,体内细胞正在进行无损复制的时候,进行手术……"

我若有所思地说:"难怪要把手术刀造成红色,其他器材肯定也是红色的,这样才能一起飘起来,拿来进行手术。"

棉帽男笑了一下,表示我的推理是正确的,"在手术中,把被实验者的器官取下来,放在仪器里,送回实验室进行研究。"

我一时没明白他的意思,"你的意思是说,在小事件里,被实验者的器官会复制成两个,所以能取下多出来的那个?"

棉帽男摇了摇头,"并不是这样,器官仍然只有一个。"

我大吃一惊,"那被实验者不就死了吗?有谁会那么傻同意进行这样的实验?"

棉帽男脸上出现了复杂的表情,"被实验者当然不知道,在这个实验里,他们最终会被取走器官,因为大出血而死亡,然后尸体被随意丢弃在雪山上。"

我不禁气愤地骂道:"太卑鄙了!"

棉帽男摇摇头,"他们可不觉得自己卑鄙,反而认为自己从事的是世界上最高尚的事情,牺牲三个什么都不是的被实验者,换来为全人类实现永生的可能性,在他们看来是非常合理的。总之,这三个以为在雪山上吃半年苦,下山后就可以获得一大笔钱的被实验者——A、B、C体内器官被注入了大量的红色液体,以增加实验的成功率。他们并不知道，自己身上将被取走的分别是大脑、心脏，以及……"

我想起了那一份小木屋里的实验报告，不由得喊了出来："子宫。"

棉帽男望向窗外，脸上是跟刚才一样的复杂表情，"你说得没错，是子宫。"

我心里受到了巨大的震撼，脑子一时无法处理如此庞大的信息，一片迟钝，好像电脑宕机了一样，但好奇心却仍然在运行，"这个实验小组的人都死光了，所以实验一定没成功对吧？又是为什么？"

棉帽男回过头来，沉默了一会儿，才开始解答我的问题，"就像你说的，人都死光了，所有秘密都被埋藏在这座卡瓦格博上。关于实验失败的原因，日本财阀比我们更想搞懂，所以，他们在这上面花费了无法计算的资金和人力……"

我瞪大了眼睛，"然后呢？"

棉帽男叹了口气，"然后，他们费尽千辛万苦，得到的也只是几个可能性。第一个，目前是被认为最有可能的，据说是在暴风雪中，某个实验的血液样本掉到了雪地上，在小事件里不断复制，把雪都染成了红色浮到了半空中，再引发了严重的雪崩，所以把全部人都埋在了雪里。"

"第二个可能性，就是一场规模空前的大事件发生时，全员都没有穿上红色制服，也没能及时脱离，结果全部血管爆裂而死。"

我在大脑里迅速判断了一下，以日本人的小心谨慎，发生这种情况的可能性非常小。

棉帽男看了我一眼，说出了最后一个可能性："还有一种说法，就是那个曾经经历过一次大事件，并且奇迹般存活下来，变成了不会变老的怪胎的那个仁青平措，在进行实验的过程里，和纯真无瑕的代号C的被实验者，在朝夕相处中，产生了感情。他计划着要告诉代号C真相，找机会带她逃下山，但还没来得及这样做，大事件就发生了。"

我张大了嘴巴，"所以，实验成功进行了？"

　　棉帽男的表情非常沉重，似乎也在同情那个天真烂漫、当年只有二十三岁的代号C，"是的，实验成功进行了。仁青平措亲眼看着代号C被取下了子宫，然后，之前注入她体内的红色液体，和鲜血一起从她的身体喷涌而出。红色的液体继续向上浮动，遮蔽了一小片天空。持续了半小时的大事件结束后，实验小组通过早就准备好的方式，顺利回到地面，打包好他们的战利品，准备向山下走去……"

　　我被这一节紧张的剧情所吸引，棉帽男之前还说他不会讲故事，其实这种平铺直叙的文风，比水哥那种咋咋呼呼的风格更为吸引人。

　　我像一个被网上连载的低俗悬疑小说吊足了胃口的读者，忍不住催楼主快点更新，"然后呢？仁青平措做了什么，来给他的代号C报仇？"

　　棉帽男苦笑了一下，"不，他什么都没做。"

　　我又搞不懂了，"什么都没做？那……"

　　棉帽男解释道："实验小组以为大事件结束了，其实，他们仍然处在大事件中。一场奇怪的暴风雪开始了，他们以为自己正在下山，其实，却是朝着山顶的方向走去。仁青平措经历过这种神奇的现象，原本可以提醒实验小组的，但是他并没有。仁青平措陪着他们一起上山，看着他们一个一个因为缺氧、严寒，死在了卡瓦格博的山顶。"

　　我咬着自己的嘴唇，或许这就是山神的诅咒、命运的讽刺，让这群触犯了人类伦理的科学家，以登顶卡瓦格博的幌子上山，最终真的死在了登顶的路上。

　　我长长地舒了一口气，棉帽男知道的果然比我想象的要多。搞清楚了发生在二十世纪的、关于雪山这个故事的前传，我大概能明白，日本财团要把我们带上山的目的——再次进行之前的永生实验。然而，这并没有什么用。我一开始的问题还是没有得到解答，说了那么久，又绕回到了最前面，"谢谢你精彩的故事，绝对值得一瓶麦卡伦三十年陈。不过我还是没搞懂，日本人要把我们带上山，为什么不一棍子敲晕，而要下那么大一盘棋，把我们骗上山？"

棉帽男没回答我的问题，反而提出了一个问题："鬼叔，你觉得，日本人是想把谁骗上山？"

我不假思索，脱口而出："当然是小希啊。"

棉帽男点点头，继续问："那你说，日本人为什么要把小希骗上山？为什么不是别的什么女孩子？"

我皱着眉头想了一会儿，说出了自己心里的推测："因为在一九九〇年那次实验中，仁青平措并没有死，而是偷偷下了山，化名任青平，然后不知道怎么样给自己找了对假的父母，又去了小希的大学读书。因为他永远不会老，所以包括小希在内的老师和同学，并不知道他的真实年龄。"

棉帽男饶有兴致地看着我，"继续。"

我结合了自己观察到的信息，以及小希跟我说的话，继续往下推理，"这个任青平跟小希谈起了恋爱。既然日本人那么在乎永生实验，任青平不可能一直隐姓埋名下去，所以，他自己也察觉到，跟小希的恋人关系，可能给小希带来危险。然后，他给自己安排了一场车祸。"

棉帽男嘴边露出了一抹难得的笑，"鬼叔果然厉害，一般人都会猜，车祸是日本人安排的吧？事实确实不是这样，对于上次实验留下来的珍贵的活资料，日本人保护都来不及，才不舍得加以破坏。所以，那次车祸很可能是任青平安排的，要不然的话，就真的只是一场意外。"

自己的推理接近了事实真相，这不禁让我感到振奋，继续往下说："在那场车祸之后，任青平表面上已经是脑死亡的状态，只能待在ICU里。但实际上，因为他经历过两次大事件，身体结构异于常人，所以，他可能仍以我们难以理解的某种形式存活着。然后……"

我联想起小希跟我讲的在ICU里春梦的经历，以及刚才棉帽男所说的，代号C的被观察者，身上被取出的器官是子宫。

本来不敢确定的一个推测，在说出口的时候，却感觉真相肯定就

是如此,"然后,在一次小希去探望的过程中,任青平不知道通过什么方式,让小希受孕了。这颗受精卵占着子宫不发育,成了一颗钉子户,所以,小希才会几年没来大姨妈。"

虽然推理出结果的感觉很爽,但这个结果本身,却让我很不爽。

一路以来,我花了那么多心思,想要推倒小希,到现在都没有进展。人家任青平倒好,靠一个梦就把小希推倒了,而且,还让她实实在在地怀了孕。

当然了,现在不是想这个的时候。

棉帽男脸上的表情,像是要给我竖大拇指,"鬼叔,你这样的逻辑能力,不去写悬疑小说,太浪费了。"

我不禁有点得意,"我还真有这个打算,如果能活着下山的话。"

棉帽男捧场道:"鬼叔到时写完了,一定要发给我看。"

我心里虽然挺受用的,但没忘记把话题拉回正轨,"所以,日本人想要的,就是小希肚子里那一颗受精卵,对吧?在这颗受精卵里,一定是包含了关于永生实验的许多信息,就像是……就像一块 U 盘。日本人为了追求能让人类永生的方法,当然不惜一切代价,都要得到这颗受精卵。"

说到这里,我自己也突然想到了。这颗受精卵那么重要,几年前任青平在播种的时候,肯定也想了些办法,以免被他痛恨的日本人夺走。

棉帽男的话,证实了我的猜想,"鬼叔,你说得一点都没错。在这颗受精卵里,不光包含了关于永生实验的信息,甚至包含了任青平,也就是仁青平措的一部分……怎么讲呢,用通俗的说法,是他的一部分灵性。"

棉帽男看了我一眼,确认我能听懂他的话,然后继续道:"要取出这颗受精卵,必须同时满足两个条件:第一,回到当年大事件发生的地点,也就是卡瓦格博的神湖上,我们现在身处的地方;第二,受精卵的携带者,必须是在完全自愿的情况,不能有一点受胁迫,更不能以暴力手段敲晕，或者其他的外力手段。不然的话，这颗受精卵就会自行分解，日本人想要的东西就会化为乌有。"

我瞪大了眼睛，"看来小希身上带的不是一块普通U盘，而是一块加密U盘，还具备自毁功能。"

棉帽男在这种情况下，竟然还能笑得出来，"哈哈，你说得没错，就是这样。日本人得知取出受精卵的苛刻要求之后，经过长时间的策划，商定了把你们骗上山的详细方案，之后就不计人力物力，不怕运用一切手段，要把小希以及小希身边的你们，一起骗到雪山上。"

我心里不禁有些咋舌，又觉得有点好笑。日本人为了有个"卵"用，确实也是蛮拼的。

困扰了我两天的疑问，终于在此刻得以解开。

这个成本高得丧心病狂的骗局，目的是要骗小希和我们自觉地登上雪山。至于为什么不能采取简单利落的方法，则是因为采用暴力手段的话，小希子宫里的那一颗绝世好卵，就会启动自毁程序。这样一来，日本人就会什么卵都得不到，显然这是他们无法接受的。

所以，制造任青平还活着的假象，让小希自己哭着闹着要来雨崩，哭着闹着要到神湖，去找她曾经相知相恋、突然遭遇不幸的爱人——这样的剧本，对于看多了狗血剧集、被洗脑得迷信爱情的女人们来说，简直是无法抗拒，分分钟就会入戏。

所以，包括那一张合照，我收到的微信信息、接到的电话，还有相册里照片组合成的任青平的脸，都是这帮日本人干的好事；更准确点说，都是日本人在小明的协助下干的好事。我突然想到了一件事，一年多前，小明给我发过一次链接，让我帮忙点一下，当时，我没想太多就帮她点了，现在想想，那个链接很有问题，估计在我点击链接的那一刻，手机就被植入了木马病毒。想通这一点，之前遇到的解释不了的事件就顺理成章了。小希比我单纯多了，相信她也一样中了小明的圈套。这样看来，我之前提出过的猜想——小希在潜意识的状态

下,说梦话或者被人催眠,泄露了她和任青平之间的秘密暗号:"擎天柱跟大黄蜂,你喜欢哪一个?"并非空口无凭。事情的真相极有可能是,小明这个内奸通过某种方式让小希在潜意识的状态下吐露了关键信息,然后小明又将信息呈报给了日本人。日本人做事真是"尽心尽力"啊。他们的策略估计是这样的,不光要说服小希,而且要说服小希身边的我,让我反过来帮忙说服小希。

做戏做全套,日本人在这一个骗局里,确实表现得非常敬业。就连我这样聪明强大的人,都无法在第一时间识破真相,而是按照他们的剧本,友情客串了几场。

不过,毕竟攀登卡瓦格博还是具备一定危险性的。所以,日本人不光要骗小希上山,而且要保证在上山的过程中,小希的人身安全。

也就是说,在取出那颗受精卵之前,日本人不但不能伤害小希,甚至还要保护她。

我突然想起了一件事情,忍不住问道:"梅朵客栈房间阳台的护栏,第一天晚上还是摇摇晃晃的,第二天突然就被加固了,难道说,这个也是日本人做的?"

棉帽男脸上露出了惊讶的神色,"鬼叔果然厉害,这一点都注意到了,而且还分析出来。没错,事实就是你想的这样。为了顺利取出仁青平措留下的受精卵,日本人在你们没注意到的每个细节,都做得非常完美。"

我自许地点了点头,这有什么办法呢,上帝就是如此不公平,把叔造成这样一个又帅又醒目,更重要的是某些取向还正常的男子。

棉帽男打断了我的自恋,"鬼叔,你一定也想出来了,现在的卡瓦格博上,小事件并没有发生,所以你们看见的那些所谓的重力反转、时空重叠什么的,都是日本人按照剧本演出来的。包括小明,她以前只是个普通的日企白领,但在经过财阀控制的公司领导的威逼利诱下,通过专业培训和即时指令,变成了一个合格的卧底。"

我忍不住骂了一句："该死！"

棉帽男轻轻一笑，"鬼叔你也不用生气，日本人给她的钱，可以在南山买一套等价于她三十年工资的房子，这个诱惑没有多少人能抵挡得住。不过话说回来，难道你不好奇他们具体是怎么演的，是怎么制造那些反科学、反常识、无比诡异的现象？"

我得意地笑了一下，又摇摇头，"他们的伎俩，我之前就分析过，估计和现实情况相差不远。不过，我感兴趣的是另外两个问题。第一个，在他们所表演的剧本里，重力反转我明白，就是受到你刚才所说的小事件的启发；但是时空重叠呢？比如说同时出现的两个小明，他们为什么要这样演？是出于什么样的灵感？"

棉帽男抿着嘴巴，"你提了一个好问题，不过，日本人在这一方面，非常缺乏创造力。重力反转是照搬小事件的没错，至于你所说的时空重叠，也是小事件发生质变成为大事件后，发生的一种现象。"

我又有点想要挠头，"这个……是什么意思？"

棉帽男对于我的无知，有点抱歉，"我刚才忘了说，为什么会发生重力反转，日本人研究后的理论认为，实际上就是在卡瓦格博这个地方，因为某种紊乱的影响，两个时空发生了重叠。他们认为当小事件发展成大事件时，天空中就会出现一个跟地面相对应的，但是上下颠倒的另一个世界。在这个世界里，有另一座一模一样但是颠倒的卡瓦格博，一模一样的但是颠倒着的……雪山上的人。"

棉帽男顿了一下，然后说道："不过，在头顶的另一个世界里，所有物体都是红色的，包括雪山本身。"

我想起了在小木屋里看的实验报告，原来上面所画的就是大事件发生时的可怕景象。

棉帽男继续道："根据他们的分析，人体的细胞会自我复制，但这并不是大事件的全部奥秘。当进展到了顶点，我们这个世界的所有红色物体，飘浮到很靠近另一个空间的高度时……你想象一下，另一

个世界里相对应的物体，也在向两个空间结合的地方靠近。"

棉帽男模仿炸弹爆炸，用嘴巴发出了嘣的一声，"两个空间中同样的人跟物撞到了一起。这种情况下，会发生两种可能：第一是我们这边的人被拉到了另一个空间，从此在我们这个世界消失不见；另外一种可能性，就是另一个空间的人被拉到我们这边，从我们观察者的角度，就是出现了两个一模一样的人。"

原来还有这样神奇的功能！

我恍然大悟，多吉所说的民间传说，关于在神湖里穿着红衣服洗澡，就会变成两个自己，原来不仅仅只是传说，而是当地人对于卡瓦格博上这一神秘现象的观察以及朴素的解释。

棉帽男看着我的脸，"好了，这是第一个问题。鬼叔，你感兴趣的另一个问题是什么？"

我定了定心神，直视他的眼睛，"你听好了，我的第二个问题就是……"

我加重语气，一字一顿地说："你到底是谁？"

第十一章
尘世有你

  这个棉帽男，知道的东西太多了。

  关于一九九〇年那支实验小组，关于任青平或者仁青平措，关于日本人的阴谋还有实施的细节。这些东西，他都一清二楚。

  而且，从一开始，他就是和慎吾、美子、小野这几个人一起出现的。他帮日本人骗过了雨崩村民，也骗过了我们，让大家都以为这是一群香港人。

  结果到了后面，日本人发现自己也被棉帽男骗了，他隐藏了自己的真实身份，并且在投票向山上走还是向山下走的时候，有意暴露了自己的真实意图。

  我甚至觉得，包括现在被反绑在直升机上，都是棉帽男计划的一部分。他是故意要制造这样一个机会，好把事情的来龙去脉全部告诉我。

  好了，关于棉帽男的真实身份，在我的心里，有两个备选答案。

  第一，棉帽男就是仁青平措。他不知道通过什么手段，改变了容貌和身高，还学了一口地道的粤语，以及地道的港式普通话。这个变了身的仁青平措，不但骗过了日本人，还骗过了他以前的女朋友——千辛万苦来雨崩找他的小希。

  不过，这个推断无法解释，如果棉帽男真的是仁青平措，他要保

护小希，只需要表明身份，然后通过以前的只有俩人才知道的一些小细节，证明自己是任青平，至少可以让小希产生怀疑，不会乖乖地跟着日本人继续上山。

那好，接下来是第二个可能性，这个可能性有那么一点卖"腐"。棉帽男会不会是仁青平措的基友，字面意义上的那种，仁青平措在死前告诉了他一切，或者说，现在仍然以某种方式跟棉帽男保持着联系。

但如果这样的话，任青平又让小希怀孕，自己又搞基，那么他不但是个永远不会死的人，还是个双性恋。这么说来，任青平还真是会玩。

棉帽男打断了我的胡思乱想，"鬼叔，你那么入神在想什么呢？你可不要想歪哦。"

不会吧？难道我心里第二种不着调的想法被棉帽男洞穿了？

我啊了一声，掩饰道："没有，我就在想你到底是谁，才没有……"

我一时慌张，差点说溜嘴，关键时刻，及时打住了话头。

棉帽男认真地看了我一眼，然后笑场了。

我不禁有点莫名其妙，"你在笑什么？"

棉帽男显然无法控制住笑，"哈哈哈，我可不是任青平。那家伙已经死了。日本人对任青平遭遇的车祸及后续的处理，还有其尸体葬礼火化的过程等都做了翔实的调查，确认任青平已经死掉了。日本人后来通过走访任青平住过的医院，无意间得知了小希很长时间没来月经的消息。他们对此很敏感，很容易就将这件事与任青平联系在了一起。通过进一步调查，日本人确定小希体内有了任青平的'种子'，进而盯上了她。"顿了一下，又说，"还是回到我是谁这个问题吧。我敢打包票要是告诉了你我是谁，你一定会笑场的。"

我皱着眉头，"不可能，这有什么好笑的。"

棉帽男好不容易止住了笑，表情严肃了起来。"鬼叔，那你听好了，我是……"他深呼吸了一口气，接着说，"我叫梁超伟，超人的超，我是国际刑警，你可以叫我梁警官。"

我愣了一下，棉帽男的这个答案，出乎我的意料之外，但又在情理之中。这个世界上有暗影，也就有光明；既然有日本财阀这样丧心病狂的邪恶存在，那么出现了代表正义的国际刑警，也是非常合理的。

三秒钟之后，我突然大笑起来，"哈哈哈哈，梁超伟，国际刑警！"

是的，我脑海里浮现了《无间道》里面，正牌梁朝伟说的那句经典台词：对不起，我是警察。

本来好端端的惊悚片，突然画风一转，就变成了浓浓港台味的警匪片。不过巧合的是，在《无间道》里，梁朝伟扮演的是一个卧底，现实中，我面前坐着的梁超伟也是一名卧底，潜伏在日本人里面，骗过了他们，得到了大量有用的信息。

然而棉帽男，不，梁警官早就看穿了一切，一边冷冷地看着我笑，一边一本正经地劝道："别笑太用力，高原缺氧。"

我一边努力止住笑，一边勉强说："哈哈，对不起……"

梁警官耸了耸肩膀，然后扭头看外面的天色，突然来了一句："时间快到了。"

我眼泪都快笑出来了，但还是顺着他的方向朝外看去。刚才还是一片晴朗的天空，突然出现了一种鲜艳的红色调。

我还有一堆话想要问梁警官，他却回过头来，认真地看着我问："鬼叔，你准备好去解救你的小伙伴没？"

我反问道："怎么去啊？我倒是想啊，可是这不是被绑住了吗？你不是国际刑警吗，赶紧帮我解……"

梁警官变戏法似的，把双手从背后亮出来，右手上还有一把瑞士军刀，"手别动。"

他果然是专业人士，我还没反应过来，就感觉手腕的绳子突然变松，再一用力，双手就获得了自由。

我揉着被绑得生疼的手腕，"这群该死的家伙，梁警官，带着我去干掉他们！"

梁警官点点头,"鬼叔够男人!"

我一脸英雄气概,"不过你一定要保护我的安全啊!"

梁警官的表情有点无奈,"当然,这个当然。"

他用瑞士军刀把多吉身上的绳子也割开了,再拍拍他的脸,多吉却一点动静也没有。看来我们的向导对麻药比较敏感,所以睡得比我们熟多了。那就让配角好好休息吧,拯救地球的任务还是得交给我这样俊朗又醒目的男主角。

梁警官从驾驶舱的箱子里翻腾出两把手枪,给其中一把装上子弹,接着将另外一把弹匣空空的交给我,"你装装样子就行。"

我接过手枪,很懂似的翻来覆去端详了一下,但其实根本不知道这是什么型号。这玩意儿在电影里看多了,但是真拿在手上,又是另一种体验,生冷的,根本感受不出杀伤力。

梁警官打开直升机的舱门,带着我跳了下去。国际刑警落地的姿势优美,我却差点摔了个狗吃屎。

他朝我打了个手势,示意我跟着他走,于是我们在雪地里深一脚浅一脚地向着几十米外的红色帐篷走去。

看来被国际刑警盯上的这个风险,并没有写进日本人的预案里,所以他们只是把我们几个绑了起来,没安排人看管,帐篷门口也没人负责警卫。

我跟在他身后,忍不住问:"梁警官,我还有个问题,日本人为什么要大费周章把小希骗来做手术,他们自己再重复一遍一九八九年的实验不就行了吗?"

梁警官一边警惕地打量着周围,一边解释道:"不行,因为做实验的最重要因素——小事件,自从那一次以后,在雪山上就再也侦测不到了。日本人后来又派出了打着救援队名号的实验小队,每年也有装成普通游客的科学家上山测量各种数据,但是探测不到任何异常。"

我不禁恍然大悟,"难怪这样一来,小希身体里的那颗受精卵对他们就变得至关重要、无法取代，难怪对方要不顾一切地把他们弄到手。那小事件就再也不会出现了吗？"

梁警官继续给我爆料："他们做了一大堆研究，得出的结论是，在未来的一百年以内，再出现小事件的概率，也是一个非常小概率的事件，大概不到百分之零点一。"

说到这里，他突然停了下来，抬头看着天空，"不过，他们有可能是错的。"

我还想再问什么，梁警官打了个安静的手势，我只好跟着他，尽量小心地走到了帐篷旁边。

我们并没有按照警匪片的情节发展，从帐篷门口直接冲进去，一阵大杀特杀之后，成功解救躺在手术台上的女主角和……死胖子。

电影里的主角，因为有主角光环笼罩，可以对子弹实现物理免疫，现实里，虽然我长得很有主角相，但是吃一颗子弹照样死翘翘。

所以，我是宁愿跟随梁警官的猥琐之流。

梁警官带着我，慢慢靠近了帐篷侧边，我们趴在雪地里，他悄悄挑起帐篷一角。我跟他并排趴着，顺着缺口朝里面望去，由于角度的关系，只看到了来回走动的人腿，大概有十几对，几台医疗器械，一些金属柜子，然后就是手术床的八条床脚。

毫无疑问，一张上面躺的是小希，那另一张手术台上躺的，难道是水哥？

虽然日本人预测重力反转不会再出现，但是他们仍然按照传统，穿着大红色的医生制服，所有医疗器械也都是红色的，在红色帐篷里漫射出一片红色的光，看上去非常刺眼。

帐篷里的人都在用日语交谈着，一阵闹哄哄的，所以我跟梁警官说话的动静，他们肯定注意不到。

梁警官到了这个时候，还在考验我的推理能力，"鬼叔，为了保护那颗受精卵，日本人不敢对小希使用暴力，也不敢在她不同意的条件

下使用麻药。照你推测,小希怎么会乖乖躺到手术台上,任他们宰割?"

我不假思索地说:"这还不简单,他们只要编个理由,告诉小希现在的任青平只有灵魂,没有实体之类,要借助任青平留在她身体里的受精卵,就可以让任青平复活。爱情会让人盲目,就算是小希也不能免疫。"

梁警官侧过脸来看着我夸奖道:"我们组织有岗位空缺,鬼叔有兴趣来试试不?"

我嘿嘿一笑,"暂时没有。不过,小希被抓去做手术我懂,是为了取卵。水胖子也被抓来做手术,这是为啥?免费帮他做绝育手术?"

梁警官摇了摇头,"霍金水,是因为他讲的那个故事。"

我一时有些不解,"水哥的故事?关于地库那个?"

梁警官点点头,"对,就是那个故事。小明听完故事之后,把概要偷偷告诉了日本人。日本人经过一番研究,认为霍先生的故事有很大的真实性。一个脑子里寄生着古代神兽的人……这么好的实验素材,日本人怎么可能放弃,所以也就顺便解剖出来看看。"

我若有所思地说:"难怪他们的策略是要把我们全员都骗上山,而不是光打小希的主意。这么说来,小希有卵子可以取,水哥有一条虫子,他们遭骗都是有原因的,只有我无辜躺枪?"

梁警官侧过脸来看着我,"这倒未必。"

我皱眉问:"梁警官这又是什么意思?"

梁警官沉默了几秒,还是开口道:"这么说有点违反组织规定,但是鬼叔,你还记得吗,在一九八九年的那次实验中,代号C的被观察者,接受实验的器官是子宫,代号A是大脑,这有没有让你想起什么?"

我倒吸了一口冷气,"代号C对应了小希,代号A对应的是水哥!而且,他脑子里的那条貔貅,也是红色的!"

梁警官点点头,"嗯,还有一个代号B的被实验者,他被取出来的器官是心脏。鬼叔,我代表国际刑警向你道歉,因为日本人当你是杂鱼,没有仔细地调查你,但是……我们国际刑警把你的人生履历翻了个底朝天。"

我却并没有觉得不开心,反而有一种奇妙的成就感,"国际刑警那么重视我,我是不是该高兴才对?"

梁警官似乎松了一口气,"你没生气就好,总之,除了你那些乱七八糟的感情经历,我们还得出了一个结论——你比你自己想象的要复杂,或者说,你并没有正确地认识自己。在你身上有一种奇怪的特质,比如,你总是会遇到一些科学无法解释的东西,而你本来对各种怪事又特别感兴趣。"

我不禁有些迷惑,"难道不是因为我脑洞比较大而已?"

梁警官似乎在组织语言,要怎么向我解释比较好,"呃,我们觉得,你所经历的一些事情,并不是随机的,可能是被安排的。一些迹象表明,你跟高维度空间的生……"

"嘘!"

一双穿着红色手术服的腿,正朝着我们的方向走来,我们赶紧结束会话,以免暴露在这群丧心病狂的科学家面前。

梁警官悄悄放下了帐篷一角,我跟着他匍匐后退了两步,然后站起身来。

我两手一本正经地握着那支没有子弹的小手枪,枪口朝上,"梁警官,接下来怎么办?"虽然很努力装出英勇的样子,但实际上我的双腿在止不住地发抖。电影里枪战看得多了,但现在真的要来一发取对方狗命,或者被对方取了狗命,这种真实的体验还是让人紧张到战栗。

在冰天雪地里,我感觉到自己腋下一片汗湿。

刚才偷窥帐篷里的情况,对方起码有十个人以上,除了慎吾、美子之外,应该也包括内奸小明,还有那个扮成烤串的小野。剩下的都不知道是什么人,带着什么武器。刚才梁警官在直升机里找到了两把

手枪,想来帐篷里那些人肯定也不会是赤手空拳。

而且,从刚才不知道谁从我背后下黑手打麻醉针的果断来看,这群神经病都做好了杀人的准备。

跟他们比起来,我就还只是个孩子啊。

可是再害怕也得上,毕竟小希和水胖子都在手术台上躺着,等下就要被取走器官,死翘翘了。

我转头再看梁警官,他正盯着帐篷侧边,嘴里念念有词,不知道说什么。这家伙自称是国际刑警,之前演得一手好卧底,徒手挣开绳子的那一手也很棒,但是一个人要对付对方十几个人真的没问题吗?当然我已经把自己忽略了。

我不禁忐忑地问:"梁警官,你的计划……"

毫无征兆,他突然抬起手对着帐篷砰砰砰开了三枪。

近距离的枪响差点把我吓蒙,我下意识地捂住耳朵,"你干吗?"

梁警官对着帐篷里面喊了一句日语,我大概能听出"国际刑警"这个英语单词的日本发音,估计他说的是"里面的人别动,你们已经被包围了"之类的老套台词。

在人数远远少于对方的情况下,这样兵不厌诈的确是个好办法,不过就这样乱放三枪,真的足够吓住里面的人吗?按照我多年来看警匪片的经验,里面的人肯定会向着帐篷外一顿扫射。

我来不及多想,赶紧原地扑倒在地上,脸深深埋进积雪里,差点喘不过气。这样的姿势虽然不太优雅,体验也非常糟糕,但可以有效减少面积,降低被子弹射中的风险。

"鬼叔,你在干吗?"梁警官弯下腰来,拍了拍我的肩膀。

我侧过脸来,紧张地喊:"卧倒!你不要命了吗!"

我心想,这下要坏了,梁警官被射成马蜂窝之后,我一个人要怎么面对那么多禽兽?要不等下还是跟他们谈判吧,该取的器官就取走,起码留小希和水哥一命。没了子宫大不了就不能生孩子了,我也愿意娶了小希，当丁克也不错；水哥别把整个脑子取走，弄掉貔貅就行。水哥没了海马体会变得和《初恋50次》里的女主角一样，每天醒来都不记得昨天发生的事情；但没关系，我虽然不是大富豪，养这样一个废人一辈子的能力还是有的。

梁警官却轻松地笑了，"这个，鬼叔你不用担心。刚才我们趴着看帐篷里的时候，我已经把持枪的三个人的位置看清了。他们三个人没有动，但其他人是规律地走动的，有可能会挡住那三个人。我刚才在计算其他人走动的频率，还有预判第一个人被射中后另外两个人的反应……"

我听得目瞪口呆。

梁警官干脆蹲了下来，"总之，从现在的情况看，刚才那三枪已经解除了他们的战斗力。我刚才还警告他们，外面有五十多个警察把他们包围了，看来也把他们吓住了。"

他说的听起来像是武侠小说，我打心眼里不相信，但帐篷里确实没有动静。

梁警官笑着打量了我一下，"你扑倒的姿势挺标准的。"

我从他的话里听出了嘲讽的意味，我这个人情商比较低，最受不了人激，再加上帐篷里该打枪的话也早打了，于是半信半疑地爬了起来。

梁警官举起手里的枪，示意我也跟他一样，然后带着我向帐篷入口走去，"走，我们去救你的朋友。"

走到帐篷入口，梁警官交代我说："他们手上应该没枪了，但是站在手术台旁边的人可能会拿着手术刀威胁我们。你用枪指着他们，别说话，都交给我。"

我紧张地点了点头，他伸出手指，三、二、一，然后掀开了帐篷的门帘。

如果说之前我对他所说的还半信半疑，那么现在我是完全服了。帐篷里的人，无论是施害者还是受害者，都穿着红色的制服，一切医

疗设备也是红色的，那种诡异的感觉压得人喘不过气来。

在帐篷的角落躺着三个男人，血从他们的手臂或肩膀流出，有人正在给他们包扎。这时候，他们回过头来看着我们。

小希和水哥躺在并排的两张手术床上，水哥的意识是清醒的，只是双手双脚被带子固定在手术台上，他抬起头喊了一句："你们真的来了！"

小希却似乎在昏迷状态，双眼闭着，脸上竟然还挂着淡淡的笑，像是正在做一个甜蜜的梦。

水哥身边站着一男一女，男的中等身材，虽然戴着口罩，但我感觉他就是之前各种装死的小野君。女人正在把水哥肩膀按下去，她声音颤抖地说："水哥，别动，求你了。"

这个穿着红色手术服的女人，正是作为内奸打入我们内部，为了完成任务，还不惜陪了水哥几晚的小明。

小野用一把红色的手术刀，架在水哥脖子上，对小明低声说了句什么。

小明用快要哭出来的声音，继续她的翻译工作："小野君说，你们不要轻举妄动，让外面的人也一样，不然的话……他的速度足够把水哥……"

我心里一阵恼火，之前装神弄鬼地骗我就不说了，到了这个时候，还在为虎作伥，毕竟水哥跟她一夜夫妻，现在却完全不讲情分，简直丧心病狂。

这么想着，我抬起手中的枪，指着小明，"你闭嘴！"

小明吓得后退了两步，差点摔倒，"鬼叔，求你别开枪。"

虽然叔的原则是永远不会动手打女人，更别提杀女人了，但看小明害怕的样子，还是挺想吓唬一下她的，于是枪口一直随着小明移动，做出下一秒就要扣下扳机的样子。

梁警官用手肘碰了碰我，低声指挥道："枪口对着小野，还有别说话。"

我刚想要说什么，梁警官又补充了一句："想救水哥，就照我说的做。"

确实，现在保护水哥和小希的安全才是正事，其他什么都要先放一边。于是，我调转方向，用枪口指着小野。他比小明要镇定多了，不动声色，手上力气还加重了几分，估计把水哥割疼了，水哥低吼了一声："孙子，你下手啊！"

看来水哥果然是条汉子，还对我嚷嚷："阿鬼，开枪啊，别管我，弄死他们！"

我又深深吸了一口气，告诉自己要冷静，心里默念：水胖子吵个蛋啊，我一定不会让你死在这儿的。

梁警官自己的手枪一直指着站在小希手术台旁的两个人。同样是一男一女的组合，男的像苍鹭一样又高又瘦，明显就是慎吾，女的无疑是美子。看来，这两个人是队伍里的核心成员，不但演戏的时候担纲主演，现在要取小希身体里最重要的那颗卵，也是由他们来主刀。回想起这两天里他们俩的表现，我感觉这还应该是夫妻档——一对疯狂的科学家夫妇。

梁警官开始用日语跟他们谈判，声音平缓而冷静。我虽然听不懂，但也能猜到，他说的是那一类经典台词——你们已经被包围了，不要负隅顽抗，我已经掌握了你们部分犯罪证据，但目前来说都是小事，现在投降，我会替你们向法官求情的。

好吧，有可能他说的是别的什么，但我确实不懂日语，现在也只好瞎猜一通了。虽然叔的求知欲很旺盛，现在的气氛下，也不好再让小明给我翻译。

然而不论梁警官到底说了什么，起到的效果都是一样的——并没有什么用。

这对疯狂的科学家夫妇朝我们看了一眼，又回过头去，俩人四目

相对,用眼神交流着什么。然后,美子举起了一支针筒,里面装满了红色液体,即使在这红色饱满得快要溢出的帐篷里,那一支针筒仍然闪耀着如红宝石般夺目又恶毒的光。

我不禁觉得脖子上的针眼一阵生痛,看来刚才的那阵麻药,正是美子下的毒手。

当时她的手法果断而利落,现在也依然如此。

梁警官把枪口指着她,又喊了句日语。

美子却不为所动,用手指弹了下针头,把多余的空气弹出,然后又把针对着小希的脖子,微微移动,像是在找下针的血管。

我心里不禁着急起来,如果不是梁警官让我别乱动乱嚷,现在估计就喊着冲上去了。

看到这样的场景,就连梁警官也有点不淡定了,语气严厉地制止美子,应该是再动就开枪之类。

美子却依然置若罔闻,不断地移动针头,像是找准了位置,瞬间插入了小希脖子上的皮肤。

小希脸上原本喜悦的表情为之一变,皱起的眉头显示出她的痛苦。

美子的拇指推动着针管,把那如红宝石般闪耀的神秘液体,慢慢推入小希的血管里。

我一下子着急起来,完全忘了梁警官的交代,也忘了自己没有练习过射击,用枪对着美子,食指用力扣下扳机!

比起打 CS 时按鼠标的轻松,扳机沉重得出乎我的意料,不过,我毕竟是 CS 里的沙漠之鹰爆头王,现实里就算不能射中美子,起码不会误伤到躺着的小希,也能起到震慑的作用吧。至于要负什么法律责任,这时候我已经完全来不及考虑。

扳机被我扣下,声音干燥而空洞——嗒。

然后我才想起另一个更重要的事实——我的弹匣里并没有子弹。

在这个过程里,美子完全不为所动,双手连抖都没抖一下,还是持续往小希身体里注入那红色液体；而站在她对面、手术台另一边的慎吾，也举起了手中的红色手术刀。

"砰！"

一声枪响，却是由梁警官手上的枪发出的。

这一下，美子终于肯转过头来——看着自己手臂上的血洞。不过，就算到了这个时候，她也没有说一句话，更没有喊痛，似乎被射中的手并不是她自己的。

梁警官是想让美子停止加害小希，并不是要美子的性命，所以挑了个特别的角度。子弹穿过她的手臂之后，并没有射入身体，而是在帐篷上留了个洞，飞了出去。

过了几秒钟，鲜血慢慢流出，跟她鲜红的手术服相比，从她身体里刚流出的血却是颜色暗红，像是用了很久的抹布。

不过，就算意志力再怎么强悍，人始终还是血肉之躯，血流得太多，意识再硬，身体也会软下去。

美子扶着手术床的栏杆，一点一点瘫坐到了地上。插在小希脖子上的针，也从半空掉到了地上，插进被踩得有点脏的雪地里。

慎吾看来跟美子果然是一对，这时候也扔掉了手术刀，跑到手术床的那一边，扶着美子。毕竟他自己是研究生命科学的，在医学上面也有造诣，所以马上帮美子包扎止血。

他一边给美子急救，一边还对我们破口大骂。估计是为了让我也懂得他的伟大，慎吾用的还是汉语："禽兽！野蛮！你们知不知道，这个实验对全人类的意义！实验成功了，人类就可以不用害怕死亡，最终极的恐惧，可以摆脱！"

虽然他说得颠三倒四，我还是听懂了他的意思。总之，在科学家井上慎吾看来，为了他所进行的崇高事业——让全人类不再畏惧死亡，那么牺牲掉几只小白鼠没什么关系。

而我们这些阻止他进行实验的人，才是站在了全人类的对立面，

是人类文明史上的罪人。

但是,"全人类"这么崇高的字眼,对现在的我来说,又算个鸟毛,我所关心的只是我的好基友,还有我喜欢的女孩子。

慎吾还在那边大喊大叫,美子却伸出另一只手捂住他的嘴巴。看来在生死攸关的时候,反而是女人比男人更加成熟、镇定。

慎吾也就不再喊叫,专心地帮美子包扎。看到眼前的情况,梁警官松了一口气:"早知道他们这么没用,我一进来开两枪就好。鬼叔,行了,现在你的朋友都安……"

"巴嘎!"

我们注意力全部集中在这边的手术床上,没注意到那一边。小野挥舞着红色手术刀,疯狗一样扑了上来,那刀子眼看就要捅到梁警官的脖子上……

我来不及想那么多,飞起右脚想要踢掉小野手中的刀子,却没有计算好时间跟力度。

小野的刀子用力挥下,我的小腿一阵酥麻的感觉,但被惯性带着踩回了地上,于是那刀子在我腿肚子的肌肉里,滑行了一段距离。

我痛得尿都要出来了,而小野的手没有松开那把手术刀,所以连人带刀一起摔到了地上。

我的呼吸都快要停止了,回头再看梁警官,他已经跳出了两步之外,正吃惊地看着我。

他脸上的表情分明是:"你在干吗,这刀根本刺不中我,你是自己找死吗?"

我很感谢他,没有把这一句话说出来,也保全了我为了朋友不惜小腿插刀的光辉形象。

小野在地上挣扎了一下,尝试把刀拔出来,但是我那时候肌肉紧紧绷住,所以他没能成功拔刀,只是成功让我疼得哭爹喊娘,感觉骨头跟神经都被这把刀从中间割断,心想这下惨了,下半辈子要变成瘸子了。

　　同时我又犯贱地有点期待，小希醒来之后，如果告诉她我的英勇表现，不知道她会不会推着我的轮椅，在夕阳下的公园里逛逛？这个画面，想想也是蛮美的。

　　现实里的节奏并没有那么诗情画意，梁警官跳了过来，一脚踩在小野的脖子上，又对着他的大腿射了一枪。

　　小野这才缩回他的手，在雪地上抱着大腿，蜷曲着边哭边骂。

　　看他那可怜的样子，全世界没人能比他更惨——除了我。

　　我同样在雪地上痛成了一个球状，看着小腿上插着的那把刀，还有顺着刀滴到了地上的鲜血。我想把刀拔出来，又怕这样做以后，鲜血会飙得满地都是。

　　"医生呢，快救我啊医生！"

　　这个帐篷里，身兼医生的科学家那么多，梁警官又成功控制了局面，肯定会有人来给我急救的。总之，小命是不会丢在这山上的；就算瘸了，这辈子算是有了吹嘘的资本，也不算太亏。

　　因为失血、剧烈运动，再加上强烈的高原反应，我感觉眼前一阵发黑，马上要昏睡过去了，但我仍然记得交代一句："梁警官，一定要保护我安全下山啊！"

　　梁警官的表情还是这么无奈，"这个你放……"

　　突然之间，他的身躯摇晃了一下，我躺在雪地上的身体也在抖动。

　　我的第一反应是地震了，再想一下，难道是刚才这场动作戏，加上大家的喊叫，引发了雪崩？

　　然后我发现了一个奇怪的现象——我插着一把手术刀的小腿流出的那一摊渗透到雪地里的鲜红血液，又从雪里钻了出来。

　　血液慢慢爬到了雪地表面，然后又从原本一摊的状态，逐渐凝聚成一粒粒的球状。再接着，血球像是被一股奇妙的力量所吸引，向上拉成了椭圆形。再然后，一滴又一滴地慢慢飘向了空中。

  我被眼前的景象惊呆了,十几颗花生粒大小的血球,在半空中飘浮着,忽上忽下,像是突然被赋予了生命,变成在洁白雪地上跳舞的血精灵。然后我感觉到小腿肌肉一阵钻心的痛,再一看,那把手术刀像是被一只无形的手握住,也慢慢向上被拔走,扑哧一声离开了我的小腿,飘浮在半空中。

  从我腿上的刀口里,新鲜的血液喷薄而出,像是一道凝结而成的泉水,向着半空飘去。

  我顾不了痛,赶紧用食指戳进刀口里,那种奇妙、热辣的痛驱散了我昏睡的感觉,也让我真心盼望自己此刻能够昏过去。

  "重力反转!"

  我痛得咬牙切齿,再回头看看梁警官,他身穿着红色冲锋裤的双腿,此刻也被带着离开了雪地。他手忙脚乱地要去脱裤子,全身动作却非常滑稽,就像掉进海里的不会游泳的人,无法控制身体的平衡。

  我上半身的冲锋衣是红色的,这时候也感觉到了一股向上的拉力,但是光凭着半身的红色衣服,无法把我整个带离地面,而只是好像有人扯着我的衣服,要扶我站起来。

  相比之下,全身都穿着红色手术服的小野,整个人基本保持跟地面水平的姿势,向上飘浮了起来。

  尽管我用手指堵住刀口,但一些踊跃的鲜血,还是从缝隙里喷了出来,继续向半空飞去。我想起梁警官在直升机上说的,关于小事件发生时,没穿红色衣服的人会血管爆裂而亡的警告。现在我明显感觉到,体内的血液正扯着右边小腿,争先恐后地要往外流,再放任下去的话,我的手指很快会被决堤的鲜血冲开,我也会因为失血过多而挂掉。

  这时候,小野整个人飘起,离地快要半米,我来不及再多想,左手一把抱住他的肩,右脚也忍痛搭到了他的脚上。效果立竿见影,随着我整个身体被带着往上飘浮,刀口里感受到的喷涌,也明显变弱了。

  小野被我缠绕住,不能愉快地向上飘了,他一边用日语大骂,一边挣扎着想要摆脱我。

我用尽吃奶的力气紧紧缠住小野,再用眼角的余光打量周围。

所有红色的物体,都飘到了半空中,包括帐篷本身,还有那些柜子、医疗器械、躺着小希和水哥的手术台,无一幸免,都在向上飘浮。而且,所有物体之间,相对位置基本不变,维持着原来在地面上的样子。

我欣喜地看到,小明良心未泯,正在尝试解开绑住水哥的绳子。

慎吾抱着美子,一起飘浮在半空中,场面温馨感人。

小希仍然躺在手术台上,睡得像个甜美的公主。

他们这些全红的人和物体,都已经离开地面一米半的高度,而且继续在向上飘。而我和小野这一对瘸子则成了一副奇怪的样子,小野仰面躺着在上,我像秤砣一样挂在他身下,也飞离地面快要一米。

梁警官设法爬到了一个红色柜子上,黑色的手枪啪一声掉到了雪地里,他也不敢跳下去拿。

我对着他嚷嚷:"你不是说,重力反转,一百年内,都不会发生吗?"

梁警官无可奈何地解释:"不是我说的,是我听日本人说的!刚才我不是说了吗,日本人,可能是错的!"

我骂骂咧咧道:"这么重要的问题,他们也能搞错!"

梁警官看着我,"日本人的预测没有错,只是他们的预测漏了你!"

我一阵莫名其妙,"这关我鸟事!"

梁警官还要解释:"鬼叔,不是关你鸟事,是关你的……"

突然之间,原本笼罩着我们的红色帐篷,像是被巨人的手捏着顶端一般,一下子提了起来。像房子那么大的帐篷,被向上的引力牵引成一条长长的鱿鱼,还卷入了原本在帐篷下面的两对倒霉蛋。

然后,这一条巨型的"红色鱿鱼",极速地向天空飞升,朝着半空中的那一个……

小野惊呆了,喃喃自语:"八卡纳,八卡纳……"

我越过小野的肩膀,也向天上看去。

天空已经是血染的红色,在原本应该是白云的位置,现在,是一座倒挂的雪山——卡瓦格博雪山。

不对,是卡瓦格博……血山。

我注意到,那条巨型"红色鱿鱼",夹着几个倒霉蛋的哀号,并不是垂着朝上飞去,而是从我们身处的半山腰开阔地,斜着向上,飞往卡瓦格博顶峰的方向。

而我们所在的卡瓦格博雪山与倒挂的卡瓦格博血山,两个顶峰是相对着连在一起的。

我定睛细看,并不是连在一起。

两者之间还有一个红色的血球,正在缓缓地不停旋转。按我肉眼分辨,直径足有三百米,相当于三个标准足球场。

这个巨大的红色物体就像是一颗液态行星,行星上没有陆地,都是鲜血组成的海洋。在那血海之上,似乎还翻腾着鲜血的海浪。

在红色的血球旁,围绕着像是"土星环"那样的一个圈,却像是固态的。我想起水哥的望远镜还挂在自己脖子上,于是放到眼前,朝那个红色血球看去。只见,那个"土星环"的构成,是红色的石头、经幡、睡袋,还有……套着红色衣物的残缺肢体。

多少年来,在这座卡瓦格博上,被重力反转所吸附到天上的人和物,原来都依附在这颗红色血球旁,逆着红色血球自转的方向,永不停歇地转动着,几千年都不能停下来。

那个帐篷做成的巨型"红色鱿鱼",笔直地飞向红色血球,咚一声撞到了"土星环"上的一块红色巨石,然后,也成了"土星环"的一部分。

那几个倒霉蛋的哀号,再也听不见了。

我们这些还在慢慢向上飘的人,此刻不分敌我,你看着我,我看着你,心里的想法恐怕都是一样的——"巨型鱿鱼"的死法,就是等一会儿我们的死法。

一切红色物体都在向上飘浮，天地之间一片诡异的红色，死一般的寂静。

突然之间，身下的雪地里传来哗啦啦的异响。

十几具被掩埋在地下的遗体，穿着鲜艳的红色衣物，又或者是套着红色的睡袋，都被那红色血球所吸引，向着它笔直地飞去。

一具遗体从我旁边快速飞过，红色的衣服在空中猎猎作响，颜色如新，像昨天刚从商场里买来的。

再一看那张脸，面无表情，颜色蜡黄，正是被我一泡尿浇出来的那具尸体。

这些遗体像是逆向的流星一般，从地面出发，从我们身边擦过，全都飞向了那不断旋转着的红色血球。他们比不上那"巨型鱿鱼"，连咚一声都没有，就这样归于寂静。

"啊——！"

一个之前没见过的日本人，发出撕心裂肺的叫喊，疯一样撕扯着自己的红色手术服。手术服被撕烂之后，快速地向上飘去，而那个日本人则往雪地上掉。

我紧张地看着他，如果他能够成功逃生，那我们也可以效法。

那人掉到地上之后，却好像马上死了一般，躺在雪地里一动不动。正当我们都要绝望的时候，突然之间，那人开始爬动起来。

我骂了一句："我去，掉下去不会死啊，我们也照做吧！"

这时候，水哥身上的束缚已经被解开，而小明这时候已经哭成一个泪人，双手抓着手术台的栏杆，也在向上飘浮着。

水哥躺在手术台上，同样探头向下看，"阿鬼，你这次说得靠谱！"

我们正跃跃欲试，梁警官朝我们用力挥手，"千万别！你们看他的样子，马上就要支撑不住了！"

梁警官话还没说完，果然那人匍匐着爬了没两下，就翻过来仰躺着不动了。我用望远镜朝下看，那人的表情痛苦得无法形容，脸上的

七窍都流出鲜血,一滴一滴地向半空飘浮。

我绝望地看了水哥一眼,"跳也是死,不跳也是死,看来我们的身份证要报销在这儿了。"

他还没来得及回答,突然之间,雪地上传来轰隆隆的巨响。

我们往下一看,却是另外一个日本人在我们没注意的时候,脱了衣服也跳到雪地上。不知道是他的体质比较好,还是运气比较好,他坚持爬到了不远的那辆直升机上,并且把它开动了起来。

那轰隆隆的巨响,就是机翼开始旋转的声音。

我心里一阵狂喜,这次的重力反转绝对到了大事件的级别,目力所及的范围,都受到了影响,所以就算我们脱了红色衣服往下跳,没跑出大事件的范围,也会因为血管爆裂而亡。

但是,有直升机就不同了,我们可以在血管爆裂之前,快速脱离大事件的范围。

直升机的噪音太大,一时之间,没有办法再用语言交流。

我从水哥的眼神里,也看到了同样的喜悦。水哥不愧是有情有义的好男儿,到了这个时候,还在小明耳边说着什么,估计是劝她一起往下跳,保全小命。一夜夫妻百日恩,小明虽然不认,看来水哥是认的。

就这么干。

我扭头朝下,判断着自己离雪地的距离。

八米,不超过十米。

这个高度往下掉,在松软的雪地上,不至于摔得太惨。我目前虽然暂时是一个瘸子,但梁警官看我往下跳,总不能看着我死在这里吧,也会跳下来把我弄到直升机上的。

好吧,其实我不确定他会不会这么做,但这个时候,也只能一搏了。

想法是很美好的,只可惜,现实总是太残忍。

还没等我们往下跳,那辆直升机就已经飞了起来。

但是,却不是正常的那种起飞。而像是小孩手里的玩具,歪歪扭扭,左倾右斜的,上升到了半空中。

它虽然走向诡异,但总的来说,却是朝着那红色血球的方向。

我和水哥都忘了一点——那辆直升机也是红色的。

直升机的机翼虽然旋转着,但看不到有人操控的迹象,更看不出它有逃离红色血球吸引的努力。

在它飞到跟我们一样高度时,我发现,那个爬上飞机的日本人,躺在机舱地板上一动不动。

他死了,鲜血也从他的五官里汩汩流出。

在我们所有人的注视下,直升机还上升了十几米,突然之间,便整个倾覆了。机翼的方向朝着红色血球,轰隆隆旋转着,被快速地吸引了过去。

日本人从机舱掉到了雪地上,啪的一声,死透了。

不过,他算是幸运的。

因为,机舱里又掉出了一个红色的物体,不,红色的尸体,不,是红色的……人。

因为他在不停地叫喊和挣扎。

在我想起来那人是谁之前,他已经被红色的血球所吸引,撞到了仍在旋转的机翼上。

漫天血雨,扑面而来。

就像在风扇页上涂满红色颜料,然后再调到最大挡。

小明的声音撕裂了这片血雨,"多吉!"

是的,这个被搅拌成了碎肉块的人,正是我刚才想着,让他留在机舱里会比较安全的向导多吉。

他爸爸是在雪山上失踪的,没想到,作为儿子的他,也以这样的方式,永远留在了他无限崇拜的这座雪山上。

那一架红色的直升机,在甩出了里面的两个人之后,也心无旁骛地笔直飞向那诡异的红色血球,葬身于越来越大的红色"土星环"上。

我看了一眼梁警官，再看一眼水哥，在他们眼睛里，我都看到了绝望。

这两个经历过生死的男人，这时候也已经彻底没了办法。

跳下去是找死，不跳是等死，至于被我缠着的小野，这时候也没了动静，不知道是绝望得已经放弃，还是昏了过去。

不过，这种怪异的组合，反而让我有了点优势。跟别人相比，我们往上飘的速度更慢，现在跟梁警官已经拉开了四五米的垂直距离。

对了！我突然想起，应该让他们把衣服脱掉一点，减缓上升的速度，又不至于因为血管爆裂而死亡。大事件总有结束的时候，只要在那之前，我们还没有成为"土星环"的一部分，那就会往下掉。

掉到雪地上，总有生还的可能。

我兴奋得血往上涌，刚想要说出这救命的发现，突然之间，从慎吾和美子旁边的那张手术床上，探出了一张脸。

因为手术床飘得比我高，所以那张脸是俯视着我的——那是小希的脸。

她脸上带着喜悦的笑，在一阵诡异的红光下，让我想起了在梅朵客栈里，她睡饱了起床，在朝阳下伸懒腰的样子。

即使现在，也还是那么可爱。

我心里有千万句话要跟她说，到嘴边却是："你醒啦？"

小希对我笑了一下，轻轻说："没有，我还在梦里。"她直视着我的眼睛，"阿鬼，是你，你跑到了我的梦里。"

所有还活着的人，都把目光投到了小希身上。

她脸突然转了回去，从这个角度，看不见她正在做什么。

我看到的是慎吾和美子脸上难以置信的表情。

突然之间，小希站到了手术床边缘，面朝着我，像是面朝着舞台前的观众。

然后，她纵身一跃。

小希同样身穿着红色手术服，黑长的头发在空中飘舞，诡异的是，她在半空中却能够自由地控制身体。

她在空中游泳，姿势优美，就像是一条美人鱼，畅游在我的梦里。

我记得，她跟叔说过，她游泳很厉害。叔不会游泳，所以她也答应了要教我。小希愿意教我游泳，没有附加条件，不像是推倒她的约定，要在找到任青平之后才能履行。

她当时说的是："现在都秋天了，等明年夏天吧。"

小希没有骗我，她游泳的姿势果然很美。

她在空气中滑动身体，掉转方向，几秒钟时间，就下潜到了我的身边。

然后，她毫不费力地推开小野，在我快要掉下去的时候，一把抱住了我。

我感受到了她那紧绷而柔软的身躯，紧张地说不出完整的话："小希，你……"

她把胸从我的胸前拉开，看着我的眼睛，我们的鼻尖相距不到十厘米。

小希脸上带着天真的喜悦："阿鬼，我很快就能见到他了。"

我被她神经兮兮的说法吓了一跳，向四周打量，却没发现任青平或者仁青平措的身影。

我结结巴巴地问："他在……哪儿？"

小希没有回头，还是看着我的眼睛，手却向后一指，准确无误地指着那个不断旋转的红色血球。在那个血球的红色"土星环"上，有红色的石头、经幡、睡袋、穿着红色衣物的残缺肢体，还有一个大帐篷变形而成的"巨型鱿鱼"，以及一架直升机的遗骸。

我抓住她向后的右手，"小希，你疯了！你不能去！"

小希摇摇头，温柔地看着我，"鬼，我没有疯。"

我皱着眉头，"任青平怎么可能在那上面？那里什么都没有！"

小希眼睛里满是笑意,又像是对我无知的怜悯,"他就在那里,我知道的。"

我心里还抱着一丝幻想,"小希,你清醒一下,照着我说的方法做。你先把衣服脱掉,我们慢慢下降到雪地上,等这场重力反转过去了,叔再带你去找任青平。"

小希还是摇头。

我急了,"这一次,一定能找到!"

小希温柔地笑着,手指卷着长长的头发,"叔,到现在,你还是想推倒我吗?"

我愣了一下,语无伦次地说:"不是,我不是这个意思,不,我也挺想推倒你的,但不是说这样……"

小希看着我的眼睛,"叔,别说话,看着我的眼睛。"

我看着她的眼睛。

小希俯下脸来,跟我深深地接吻。

这个吻漫长得有一个世纪,又短暂得像只有一分钟。

然后,她一把推开我的肩膀——就像是在梅朵客栈的阳台上的那次——脸上还是那种天使般的微笑,"鬼,我会让你推倒的。"

她像最优秀的游泳运动员一般敏捷地转身,脚尖在我腹部点了一下,然后仰着头加速向上游。

游向那颗不断旋转的红色血球。

我徒劳无功地伸出右手,疯了一样地喊:"不——!"

我没有抓住她的脚踝,虽然近在咫尺。

我们眼睁睁地看着小希,美人鱼一般游向那颗充满诡异的死亡气息的红色血球。

她并没有撞到"土星环"上,对于这一点,我一点都不意外。

小希毫无阻碍地游进了那巨大的红色血球,然后,从血球的另一边钻了出去。

从游出去的那一刹那，小希就变了一个样子。在倒挂的卡瓦格博，红色血山，她穿着一身初雪般洁白的衣服。

她继续向上游动，或者说，从倒挂的世界里，她是极速地向下坠去。

天空中传来她的声音："所以，你要好好活下去。"

红色血球炸裂开来，化成了铺天盖地的血水。

血水遮天蔽日，像是鲜红的洪水，从卡瓦格博的顶端汹涌而下，要把我们所有人吞没。

像是我和小希进雨崩村的时候，在山路上看到的那样。

然后，重力反转结束了。

我们停止了飘浮，快速地往地上掉。

我的内脏处于失重状态，轻飘飘地让我想要吐出来。

鲜血的洪水在半空中，突然消失不见了。

我咚一声掉到了雪地上，各种人和物体也纷纷掉落，竟然没有一样掉到我头上。

我仰头看着天空，那倒挂的红色卡瓦格博，像是被风吹散的火烧云，也在渐渐散去。

我不知道自己躺了多久，反正雪地那么松软，像是酒店的白色床垫。说不定，我只是做了一场有点哀伤的梦。

—— 尾 声 ——

又有人托起我的腋下,"鬼叔,快起来,雪崩了!"

我半坐起来,右小腿钻心的痛,告诉我这一切都不是梦。

凝神看向眼前的雪山崖壁,一片白色的积雪突然像龟裂一般分割成了一块块,然后砰一声巨响,天塌地陷,全世界的雪都向我们滑过来。

没有邪恶的红色洪水,圣洁的白雪一样会把我们掩埋。在这高远神圣的雪山上,又多了一个衣服鲜艳的遗体,等待几十年后被人发现。

反正都一样。

在我闭上眼睛之前,有一个胖胖的背影,站到了奔腾而来的积雪和我之间。

那人伸出右掌,螳臂当车地对着滚滚而来的积雪,神经病一般地喊道:"阿鬼,快起来啊……"

我隐约看到,水胖子摘下手套,伸出右手,他手心里就像有一个黑洞似的,吞噬着奔涌而来的白色"巨兽"。这场景让我想起了《犬夜叉》这部动漫里的弥勒法师拥有的技能——风穴。

水哥当然没有风穴这个技能,但是他有……我又开始凌乱了:难道水哥体内真的寄生着公貔貅吗?

尚未得到回答,我便沉沉地睡去了。